한시에서 삶을 읽다

/ 서러운 이 땅에 태어나 /

한시에서 삶을 읽다 서러운 이 땅에 태어나

초판인쇄 2019년 11월 11일 **초판발행** 2019년 11월 18일
지은이 김경숙 **펴낸이** 박성모 **펴낸곳** 소명출판 **출판등록** 제13-522호
주소 서울시 서초구 서초중앙로6길 15, 1층
전화 02-585-7840 **팩스** 02-585-7848
전자우편 somyungbooks@daum.net **홈페이지** www.somyong.co.kr

값 21,000원
ISBN 979-11-5905-458-7 03810
ⓒ 김경숙, 2019

김경숙 지음

READING LIFE IN THE SINO KOREAN POETRY
BORN TO A LAND OF SORROW

한시에서
삶을 읽다

／ 서러운 이 땅에 태어나 ／

소명출판

이 책은 한시 감상문이라고 할 수 있는데, 작가 한 명에 작품 두 편씩 선별해서, 작품과 작가의 삶에 대해 고찰했다. 단순한 시 감상이나 비평도 아니고, 작가 평전도 아니다. 작품을 통해 작가의 삶을 읽고 다시 작가가 살던 시대의 삶을 읽었다. 한시 속에서 우리의 삶이 걸어간 모습을 보았다. '서러운 이 땅에 태어났'으나 마음을 부여잡고 뜻을 저버리지 않고 상처를 이겨낸 삶이 있었다.

그동안 대학이나 시정의 인문학 강의를 통해 학생, 군인부터 직장인까지 많은 사람들을 만났다. 그러면서 일반인들이 한문학 특히 한시에 대해 생각했던 것보다 더 큰 거리감을 가지고 있다는 것을 알았다. 한시는 한자로 되어 읽을 수 없고, 그래서 어려우며, 현대를 살아가는 우리와는 관련이 없는 옛날 것일 뿐이라고 생각하는 경우가 많았다. 가장 큰 문제는 한자 자체였다. 한자를 사용하고 한시를 쓰던 예전과 현대는 마치 거대한 벽으로 가로막혀 있거나, 땅이 분리되어 연결점이 없는 별개의 세상이라 여기는 듯했다.

한시에는 태어남부터 죽음에 이르기까지 삶의 여정의 수많은 순간들이 들어있다. 옛사람들에게 한시는 일기이자 편지였고 감상문이자 에세이였으며 논증문의 역할도 했다. 그들은 자신들의 모든 것을 한시를 통해 담아내었다. 옛것이라고만 여긴 한시 속에 오늘의 우리가 깊이 소통하고 공감할 수 있는 삶이 있는 것이다.

우리가 고전이라 부르는 수많은 작품들이 옛 시대에 탄생했다. 서양의 이름난 저술이나 동양 다른 나라의 저술들만이 고전은 아니다. 우리나라에도 잘 알려지지 않은 주옥같은 고전들이 많이 있다. 고전이란 무엇인가? 오랜 시간의 흐름 속에서도 변하지 않는 삶의 진실과 가치를 담고 있는 작품이다. 그래서 시간을 뛰어넘어서 삶의 길잡이가 되고 벗이 되기도 한다.

4

다행인 것은 한편에서 우리 고전을 알고자 하는 열망으로 그것에 다가가려는 사람들이 조금씩 늘고 있다는 것이다. 그래서 인문학 강좌를 듣고 인문학 서적을 찾아 읽는다. 그런 움직임이 한시에도 많아지기를 바란다. 우리의 빛나는 고전인 한시가 많은 사람들에게 다가와 삶의 벗이 되었으면 좋겠다.

이 책에서 작가 한 명당 작품 두 편을 선별한 이유는, 한 작가를 아는 데 시 한 편은 충분하지 않다고 생각했기 때문이다. 작품은 인생의 희로애락이 잘 드러난 것을 골랐다. 한 사람의 삶은 태어나서 죽을 때까지 희로애락이 반복된다. 저마다 무게는 다르지만 우리에게는 누구나 주어진 명에 혹은 삶의 임무가 있다.

이를 어떻게 감내하고 이겨내는가 하는 것도 사람마다 다르다.

이 책에 실린 한시를 어떻게 읽을까? 우선은 독자들에게 아무런 준비 없이 마주하라 말하고 싶다. 작가나 작품의 배경지식을 알아야 한다는 부담은 내려놓고 어떤 선입견도 없이, 그냥 편하게 읽는다. 작품을 읽고 나면 시에 대한 느낌이 생길 것이다. 단순한 감정일 수도, 무언가를 생각나게 하는 것일 수도, 무엇인가를 되돌아보게 하는 것일 수도 있다. 무엇이든 상관없다. 영화 〈일 포스티노〉에서 시인이 우편배달부에게 말했듯이, 시란 그리고 문학작품이란 일단 세상에 나온 뒤엔 '독자의 것'이 된다. 내가 느낀 것이 이 시의 빛깔이고 정답이다. 물론 여기에는 '나'의 세계관이 작용할 것이다.

시를 읽고 나면 누가 왜 이런 작품을 썼을까가 궁금해진다. 작가는 누구이고 무슨 사연으로 이런 시가 나왔으며 나에게 이런 감상을 느끼게 해 주었는지 생각해보게 된다. 이 지점에서 독자와 작가의 대면이 이루어진다. 서로에게 다가가는 것이다.

이제 본격적으로 시의 배경에 대해 알아보자. 작가는 어떤 시대를 살아간 어떤 사람이었을까? 작가가 살아간 시대와 사회상은 작품을 이해하는 데 많은 단서가 된다. 작가의 생애 전반에 대한 기본 지식과 함께 그가 이 작품을 쓸 때 어떤 상황에 있었는지도 알아보자. 젊은 시절인지 나이가 들어서인지, 희망과 열의가 가득한 때였는지 모든 것을 내려놓고 침잠하던 때인지,

가난하고 힘든 때였는지 넉넉하고 편한 때였는지, 가족과 함께 있던 때인지 가족과 떨어져 있던 때인지 등등. 이제 작가가 이 시를 쓰던 시점을 이해하게 될 것이다.

다시 시를 읽어본다. 처음의 감상과 같을 수도 있고 달라졌을 수도 있다. 작품을 보는 '나'의 눈이 변화했음도 깨닫는다. 그리고 알게 된다. 작품 하나하나마다 우리의 삶이 그대로 녹아 있음을. 문학은 삶을 담아냈고 삶은 문학을 통해 오롯이 살아남았다.

이 책은 세 부분으로 구성되어 있는데, 1장에는 '우리는 모두 실의한 사람'이라고 하였으나 문학적 성취를 이룬 서얼 문사의 삶이, 2장에는 조선 후기 풍파 속에서 지식인의 길을 걸어간 선비들의 삶이, 3장에는 성별로 인한 새장의 고통에서 벗어나기 위해 노력한 여성 시인의 삶이 담겨 있다.

또한 이 책에는 16세기 후반부터 20세기 초반까지의 삶이 연대기적으로 배열되어 있다. 1장은 이세원부터 이봉환에 이르기까지 17세기 후반부터 18세기 후반의 삶을, 2장은 박지원부터 황현에 이르기까지 18세기 후반부터 20세기 초반까지의 삶을, 3장은 허난설헌부터 강담운에 이르기까지 16세기 후반부터 20세기 초반까지 여성의 삶을 시간 순서로 구성을 하였다. 남성 시인의 작품이 먼저 다루어진 것은 오로지 내 공부의 순차에 따른 것이다. 서얼 문사를 시작으로 조선통신사, 조선 후기 문화 그리고 여성 시인으로 공부의 범위를 넓혀 나갔기 때문이다.

이들로 하여금 자신의 삶을 온전히 지켜내지 못하게 하는 데에는 많은 원인이 있었다. 경제·사회적 문제, 벼슬길과 당쟁, 국력의 쇠퇴와 망국, 이별과 사별, 후사 없음 등이 대표적이었다. 그러나 무엇보다도 신분과 성별이 개인을 옥죄는 가장 큰 족쇄였다. 또한 여성이면서 신분이 낮다는 점은 이중의 족쇄로 작용해 더 깊은 고통의 원인이 되었다.

이 책을 써야겠다고 생각한 것은 꽤 오래 전이다. 10년은 훌쩍 넘은 듯하다. 하지만 이런 저런 일들로 바쁘게 살면서 이 책의 순위는 자꾸 뒤로 밀리었다. 가장 하고 싶은 작업이었기에 절실함도 더해졌다. 그래서 마침내 이 작업에 착수하게 되었다. 그런데 이 책을 일찍 시작하지 않은 것이 내게는 다행이었다. 시간적 여유가 생겨 천천히 작품도 고르고 작품에 대해 깊이 생각할 수 있었으며 이런저런 배경 지식도 더 찾아볼 수 있었다.

이 책은 내 공부의 발자취라고도 할 수 있다. 고전문학을 연구하겠다는 포부를 지니고 대학의 국어국문학과에 들어가 쉼 없이 국문학을 마주하고 연구자로 살았다. 이 책에 수록된 작품들은 이전에 내가 연구한 것도 있고 이 책을 위해 새로 살핀 것도 있다. 1장은 예전 논문과 책에서 살핀 작품들을 이번에 새로 고쳤고, 2장과 3장의 대부분은 새로 썼다. 새로 썼다 하여 아주 낯설거나 날것은 아니고 그동안 관심을 가지고 있던 것들이었다.

작가를 선택하고 그 작가의 작품을 고르는 작업은 즐거운 경험이었다. 작품 한 편을 선택하기 위해 문집 전체를 다시 읽기도 하였다. 작가를 알기 위해 평전을 읽기도 했다. 지명 하나를 알기 위해 많은 서적을 뒤적이기도 했다. 연구자들이라면 늘 하는 작업이지만 이번 작업은 작은 물줄기가 보태어져 강물의 흐름이 넓어지는 듯한 경험이었다. 지식이라든지 생활상 등을 알게 되는 것뿐만 아니라, 작가의 삶에 다가가 좀 더 이해하고 구성해 볼 수 있어서 즐거웠다.

오랜 벗 임은실에게 고마움을 전한다. 원고 전체를 꼼꼼하게 읽고 많은 도움과 조언을 주었다. 이런 지기知己가 있으니 또한 기쁘지 아니한가! 이런 책을 내고 싶다고 연락드렸을 때 흔쾌히 출판을 결정해 준 소명출판의 박성모 사장님께 깊은 감사를 드린다. 예전에 내 첫 책을 낼 때도 반갑게 맞아주었던 기억이 생생하다. 인문학의 위기라는 이 시대에 참으로 '소명'을 지키고 있음에 다시 한번 감사드린다. 또한 윤소연 편집자에게도 감사를 드린다. 교정을 보고 그림을 찾느라 수고를 마다하지 않았고, 책을 아름답게 꾸며주었다.

어느덧 계절은 봄을 지나 가을이 깊어가고 있다. 제비꽃이며 수선화 같은 작고 어린 꽃들이 흙덩이를 헤치고 피어나더니 이제는 노란 은행잎과 붉은 단풍들이 바람에 날리며 땅으로 쏟아져 내린다. 햇빛 속에서 반짝이는 꽃도 아름답지만, 산책로에 고인 빗물 속에 내려앉은 낙엽도 곱기만 하다. 하늘 아래 소중하지 않고 아름답지 않은 삶이 어디 있으랴.

2019년 가을
김경숙

2장 │ 이 풍진 세상을 누구와 건널까
조선 지식인이 걸었던 마음의 뒤안길

3장 │ 새장 속 학鶴이 하늘을 노래하네
상처받은 삶이 피워낸 여성 시인의 시들

1장

우리는 모두 실의한 사람들이라 失意

뜻을 잃고 시詩를 얻은 서얼 문사의 시들

01

달빛 아래 벗을 기다리는
그윽한 사람

---- ✾ ----

밤에 두미에 배를 대고　　　　　　　　　　　이세원

두미 아래 배를 댄 것은

밤이 서늘한 단풍나무 앞.

하늘은 바람이 불어오는 곳에 훤하고

강물은 산 그림자 즈음에 밝았네.

삽살개 쓸쓸히 마을에서 짖고

객은 허둥지둥 배에서 내리네.

그윽한 사람 새벽달을 생각하며

홀로이 모래펄의 물새를 짝하여 조네.

夜泊斗湄
야 박 두 미

舟泊斗湄下　夜凉楓樹前
주 박 두 미 하　야 량 풍 수 전

天白風從處　江明山影邊
천 백 풍 종 처　강 명 산 영 변

寥寥尨吠閗　草草客辭船
요 료 방 폐 한　초 초 객 사 선

幽人思曉月　獨伴沙鷗眠
유 인 사 효 월　독 반 사 구 면

✾

16

두미는 어디에 있는가. 남한강과 북한강이 만나 양수리가 되고 여기에 소내[牛川]까지 합쳐져 넓은 호수처럼 되었다가 다시 하나의 물줄기가 되어 좁아져서 서북쪽으로 흐르는 지점에 두미가 있다. 경기도 남양주시 와부읍과 조안면의 경계 지점이다. 문헌을 찾아보면 두미는 斗湄두미, 斗尾두미, 斗尾遷두미천, 斗尾峽두미협, 斗峽두협이라 썼다. '斗湄'의 '斗'는 부피의 단위인 말(열 되)인데, 많다는 의미로도 쓰인다. 또한 구기라 하여 술이나 기름 등을 푸는 자루가 긴 기구를 뜻하기도 한다. '湄'는 물가를 뜻한다. 그러므로 '斗湄'는 '많은 물이 있는 곳'이라는 의미도 되고, '국자처럼 물이 많은 곳에 자루가 길게 이어진 지형'이라는 뜻도 된다. '斗尾'는 꼬리 미尾를 썼으니, 구기의 꼬리라는 뜻이다. 그러므로 '斗湄'와 '斗尾'는 공통적으로 구기의 손잡이처럼 생긴 모습을 말한다. 결국 두미란 많은 물이 좁은 골짜기로 들어가 흐르는 지형을 말한다.

이덕무李德懋(1741~1793)는 '두미斗湄는 흑수黑水라고도 부르는데 두 산이 절벽으로 솟아 있고 돌은 모두 검으며 뾰족뾰족하고 울퉁불퉁하여 사납게 이를 드러내고 물어댈 것처럼 보였다'고 했다. 한장석韓章錫(1832~1894)은, '두미斗尾는 험절하여 여울의 물살이 빠르면서 급하고 바람이 높고 날씨가 춥다'고 했다. 김윤식金允植(1835~1922)에 의하면 두미斗湄에서 한겨울에는 잉어 얼음낚시를 했다. 또한 강을 거슬러 올라오는 장삿배와 고깃배들이 많았다.

지금도 양수리(두물머리)는 커다란 느티나무가 서 있는, 물안개 피는 강가로 유명하다. TV에도 자주 나오고 사람들도 많이 찾는 명소이다. 그런데 조선시대에도 이 근처는 명소였다. 특히 두미는 사대부들이 자주 찾는 장소였다. 친구 몇이 어울려 용산이나 뚝섬에서 배를 띄우고는 강을 거슬러 올라가면서 경치를 구경하고 승경지도 방문하며 음악을 연주하고 그림도 그리고 시도 지었다. 이를 뱃놀이, 즉 선유船遊라 했다.

과거科擧 공부를 하는 젊은이들은 잠시 책에서 벗어나 벗들과 함께 바람을 쐬며 앞날의 포부를 펼쳤다. 눈앞에 경물이 아름답게 펼쳐지고 시원한 강바람에 꽃향기가 섞여 불어오니, 호탕한 기분이 저절로 느껴졌을 것이다. 그래서 이들은 이 추억을 시와 그림으로 남겨 훗날 자신들이 벼슬에 오르고 뿔뿔이 흩어졌을 때, 청춘을 회상하는 증거로 삼고자 했다.

또한 시간이 흘러 벗 가운데 벼슬에 나아간 사람이 한강 주변에 근무하고 있으면 그 벗을 찾아가기 위해서, 또한 벼슬에 나아가지 못한 벗이나 존경하는 원로, 선배들을 찾아가기 위해서도 배를 타고 갔다.

이들은 용산에서 배를 타고 잠두봉蠶頭峯, 선유도仙遊島를 지나, 살곶이[전관箭串], 뚝섬[독도纛島], 저자도楮子島, 압구정狎鷗亭, 선릉宣陵, 봉은사奉恩寺를 거쳐 삼전도三田渡, 둔촌서원遁村書院, 오자정五子亭, 춘초정春草亭을 구경하고 평구역점平丘驛店, 검단산黔丹山, 봉안역奉安驛을 지나 두미에 이르렀다.

이처럼 유람이 수반되었기에 하루 뱃길이 아니었다. 그래서 유숙을 했는데 주로 봉은사, 평구역점, 봉안역 등에서 잤다. 선릉의 원찰願刹인 봉은사는 특히 동호東湖의 독서당讀書堂과 가까웠기에 석학들이 자주 찾았다. 봉은사 주변은 아름다웠고, 압구정에 오르면 서울 주변의 산들과 한강 하류가 시원스레 펼쳐졌으며, 저자도는 흰 모래와 갈대숲으로 유명했다. 평구역점은 지금의 남양주시 삼패동 평구마을에 있던 역점이고, 봉안역은 지금의 남양주시 조안면 능내리에 있던 역이다.

18

이 시를 쓴 고암顧庵 이세원李世愿(1674~1744)은 서얼이었다. 이식李植(1584~1647)의 손자인 이여李畬(1645~1718)에게 조륜趙綸(?~1738)과 함께 수학했는데, 이식의 증손인 이기진李箕鎭(1687~1755), 조륜, 이세원은 젊은 시절부터 친분이 두터웠다. 이세원과 조륜은 서얼 출신이고 이기진은 명문가의 후예였기에 신분과 가문의 위상에 차이가 있었지만, 세 사람은 이것에 구애받지 않고 죽을 때까지 우정을 이어갔다. 이들은 자신들이 우정을 나눈 것은, 시도가 합치했기 때문이며[以詩道契許忒深] 마음을 같이 했기[與我同心者] 때문이라고 했다.

1738년 조륜이 사망했을 때 이기진은 영남관찰사로 있었다. 그는 같은 해에 조륜의 문집 『솔암유고率菴遺稿』를 영남감영[嶺營, 경상감영]에서 간행하였다. 1744년에는 이세원이 사망하였고 그로부터 이태 뒤인 1746년에 이기진은 평안도관찰사가 되었다. 그러자 그해에 이세원의 문집 『고암유고顧菴遺稿』가 평안감영에서 간행되었다. 이기진이 자신보다 먼저 떠난 두 벗의 문집 간행에 적극 힘썼던 것이다. 조선시대 가난한 선비들에게 문집 간행은 쉬운 일이 아니었다. 특히 사후에 바로 문집을 간행하기는 더욱 어려웠다. 그런데 조륜과 이세원의 문집은 그들과 평생 우정을 나눈 이기진이라는 든든한 후원자가 있었기에 가능했다.

이식의 후손이며 명문 노론의 후예인 이기진은 벼슬길이

승승장구했으나 이세원과 조륜은 그러하지 못하였다. 이세원은 나이 오십을 전후해서야 향시에 뽑혔고 55세 무렵에는 식년시 소과에 2등을 하였지만, 대과에 합격하거나 벼슬에 나아가지 못했다. 그러므로 청빈清貧과 한거寒居에 안존하며 자신만의 시 세계를 이룩했다. 특히 산수시에 뛰어나 일가를 이루었다. 또한 산수 유람을 통해 이를 더욱 발전시켰는데 이를 가능하게 한 것이 이기진이었다. 이기진이 벼슬살이를 가거나 유람을 할 때 함께 다니며 산수 유람을 할 수 있었다. 조륜은 일생의 대부분을 변경의 객지에서 보내며 낮은 벼슬을 전전했다. 그래서 그의 시에는 타향살이의 슬픔과 떠돌아다니는 서글픔 그리고 변방의 모습이 많이 담겨 있다.

20

이기진은 이세원이 '시에 능하면서도 빨리 지었다[能詩而赴速]'고 했다. 또한 이세원은 당시唐詩를 잘하고 조륜은 두시杜詩를 잘했다. 이세원은 시를 잘 지을 뿐만 아니라 감식안도 있었다. 1738년 조륜이 사망한 뒤 이기진이 『솔암유고』를 간행할 때, 조륜의 작품들을 직접 비선批選하고 평하였다. 또한 1739년에 영남감영에서 이식의 『두시비해杜詩批解』를 새로 간행할 때 이 작업에 참여하여 교정을 보았다. 곧 이세원은 당시와 두시에 조예가 깊었고, 이에 대해 인정받고 있었던 것이다.

이세원이 젊은 시절에 지은 위의 시 「야박두미」는 일반적인 '선유' 시들과는 분위기가 다르다. 한양 성안이 고향이거나 지방에서 와서 서울에 사는 사람들에게 한강에서의 선유는 문자 그대로 뱃놀이였다. 그러나 한강 근처가 고향인 사람들 특히 한강을 거슬러 올라간 북한강이나 남한강 주변이 고향인 사람들에게 한강에 배를 띄우는 일은 의미가 달랐다. 단순한 뱃놀이가 아니라 고향을 오고가는 교통수단이었다.

이세원은 경기도 양평군에 살았다. 이여에게 수학한 그는 이식이 지은 택풍당澤風堂에서 학문을 배웠다. 택풍당의 주소는 예전에는 양평군 지평면이었으나 지금은 양동면이다. 양수리를 지나 남한강변에 위치한다. 그러니 한양에서 한강을 거슬러 올라가는 것은 그에게는 고향으로 가는 일이었다.

한강을 배 타고 거슬러 가다가 밤이 되자 두미에 정박한 심상을 나타낸 이 시는 보통의 '선유' 시들이 밝은 낮을 배경으로 한 것과 다르다. 낮에 배를 타고 앞으로 나아가며 경물을 즐기는 호탕하고 희망에 부푼 흥취가 나타나지 않는다. 그 시간은 이미 지난 것이다. 사방에는 어둠이 내렸다. 배가 정박한 곳은 두미이다. 멀리 높고 험한 산마루에서 서늘한 가을바람이 불어온다. 그 바람을 따라 달이 떠오르려는지 산 뒤로부터 하늘이 훤해진다. 시간이 지나면서 달빛이 비친 강물은 점점 밝아지고 산 그림자는 더욱 어두워진다. 강물에 비친 저 산 그림자 너머 어디쯤인가에 고향 마을이 있으리라.

그때 멀리서 삽살개 짖는 소리가 들려온다. 근처에 마을이 있나보다. 사실 두미에 정박한 배는 내일 새벽이면 다시 강을 거슬러 올라갈 것이다. 또한 남한강으로 가는 사람들, 북한강으로 가는 사람들은 목적지에 따라 다른 배에 오르게 될 것이다. 근처에 마을이 있다는 것은 밤에 두미에 머무르는 사람들을 위한 객점客店도 있다는 것이다. 그래서 배에 타고 있던 나그네들은 허둥지둥 배에서 내려 밤에 머물 곳을 찾아간다.

그러나 그윽한 사람은 객점을 찾아가지 않았다. 배가 정박한 모래펄에 앉아 있다. 아예 배에서 내리지 않았을 수도 있다. 이제나저제나 새벽달이 뜨기를 기다리고 있다. 마음이 급하기 때문이다. 어서 새벽이 되어 배를 타고 고향으로 가고 싶은 것이다. 그곳에는 자신을 기다리는 사람들이 있다. 나를 알아주는 사람, 내가 찾아갈 사람이 있는 것이다. 그들도 지금 잠 못 이루고 나를 기다리고 있으리라. 그러므로 홀로 물새를 벗 삼아 졸고 있다. '사구沙鷗'는 예로부터 한시에 자주 사용된 단어이다. '鷗'는 갈매기를 뜻하지만 갈매기 과의 모든 물새를 뜻한다. 그러므로 갈매기나 물새 어느 쪽으로 번역을 해도 문제가 없다. 중요한 것은 이 '沙鷗'라는 단어가 '떠돌아다니는 외로운 신세' 혹은 '세속의 명리를 잊고 자연에 사는 존재'라는 이중의 의미를 지니고 있다는 점이다. 외로운 물새 같은 자신을 기다리는 사람, 자신이 찾아가 쉴 곳이 있다는 것은 험한 물결 속을 떠도는 삶을 지탱하게 해주었을 것이다.

이 시에 대해 삼연三淵 김창흡金昌翕(1653~1722)은 '당시唐詩 같다'고 평했다. 시에서 이세원은 경물과 혼연일치되어 있다. 밤, 어두운 강물, 외로운 배, 서늘함, 쓸쓸히 들려오는 삽살개 소리가 비감悲感한 심상을 촉발하고, 배가 정박한 두미천이라는 장소 역시 쓸쓸하고 서늘한 느낌을 불러일으킨다. 그런데 이 쓸쓸함은 산마루 너머에서 떠오르기 시작하는 달빛에 의해 따뜻하게 바뀐다. 달빛이 비추자 삽살개의 쓸쓸한 소리는 오히려 근처에 마을이 있다는 반가운 소식이 되고, 이 때문에 나그네들은 급히 배에서 내린다. 외롭고 어두운 여정에서 따뜻하게 쉴 곳을 찾는 것이다. 이 시에는 그리운 사람을 만나러 가는, 어서 만나고자 하는 심상이 경물의 변화를 통해 섬세하게 표현되었다.

또한 이 시는 한 폭의 산수화를 연상시킨다. 검은 산들이 첩첩이 쌓인 협곡으로 강물이 흐르는데, 멀리 산마루 뒤쪽으로 밝은 빛이 그려진다. 검은 산 그림자가 어린 강물은 검은 빛으로 칠하고 그 주변 강물은 밝은 빛을 더했다. 붉은 단풍나무가 서 있는 강가에는 작은 거룻배가 정박해 있고 희미한 등불이 보인다. 이 배에서 나그네들이 내려서 객점으로 향하는 모습이 어렴풋하게 그려진다. 조금 떨어진 모래펄에는 앉아서 졸고 있는 사람과 물새가 보인다. 그림을 그린 뒤 시를 써도 되고, 시를 쓴 뒤에 이를 그림으로 그려도 손색이 없다. 이는 시중유화詩中有畫, 곧 시 속에 그림이 있고 그림 속에 시가 있는 경지를 구현한 것이다.

이 시를 읽으면 언제나 심사정沈師正(1707~1769)의 〈강상야
박도江上夜泊圖〉가 떠오른다. 이 그림은 놀라우리만치 「밤에 두미
에 배를 대고」와 심상이 닮아 있다. '강상야박江上夜泊'은 '밤에 강
가에 배를 대고'라고 번역된다. 이미지가 겹칠 수밖에 없다.

사실 〈강상야박도〉는 두보杜甫의 시 「봄밤의 기쁜 비春夜喜
雨」에 기초한 시의도詩意圖(유명한 시구를 회화로 표현한 그림)다. 비
내리는 봄밤의 정취를 그렸다. 그림의 윗부분을 보면 이 시의 5,
6구절인 '野徑雲俱黑 江船火獨明야경운구흑 강선화촉명'이 적혀 있
다. '들녘 길 구름 검은데, 강에 뜬 배 등불 밝구나'라는 뜻이다.
비 내리는 봄밤의 정취 중에서도 이 두 구절의 느낌을 그렸다.
그림을 보면 어두운 밤, 저 멀리 보이는 산들, 강가의 나무들, 그
곁에 정박한 배, 그 배에 홀로 탄 사람, 배 안의 희미한 불빛이
보인다. 더구나 배에 탄 사람은 쪼그리고 앉아 고개를 무릎에
숙이고 있다. 한 점 불빛을 의지해 있는 그의 모습이 너무도 쓸
쓸해 보인다.

비록 시구에 촉발되어 시의도를 그렸지만, 그림은 자신의
경험에서 우러나온 것이다. 경험이 있기에 시를 보고 그림으로
표현할 생각이 들었던 것이다. 심사정도 지인들과 한강에 배를
띄우고 강물을 거슬러 갔을 것이다.

〈강상야박도江上夜泊圖〉
심사정, 국립중앙박물관 소장

거친 보리밥을 먹으며
부르는 노래

❋

거친 보리밥 노래　　　　　　　　　　이세원

보리밥 거칠고 거칠어 먹기 힘들구나

한 번 씹으니 이가 껄끄럽고

두 번 씹으니 목구멍과 입술이 찔리네.

목구멍과 입술 찔려도 삼키는 기술 있으니

가는 파 푸르고 연하며

상추와 참깻잎 크고 얇으면서도 매끄러우니

왼손으로 잎을 들고 오른손으로 밥그릇을 가지고

단 장으로 맛을 도와

싸기를 거듭거듭 주먹만큼 만드네.

붙들고 삼키기를 해자 메우듯 하면

뚱뚱하게 부른 배가 산처럼 높아져
기꺼이 한 번 먹고 스스로 만족하니
연한 밥, 좋은 국도 배부르면 신맛 난다네.
보리밥 거칠고 고생스러워도 궂지만은 않구나
한 번 먹으면 사람의 지혜를 돕고
두 번 먹으면 사람의 총명에 보탬이 되니
상하 수천 년에
뚜렷한 요순이라.
위로는 임금을 도울 수 있어
공경히 사람이 때맞춰 백곡을 파종케 하고
아래로는 우리 백성을 잘살게 할 수 있어
화락하게 배불리 먹고 그 배를 두드리게 하네
보리밥 거칠다 거칠다지만 거칠지 않구나.
다른 부자 귀인들을 보라.
기름진 것 깨물고 고량진미 지녀도 마음은 거칠어
일은 않고 먹는 것이 진실로 미우니
사람의 비난과 귀신의 꾸짖음이 어찌 두렵지 않으리.
보리밥 노래를 완성하고 누워 홀로 길게 읊으니
하늘과 땅은 한가롭고 해는 또 저무는구나.

麥飯粗歌
맥 반 조 가

麥飯粗粗難食
맥 반 조 조 난 식

一嚼牙齒澁 再嚼喉吻棘
일 작 아 치 삽 재 작 후 문 극

喉吻棘呑有術 細葱靑軟
후 문 극 탄 유 술 세 총 청 연

萵苣葉大凉而滑 左手承葉右手持鉢
와 거 엽 대 량 이 활 좌 수 승 엽 우 수 지 발

甘醬助滋味 包裹重重大如拳
감 장 조 자 미 포 과 중 중 대 여 권

扶護送下若塡壑 便便皤腹高如山
부 호 송 하 약 전 참 편 편 파 복 고 여 산

怡然一飽亦自足 軟飯香羹飫生酸
이 연 일 포 역 자 족 연 반 향 갱 어 생 산

麥飯粗困且衡
맥 반 조 곤 차 형

一嚼益人智 再嚼益人明
일 작 익 인 지 재 작 익 인 명

上下數千載 歷歷虞與唐
상 하 수 천 재 역 력 우 여 당

上可佐皇王 敬授人時播百穀
상 가 좌 황 왕 경 수 인 시 파 백 곡

下可阜吾民 凞凞含哺鼓其腹
하 가 부 오 민 회 회 함 포 고 기 복

麥飯粗粗不粗
맥 반 조 조 부 조

看他豪貴人 嚙肥持粱心鹵莽
간 타 호 귀 인 교 비 지 량 심 로 망

尸位素餐誠可惡 人非鬼責寧不怖
시 위 소 찬 성 가 오 인 비 귀 책 녕 불 포

歌成偃臥獨長吟 天地悠悠日又暮
가 성 언 와 독 장 음 천 지 유 유 일 우 모

이세원은 평생 가난한 생활을 하였다. 이식의 학풍을 이었으나 과거와 벼슬길에는 인연이 없었다. 뒤늦게 향시와 식년시 소과에 합격했지만 이후에도 벼슬에 나아가지 못해 형편은 점점 쪼그라들었고, 마침내 고향의 집도 잃어버렸다.

그러나 그는 세상을 탓하지 않았다. 오히려 자연 속에서 가난을 가난하다 여기지 않고 살아가는 삶에 만족했다. 그는 이를 '가난을 잊음[忘貧]'이라 하였다. 또한 우리가 누추하다 여기는 곳[陋巷]도 실은 신선의 땅[蓬島]이 될 수 있다고 했다. 날이 흐리고 개는 것도 헤아릴 수 없이 변하고, 눈보라 치다 문득 봄바람이 불기도 한다. 높고 낮음도, 예쁘고 추한 것도 정해진 것이 없다. 그러므로 누추한 집에 살아도 정신만 깨어 있다면 오히려 도道가 가까이 있다.

환갑이 넘은 나이에 그는 가족을 데리고 깊은 산골로 들어갔다. 경기도 양평의 용문龍門과 갈산葛山을 지나면 보이는 곳으로, 양동면이나 지평면 근처였다. 그곳은 높은 산봉우리가 둘러 있고 집 앞에는 시내가 흘렀다. 울타리 앞에는 작은 땅이 있어 채소를 심어 먹었다. 또한 나무에서 과일이며 열매를 따서 먹었고 시내에서는 물고기도 잡았다. 양봉을 하여 꿀도 얻었다. 산

골에서 할 수 있는 농사를 지었던 것이다. 거기에 더해 어린 딸
은 베틀에 앉아 베를 짰다. 그러니 의복 걱정도 없다고 했다. 자
급자족의 생활이었다.

이세원은 이러한 생활을 만족스럽게 여겼다. 전가田家의 즐
거움이라고 했다. 욕심을 부리지 않았기 때문이다. 거친 음식을
먹을망정 세상에 오염되지 않고 정신을 맑게 할 수 있기 때문이
었다. 그는 나무 곁에서 책을 읽으며 한가로운 전원 생활을 시
로 남겼다. 천 수首에 이르는 많은 양이었다. 소심素心을 지켰기
에 가능했던 무심無心의 경지였다.

위의 시 「거친 보리밥 노래」는 그의 생각을 잘 드러낸다.
당시 대부분의 가난한 사람들은 하얀 이밥을 먹기 힘들었다. 명
절에나 구경할 수 있었다. 주로 조, 수수, 보리 등을 먹었는데,
특히 보리는 겨우내 근근이 이어오던 양식마저 떨어져버린 춘
궁기 끝자락에 수확을 하였다. 보릿고개를 버티면 보리밥을 먹
게 되니 굶어죽지 않을 수 있었다. 고마운 곡식이었다.

그런데 보리는 까끌까끌하여 그냥 먹기가 힘이 들었다. 지
금이야 보리밥을 음식점에서 별미로 사먹지만 이는 물에 삶고
육수를 넣고 하여 부드럽게 한 것이다. 또한 시장에 가면 보리
밥을 바로 지을 수 있게끔 가공한 보리도 판매한다. 그러나 예
전에는 거친 꽁보리밥을 먹기가 마냥 쉽지만은 않았다. 그래서
고안해낸 방법이 파, 상추, 깻잎으로 쌈을 싸서 먹는 것이었다.

모두 텃밭에서 키울 수 있는 채소들이다. 이에 대한 이세원의 묘사는 해학적이다. 왼손에 쌈 잎을 올려놓고 오른손으로는 밥을 떠서 거기에 단 간장을 넣고 가미한다. 이를 주먹만 하게 만들어서 두 손으로 붙들고 먹으면서 삼키는 것을 마치 해자를 메우는 것 같다고 하였다. 해자란 성 밖을 두른 호수이니, 입을 크게 벌리고 뺨이 불룩해지도록 쌈을 먹는 모습을 해자 메우는 것에 비유했다. 그렇게 한 입, 두 입 먹다보면 배가 산처럼 부르고 기분이 좋아진다. 보리밥을 잔뜩 먹고 부른 배를 두드리며 만족하는 모습이 상상된다.

그런데 이 보리밥은 그냥 밥이 아니라고 했다. 한 번 먹으면 사람을 지혜롭게 하고 두 번 먹으면 사람을 밝게 해 준다. 가난을 가난하다 여기지 않고 소박한 삶 속에서 삶의 지혜를 키워 나가는 것이다. 이는 단사표음簞食瓢飮과 통한다. 대그릇에 담긴 밥과 표주박의 물을 마시면서도 가난을 근심하지 않고 즐거움을 고치지 않았던 공자의 제자 안회顔回처럼, 어진 사람이 되는 것이다.

그러므로 저 옛날 요순시대부터 때에 맞추어 곡식을 파종하고 거두어 들였다. 씨 뿌릴 때 씨 뿌리고 거둘 때 거두어들이면, 왕부터 백성에 이르기까지 평안했다. 거친 음식이어도 마음이 편하니 배부르고 즐거웠다. 말 그대로 이상세계인 것이다.

그러나 부드러운 밥, 좋은 국은 여러 번 먹으면 신맛 나고 질린다고 했다. 좋고 기름진 음식이 문제가 있는 것이 아니다.

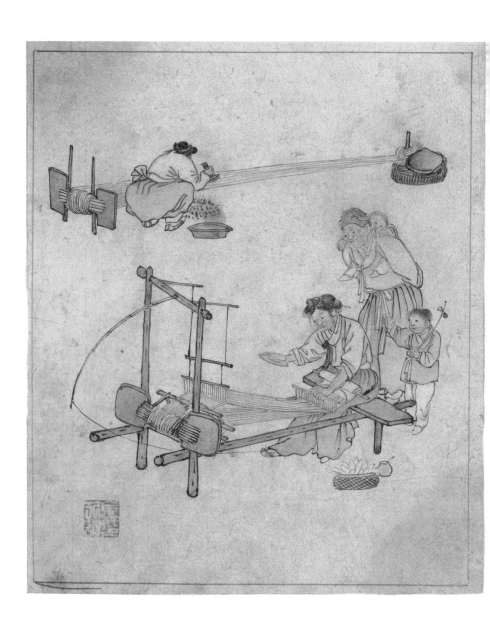

〈길쌈〉
김홍도 국립중앙박물관 소장

그 음식을 차지한 사람들에게 죄가 있는 것이다. 귀인이라는 사람들은 먹는 것이 부드러운데 오히려 마음이 거칠다. 땀 흘려 농사를 짓거나 일을 하지도 않고 먹기만 한다. 탐욕을 일삼는 소인배인 것이다. 그러기에 사람들이 비난하고 귀신들이 꾸짖는다.

거친 음식을 먹지만 마음만은 소박하고 부드러운 사람들의 삶이 더욱 행복하다. 이들이야말로 군자이자 어진이인 것이다. 그래서 산골에서 살아가는 삶은 한가롭고 평화롭다. 이세원은 서울로 달려가 벼슬하고자 하는 욕망을 이미 오래 전에 버렸다. 자신의 누추한 오두막을 아끼며 성현의 말씀을 따르고 시를 벗 삼아 안빈낙도의 삶을 이룬 것이다.

이러한 귀거래의 삶을 이세원이 처음부터 원했던 것인지는 모르겠다. 그도 젊은 시절에는 세상에 나아가 뜻을 펼쳐 보고자 했다. 그러나 신분의 굴레는 그를 얽어맸다. 환갑이 넘은 나이에 산골로 들어가 안빈낙도를 구현했다. 마침내 유가적 이상세계를 이룬 것이다. 그러나 여기에 이르기까지 그가 겪었을 슬픔과 좌절은 우리가 상상하기 힘들 것이다. 그는 비슷한 시기에 쓴 다른 시에서 어린 딸이 베틀에 앉아 베 짜는 모습을 평화롭게 묘사했다. 하지만 이제 열 몇 살 된 소녀에게 베 짜기는 만만치 않은 중노동이다.

산골 초가삼간 마루에서 베틀에 앉아 있는 어린 소녀의 모습을 머릿속으로 그려본다. 그를 바라보는 이세원의 모습도 보인다. 이세원의 시들이 평화롭게만 읽히지는 않는다.

03

이 몸이 풍파 사이
한 조각배에 실려 있으니

※

우리 노모는 명년이면 66세가 되시는데 이 몸이 오늘밤 조각배를 타고 풍파 사이에 있는 것을 알지 못하실 것이다. 이에 당나라 시인의 '一年將盡夜 萬里未歸人^{일년장진야 만리미귀인}'이란 글귀를 외니 정경이 그림과 같았다. 한 글자씩 운韻을 삼아서 절구絶句 열 수를 지었다.   신유한

생강 겨자로 생선회에 양념하고
고기 잘게 썰어 떡국에 넣었네.
이 고향의 맛을
가족들과 어찌 함께 하리.

어머니를 생각하고 또 생각하니
눈물이 가을 물결처럼 떨어져 흐르네.
외로운 등잔과 마디마디 창자가
이 밤 함께 녹아 없어지려 하네.

동생은 글을 읽지 못하고
어머니 모시고 농촌에 있네.
모름지기 말하겠지, 사신使臣을 태운 배는
어느 곳에서 오늘밤을 지내는가.

아내는 가난하여 겨울에 따뜻하지 못해
추운 부엌에서 보리밥을 짓네.
비록 백 년을 해로하더라도
이별한 날이 헛되이 수만 날은 되리.

큰 아이는 아홉 살이 되어가고
작은 아이는 겨우 숟가락을 쥐네.
아버지라 부르는 소리 듣지 못하니
구름 물결이 아득히 천리이네.

念我老母 明年六旬有六 應不知此身 今夕寄坐一葉風
영 아 노 모　명 년 육 순 유 륙　응 부 지 차 신　금 석 기 좌 일 엽 풍

波間耳 因誦唐人詩 - ·年將盡夜 萬里未歸人之句 情景
파 간 이　인 송 당 인 시　일 년 장 진 야　만 리 미 귀 인 지 구　정 경

如畫 逐字爲韻 得十絶句
여 화　축 자 위 운　득 십 절 구

薑辛佐魚繪 肉細和餅湯
강 신 좌 어 회　육 세 화 병 탕
言是故鄕味 室家那得將
언 시 고 향 미　실 가 나 득 장

憶親復憶親 淚若秋波隕
억 친 부 억 친　루 약 추 파 운
孤燈與寸腸 此夜俱消盡
고 등 여 촌 장　차 야 구 소 진

有弟不讀書 奉親在農舍
유 제 부 독 서　봉 친 재 농 사
應言博望槎 何處經今夜
응 언 박 망 사　하 처 경 금 야

妻貧冬不煖 廚凍炊藜飯
처 빈 동 불 난　주 동 취 려 반
縱使百年偕 別日空數萬
종 사 백 년 해　별 일 공 수 만

大兒垂九齡 小兒纔弄匙
대 아 수 구 령　소 아 재 롱 시
不聞喚爺聲 雲波渺千里
불 문 환 야 성　운 파 묘 천 리

신유한申維翰(1681~1752)은 18세기 전반을 살았던 서얼 문사로 시에서 뛰어나다는 평가를 받았다. 그에 대한 평가는 화려하다. 남태제南泰齊(1699~1776)는 '신유한의 시문이 다만 일세에 이름을 떨쳤을 뿐만 아니라 비록 바깥 오랑캐라 하더라도 그의 성명을 알고 있으며, 문장이 차천로車天輅(1556~1615)보다 낫다'고 하였고, 홍계희洪啓禧(1703~1771)는 '신유한의 문장은 옛날에도 또한 견줄 만한 이가 드물었다'고 하였다. 이미李獼는 신유한이 목릉성세穆陵盛世(뛰어난 학자와 시인들이 많이 배출되었던 선조 임금 시기)에 태어나 중국 사신을 접대하여 시를 주고받았더라면 최립崔岦(1539~1612)은 그의 앞에 오로지 아름답지 못하였을 것이고 차천로는 아래가 되었을 것이라고 하였다. 이민덕李敏德은 시단詩壇에서 진주를 토하듯 뛰어난 시를 썼던 기치라고 하였다. 이봉환李鳳煥(1710~1770) 등의 후대 서얼들은 신유한과 김도수金道洙(1699~1733)의 시문이 서얼들 중에서 가장 뛰어났다고 하였다. 그의 문집인 『청천집靑泉集』을 보면 140명이 넘는 많은 사람들과 시문을 주고받고 창화하였다. 당대에 이미 시문으로 인정을 받고 교유관계도 넓었음을 알 수 있다.

그런데 이러한 명성 뒤에는 시련이 뱀처럼 도사리고 있었다. 신유한은 경상도 밀성密城(밀양)에서 서얼로 태어났다. 시골의 가난한 서얼 집안의 장자였다. 그러나 어려서 글을 배우자 시에 뛰어난 소질을 보였다. 1705년 25세로 소과 진사시에 일등으로 뽑혔다. 다음해 성균관에 유학을 하였다. 예전에 지었던 시들을 최창대崔昌大(1669~1720)에게 보이니, '우리나라에 이러한 작품이 없는 지 오래되었다'는 칭찬을 받고, 이로부터 명성이 자자하게 되었다. 그러나 명성은 명성일 뿐, 시골 출신 가난한 서얼 문사의 삶은 나아지지 않았다.

서얼은 사대부 첩의 자손을 말하는데, 적자嫡子와 구별되어 서자庶子라 불리며 차별을 받았다. 적서차별은 고려 때까지는 없었으나 조선 초기에 만들어졌다. 법적 용어로는 서얼금고법庶孼禁錮法이라 하는데, 서얼을 청요직淸要職에 임명하는 것을 금했고 과거 응시 기회도 박탈했다. 청요직이란 청직과 요직을 합친 말이다. 청직은 학식, 인품, 덕망이 높은 인물이 사헌부·사간원·홍문관 등에 임명되는 벼슬로 품계는 높지 않으나 나중에 고관으로 승진되기 수월했다. 요직이란 호戶·형刑·공工 삼조三曹의 낭청郎廳과 각 사司의 벼슬을 이른다. 말하자면 고관으로 가기 위한 출세 코스를 막아버리고, 끝내 관직에 다가갈 기회도 없애 버린 것이다.

이는 한정된 관직을 기득권자들이 독점하기 위한 성격이 짙었다. 곧 사대부 내에서도 과거에 급제하고 관직에 나아가는 숫자가 제한되었기 때문에 서얼들을 제도권 내에 포용하지 않으려 했다. 경쟁자가 될 싹을 애초에 자른 것이다.

그러나 이 법의 가장 큰 문제는 어느 한 사람이 서자로 태어나면 그의 후손들도 모두 서얼 신분이 된다는 데에 있었다. 곧, 자손까지 금고가 되어 영원히 서얼이란 굴레에서 벗어나지 못하게 하였다. 또한 조선시대에는 처첩제가 용납되었기에 서얼의 수는 계속 증가할 수밖에 없었고, 조선 후기에 이르면 사대부 5명 중 1명은 서얼이라는 말까지 있었다. 그래서 서얼 가계가 계속해서 형성되었다. 서얼은 서얼 가문을 이루거나 서얼 안에서 사제관계를 형성하였고 사대부 못지않은 문명을 떨치는 문사들이 나타나게 되었다. 그러니 서얼들의 불만은 쌓여 갈 수밖에 없었다.

임진왜란 이후 군량미가 부족하자 서얼이 곡식을 내고 과거를 볼 수 있는 납속부거納粟赴擧가 허락되었다. 그러나 벼슬에 제대로 임용되지는 않았다. 숙종 이후에 서얼들에 의한 통청通清 운동이 본격적이고 지속적으로 일어나게 된다. 수백 명이 집단을 이뤄 상소하여 자신들도 사대부와 똑같이 임금의 적자이고 뛰어난 인재가 많으니 능력에 따라 등용해 줄 것을 요구하였다. 우리나라 역사상 유래도 없고 근거도 없는, 오직 조선에만 있는 서얼금고법을 없애라고 하였다. 그 결과 숙종 22년(1696)에 납속부거를 없애, 서얼들도 곡식을 내지 않고 과거를 볼 수 있게 되었다. 과거 응시자격이 사대부와 같게 된 것이다. 영조 48년 (1772)에는 임금이 서일금통·청庶孼禁通淸에 대해 '이후에는 절대로 거리낌을 안지 말 것이다[此後切勿抱碍]'라 하기에 이르렀다. 그러나 실제로 이는 서얼금고의 명목상 폐지에 지나지 않았다. 기득 권자들의 반대는 여전했고, 서얼제도 자체는 의연히 존재하였으며, 서얼들에 대한 실질적이고 관습적인 차별도 계속되었다.

신유한은 이러한 소용돌이 속에서 소과에 급제하고 성균 관에 입학했으며 시에 뛰어나다는 명성을 얻었다. 그러나 더 이 상의 진전은 없었다. 오랜 고난의 세월을 지낸 뒤 33세인 1713 년 대과인 증광시에 장원을 하였다. 흥미로운 사실은 숙종 이후 통청운동이 본격화된 뒤에, 서얼들은 소과에는 대부분 급제 하였지만, 대과에는 소수만이 급제하였다. 이현李灦(1653~1718)· 홍순연洪舜衍(1653~?)·엄한중嚴漢重(1664~?)·신유한·강백姜栢 (1690~1777)·박사유朴師游(1697~1726)·계덕해桂德海(1708~1775)·이 명계李命啓(1715~?)·남옥南玉(1722~1770)·성대중成大中(1732~1812) 등이다. 과거는 3년마다 정기적으로 치르는 식년시와 비정기 시험들이 있었다. 신유한이 치른 증광시도 비정기 시험이었다. 그런데 식년시 대과의 문과 합격자 수가 33명이었다. 이를 통해 유추해 보면, 이현부터 성대중까지 100년 사이에 식년시는 33번 정도 치러졌을 것이고 합격자 수는 300명이 넘는다. 비정기 시험까지 합치면 천 명이 훌쩍 넘는다. 그런데 서얼은 10명

정도가 합격한 것이다. 차별은 심하였고 그 차별을 뚫고 대과에 합격한 사람들도 참으로 대단했다.

그러나 합격은 합격일 뿐 상황이 나아지지는 않았다. 과거에 장원을 하고서도 벼슬을 얻지 못했기 때문이다. 일단 고향으로 돌아갔으나 살 길이 막막하였다. 1714년 봄, 밀양에서 고령으로 이사했는데, 집은 세 칸밖에 안 되고 몹시 초라했다. 이곳에서 어머니를 모시고 동생과 아내와 아이들과 함께 살았다. 그래서 여름에 다시 벼슬을 알아보러 한양으로 갔으나, 역시 실패하고 추운 겨울 빈털터리가 되어 집으로 돌아가야만 했다. 해진 도포를 입고 처량하게 고향집으로 돌아갔더니, 집은 겨우 네 벽만이 남아 있고 가족들은 모두 굶주리고 있었다. 온 식구가 얼굴에 누렇게 부항이 났고 가난이 뼛속까지 미쳤다. 고향 사람들은 대놓고 비웃었다. 시를 잘한다느니 과거에 장원을 했다느니 하더니만 벼슬 한 자리도 못 얻는다고 수군거렸다. 이에 정신은 점점 피폐해지고, 세상에 대한 원망이 쌓여 갔다. 그러므로 세상에는 살무사와 이리와 승냥이가 가득하여, 자신들의 앞길을 막는다고 하였다. 대낮에도 가득한 비릿하고 검은 구름 때문에 자신들은 모래 속에 파묻힌 옥 같은 존재라고 하였다.

이와 같은 상황에서 서얼들은 능력을 펼칠 수가 없었다. 그래서 '우리나라는 작다. 만일 내가 중국에서 태어났더라면 포부를 마음껏 펼 수 있었을 것이다'라는 생각을 하였다. 바다에

치우친 좁은 나라에서 살기 때문에 높은 뜻을 닦지 못하고, 수레와 말을 타거나 지팡이를 짚고 나막신을 신고서 집에 살거나 여행을 하는 것이 모두 나라 안에서 슬퍼하고 기뻐하며 모이고 흩어지니 마치 우물 안 개구리 같았다. 만약 중국의 유명한 문인들이 이곳에서 태어났더라도 과거에 급제하는 일 외에는 아무 것도 할 수 없으리라고 하였다.

그래서 눈을 나라 밖으로 돌려 해외를 동경하게 되었다. 이를 가능하게 한 것이 중국과 일본으로의 사행使行이었다. 그 나라들은 미지의 세계이며 너른 곳이었을 뿐 아니라 적서차별이 없는 곳이었다. 그러므로 그곳에서 시문을 통해 능력을 마음껏 펼치고 싶어 했다. 특히 이러한 희망을 품게 한 것은 일본 사행인 조선통신사朝鮮通信使였다.

17세기 초반부터 시작된 조선통신사는 조선과 일본 두 나라의 정치적 상황 때문이었다. 조선은 더 이상의 전쟁을 원하지 않아 평화를 이루고자 하였고, 일본은 새로 정권을 잡은 도쿠가와 막부가 위상을 세우고자 했다. 그래서 일본의 요청에 의해 조선은 사행을 파견하게 되었다.

그런데 사대부들은 일본으로 사행을 가는 것을 탐탁하게 여기지 않았다. 위엄을 세우고 나라의 명예를 지켜야 하는 막중한 책임이 있는 데에 더하여, 오고가는 길이 힘들었기 때문이다. 해로와 육로를 왕복하며 1년 가까이 걸렸는데, 특히 바닷길이 험했다. 일본에 대한 적대와 멸시도 한몫하였다.

그런데 일본인들의 조선문화 특히 시문에 대한 욕구는 대단하였다. 이에 문화교류를 할 문사의 선발이 필요하게 되었다. 그래서 사행을 책임지는 세 사신은 사대부에서 선발하였으나 문화교류를 담당하는 제술관과 서기에는 서얼을 임명하게 되었다. 이는 관례가 되었고, 제술관 1명과 서기 3명이 선발되었다. 일본인들은 이들을 부러워하고 사모하여 몰려들어 학사대인學士大人이라 부르면서 시문을 청하였다. 거리가 메이고 문이 막힐 지경이었다. 이때 일본에 가서 이름을 날린 대표적인 인물이 바로 신유한이다.

서얼들이 사행을 통해 문명을 날리고 울울한 심사를 풀고 오는 것은 당시에 서얼뿐만 아니라 사대부들 사이에서도 암묵적으로 받아들여졌다. 서얼들이 일본에서 문명을 날렸음을 자타가 높이 샀다. 사행을 통해 멀고 넓은 곳으로 갈 수 있고 자신들의 바람을 부분적으로나마 실현할 수 있었다. 이러한 이유로 서얼들의 사행에 대한 기대는 남달라 자신들의 능력을 펼칠 수 있고 인정받을 수 있는 좋은 기회로 생각했다. 또한 열망이 큰 만큼 경쟁도 치열했다.

또한 조선통신사는 일본에서의 행적을 일기로 남기었다. 이를 사행록使行錄이라고 한다. 이 가운데 가장 아름다운 사행록이 바로 신유한이 저술한 『해유록海遊錄』이다. 원경하元景夏

(1698~1761)는 신유한이 직접 경험한 사실을 쓰게 되었는데, 그 글은 큰 울림이 있어 후세에 길이 전해지리라 하였다. 곧 해외 경험을 뛰어나게 쓴 문文을 후세에 전하는 것으로 서얼의 울울한 심사와 처지를 보상받으리라 여겼다.

위의 시는 신유한이 조선통신사 제술관으로 사행을 떠나 쓴 시이다. 오랜 고통과 좌절 뒤에 1717년 종6품 비서저작랑秘書 著作郎(나라의 도서와 문건을 관리하는 관청인 비서감에서 저술을 맡던 직책)에 임명되고, 1719년 제술관이 되었다. 평소 바라던 희망이 이루어졌으니 몹시 기뻤다. 1719년 4월 11일 사행은 공식적으로 한양을 출발했다. 신유한은 4월 21일 고향집에 도착하여 길 떠날 채비를 하고 5월 7일 부산으로 떠나 13일에 도착했다. 사행은 6월 20일에 사행선을 타고 부산을 출발하여 쓰시마[對馬島]에 도착했다. 이후 길을 계속해 9월 27일 에도[江戶]에 도착했다. 무사히 사명을 마치고 10월 15일에 회정回程 길에 올라 12월 21일 다시 쓰시마에 도착했다.

쓰시마에 도착하니 어서 고국으로 가고 싶어져 마음이 조급했다. 이제 배를 타고 바다를 건너 고국으로 돌아갈 일만 남아 있었다. 그러나 이런저런 사정으로 바로 가지 못했다. 시간이 흘러 12월 29일이 되었다. 이 해는 29일이 마지막 날이었다. 제야의 밤, 신유한은 쓰시마 항구의 배 안에서 머물고 있었다. 하인을 시켜 간장을 걸러 겨자·생강·신 것·짠 것을 넣어서 생

朝鮮船入津之圖

譯使東莱釜山浦五月二日

土帆同曲對州府中浦湊ニ

午刻入船

朝鮮船千石積

人數八拾九人乘

外ニ上官北八人乘

〈조선선 입진지도朝鮮船 入津之圖〉
미상, 게이오기주쿠慶應義塾 대학 도서관 소장 | 조선통신사의 배가 쓰시마 후추府中 항구로
들어가는 모습이다. 신유한도 이와 비슷한 배를 타고 갔을 것이다.

선회를 조리하고, 가루를 갈고 고기를 다져서 떡국을 만들게 하여, 고향의 설날 음식[歲羞]이라 하였다.

이런 날이면 가족이 더욱 그리워진다. 더구나 가족을 8개월 동안 보지 못했다. 늙은 어머니가 내년, 곧 내일이면 66세가 되신다. 어머니와 가족들은 자신의 안부를 걱정하느라 노심초사할 것이다. 더구나 오늘은 한 해의 마지막 날이니 얼마나 더 걱정을 하고 그리워할 것인가. 오늘 자신이 사행선에 타고 쓰시마의 항구에 있는 것은 짐작도 못 할 것이다. 쓸쓸함은 더해졌다.

그러자 문득 '一年將盡夜 萬里未歸人일년장진야 만리미귀인'이라는 시구가 떠올랐다. 이는 '한 해가 저무는 밤, 만리에 돌아가지 못하는 사람'이라는 뜻이다. 이 시구는 당나라 시인 대숙륜戴叔倫의 「제야에 석두역에서 묵으며除夜宿石頭驛」의 3, 4구이다. 오랜 객지 생활에 제야를 맞이한 쓸쓸한 심상을 잘 드러냈다. 신유한 또한 같은 처지이기에 이 시구에 공감을 했다. 또한 이를 읊으니 자신과 가족의 모습과 그로 인해 느껴지는 감정이 그림처럼 펼쳐졌다. 그래서 '一年將盡夜 萬里未歸人' 열 글자를 각각 하나씩 운韻으로 하여 절구絶句 10수를 지었다.

위의 시들은 그 가운데 3수에서 7수까지이다. 설맞이 음식으로 생선회와 떡국을 만들어 먹었다. 고향에서 먹던 맛이 나고 고향의 그리움이 묻어난다. 그러자 가족들이 차례로 떠오른다. 어머니를 가장 먼저 떠올렸다. 아버지가 돌아가신 뒤 집안의 버팀목이 되어준 어머니이다. 오랫동안 못 본 노모는 건강하신지, 자식 걱정에 몸은 상하지 않으셨는지. 어느덧 눈물이 가을 물결처럼 흐른다. 가을 물결은 조용한 물결을 뜻한다. 자신도 모르게 눈물이 주르르 뺨을 타고 흐른 것을 묘사했다. 외로운 밤 작은 등불을 켜놓고 앉아 있다. 그 등불의 심지가 녹아내리듯이 창자도 마디마디 끊어져 녹아내리는 것 같다.

다음으로 동생을 떠올린다. 가난한 시골 서얼 집안에서 태어나 큰아들인 자신만 글공부를 하였다. 집안을 위해 그리고 형인 자신을 위해 글을 내려놓고 농사를 지은 동생은, 형이 과거에 급제하고 벼슬길에 나아가 집안 일으키기만을 기다렸다. 그러나 그 시간은 너무도 오래 걸렸고, 겨우 벼슬을 얻어 외국으로 사신을 따라 나온 지금도 어머니를 모시고 집안을 책임지는 것은 여전히 동생의 몫이다.

다음으로 아내를 떠올린다. 신유한은 18세에 고양김씨高陽金氏와 결혼을 했다. 과거 급제를 통해 집안을 일으켜야 했던 그는 산사山寺에 가서 공부에 전념했고, 스승을 찾아다녔다. 향시와 소과에 합격한 뒤로는 한양에 있는 성균관으로 유학을 떠났다. 대과에 장원 급제를 한 뒤 벼슬에 임명되지 못하자 벼슬자리를 얻기 위해 한양과 고향을 왔다갔다 했다. 마침내 37살에 종6품 벼슬에 임명되었고, 2년 만에 조선통신사 제술관에 임명되어 일본으로 왔다. 그리고 8개월이 지난 지금, 이 제야가 끝나면 신유한의 나이 40이 된다. 혼인한 지 20년이 훌쩍 지났다. 아내에게 몹시 미안했으리라. 함께한 날보다 헤어져 있던 날이 더 많았다. 그 세월 동안 아내는 가난과 외로움을 묵묵히 감내했다. 그러나 아직껏 집안 사정은 나아지지 않았다. 이 겨울 가난한 아내는 도톰한 옷도 없이 얼음처럼 차가운 부엌에서 보리밥을 짓고 있을 것이다. 아내의 희생이 보람 없이 세월만 갔다. 그는 헤어져 있던 날들이 '헛되다'고 했다. 가난한 시골 선비의 아내로 사는 삶이 가슴을 저미게 한다.

마지막으로 신유한은 아이들을 떠올린다. 신유한은 4월 11일 사행원들과 함께 한양을 떠났다. 부산으로 가서 사행선을 타고 일본으로 가는 여정이었다. 4월 18일 사행은 문경을 지나 용궁(예천)으로 가고 있었다. 이제 경상도의 여러 읍을 지나 열흘 정도 뒤면 부산에 도착할 예정이었다. 이에 신유한은 사신의 허락을 받아 사행과 떨어져 고향집이 있는 고령으로 향했다. 집에 들러 어머니께 인사를 드리고 사행과 열흘 뒤에 부산에서 만나기로 했다. 그래서 앞서 말한 대로 신유한은 21일에 고령에 도착해 5월 7일까지 머물렀다. 가족들은 신유한의 예상치 못한 출현에 몹시 반가웠을 것이다. 가족과 즐거운 시간도 보내고 찾아오는 친척과 벗들과 관리들도 만나면서 길 떠날 준비를 했다.

당시 그에게는 아들이 둘 있었다. 큰아이 몽기夢騏는 1712년에 태어났고 작은아이 몽준夢駿은 1716년에 태어났다. 1698년에 혼인을 했으니 실로 오랜 기다림 끝에 얻은 아이들이었다. 또한 우연의 일치인지 큰아이를 낳은 다음해에 대과 장원을 했고 작은아이를 낳은 다음해에 벼슬길에 나아갔다. 큰아이는 이제 9살이 되려 하고 작은아이는 겨우 숟가락을 잡고 밥을 먹을 수 있게 되었다. 한창 귀엽고 재롱을 부릴 나이이다.

떠나는 날 아침 비가 내리더니 저녁에야 그쳤다. 이제 떠나면 앞으로 얼마나 헤어져야 할지 모른다. 몇 달이 될 수도 1년이 넘을 수도 있다. 신유한은 억지로 웃으면서 이별의 말을 했다. 어머니께 인사를 드리고 말을 타고 떠나려 했다. 그러자 어린 아들이 무슨 일인지 알지 못하고 아버지를 향해 눈물콧물 흘리며 울어대었다. 아버지가 왜 길을 떠나는지 말로 설명하여 이해시키고 달래기가 힘들었다. 가장 어려웠다[最難]고 했다.

타국에서 보내는 한 해의 마지막 날. 식구들 생각에 가슴이 사무친다. 무엇보다도 '아버지'라 부르는 아이들의 목소리가 너무도 듣고 싶다. 아득히 천 리에 펼쳐진 구름과 파도 너머에서 아이들은 오늘도 자신을 부르고 있으리라.

04

연천 태수는 늙고 어리석어 빈주먹으로 근심만 하네

장마 탄식

신유한

삼일을 산을 못 보고
칠일을 하늘을 못 보았네.
자욱한 구름 안개는 우주를 가리고
절벽이 우르릉거리며 돌이 샘물로 날아드는 소리만 들리더니
벼랑이 무너지며 돌이 깨져 세차게 시내로 달려와
시냇물 온갖 길을 만들며 다투어 뛰어오르네.
높이 있는 밭은 메벼와 찰벼를 잃고
낮은 밭에는 교룡과 그리마 생겼네.
농부 방에 들어가 몰래 울부짖으니
띳집에 낙숫물 줄줄 흐르고 부엌에는 연기 없네.

작년에는 동쪽 골짜기가 장마로 고통받아

까마귀가 도랑의 시체를 반이나 쪼더니

올해 삼복더위에는 재난에 걸려

사나운 비가 화전을 쪼개 없애니

하늘은 무슨 뜻인지 모르겠어라.

산골 백성의 말 참으로 가엾구나.

연천 태수는 늙고 어리석어

흰 머리로 관청에 누워 빈주먹으로 근심만 하네.

곤궁한 사람의 운수 나빠

가는 곳에 죽조차 없으니

어찌 돌아가라 보내어

소부巢父와 두모杜母 같은 어진 이로 바꾸지 않는가.

내 이 노래 부르며 헛되이 탄식하는데

바람 몰아치고 비 쏟아져 어둑한데 산은 초연하네.

霖雨歎
임 우 탄

三日不見山 七日不見天
삼 일 불 견 산 칠 일 불 견 천

濛濛雲霧塞宇宙 但聞山崖吼石飛來泉
몽 몽 운 무 색 우 주 단 문 산 애 후 석 비 래 천

崖崩石裂怒奔溪 溪流百道爭騰騫
애 붕 석 렬 노 분 계 계 류 백 도 쟁 등 건

高田失秔稌 下田生蛟蜒
고 전 실 갱 도 하 전 생 교 연

農夫入室暗號咷 茅霤淅淅廚無烟
농 부 입 실 암 호 도 모 류 석 석 주 무 연

昨年東峽苦淋雨 烏鴉半啄溝中塡
작 년 동 협 고 림 우 오 아 반 탁 구 중 전

今年三伏月權畢 猛雨劈破燒菑田
금 년 삼 복 월 리 필 맹 우 벽 파 소 치 전

不知天公作何意 山氓有語眞可怜
부 지 천 공 작 하 의 산 맹 유 어 진 가 련

漣州太守老更拙 白頭臥閤愁空拳
연 주 태 수 노 갱 졸 백 두 와 합 수 공 권

窮人命分惡 所向無糊饘
궁 인 명 분 악 소 향 무 호 전

胡不遣之歸 易以召杜賢
호 불 견 지 귀 역 이 소 두 현

我歌此曲空長歎 風颯雨冥山悄然
아 가 차 곡 공 장 탄 풍 삽 우 명 산 초 연

❈

장마철 물난리 뉴스를 접할 때마다 단골로 듣게 되는 지명이 있다. 바로 경기도 연천이다. 예전에도 이곳은 물에 취약한 지역이었나 보다. 이 시는 신유한이 경기도 연천현감일 때 지었다. 신유한이 연천현감을 지낸 때는 1739년에서 1743년 사이이니 270년 전쯤이다. 당시 그는 60세에서 64세였으니 벼슬길에 들어선 지 어언 20년이 흐른 뒤였다.

그가 연천현감을 지내던 어느 해에 장마가 심하게 들었다.

삼일은 산이 안 보이고 칠일은 하늘이 안 보인다고 했으니 상황이 심각했다. 21세기인 지금도 비가 사나흘만 쏟아져도 피해가 큰데, 18세기에는 오죽했겠는가. 비가 계속 내리다가 마침내는 절벽이 우르릉 소리를 내며 무너져 내려 산사태가 났고, 돌덩이와 흙이 날아오듯 쏟아져 내려 냇물이 사방팔방으로 튀어오르며 수많은 물줄기를 새로 만들었다. 그로 인해 높은 밭에 심어놓은 벼들은 흙탕물과 바위에 쓸려가 버리고 낮은 밭에는 벌레만 우글거리게 되었다. 한 해 농사를 완벽히 망쳐버렸다.

그러자 농부는 방에 들어가 몰래 울부짖는다. 작년에도 장마로 시체가 구렁에 뒹굴었고 까마귀가 쪼아 먹었다. 그런데 올해도 삼복에 장마가 걸려 애써 일궈놓은 밭을 망쳐버렸다. 절망에 빠졌다. 이제 할 수 있는 일이 없다. 오직 하늘을 원망할 뿐이다. 그러나 그 원망마저 밖에서 큰 소리로 할 수 없다. 하늘이 들을까 무섭기 때문이다. 그래서 방 안에서 몰래 울부짖는 것이다. 농부가 숨어든 집도 곧 무너질 것 같다. 처마에는 낙숫물만 떨어지고 부엌에서는 연기가 나지 않는다. 끼니마저 끊어진 것이다.

신유한도 할 수 있는 일이 없었다. 늙고 어리석은 자신이 할 수 있는 일이라곤 근심과 자책뿐이라 했다. 그는 자신의 무능함을 괴로워하다가 곤궁함을 타고난 자기 운명에 화살을 돌렸다. 자신의 운수가 나빠서 자신이 가는 곳에 죽조차 없다는 것이다. 장마가 든 것도 백성들에게 먹을 것이 없는 것도 모두 자기 탓이다. 그래서 차라리 자기 대신 소부召父와 두모杜母 같은 인물이 바뀌 오기를 바랐다. 소부는 전한前漢 때의 소신신召信臣이고 두모는 후한後漢 때의 두시杜詩이다. 두 사람은 모두 남양태수南陽太守였는데 덕정德政을 베풀었다. 그래서 사람들이 소신신은 아버지에 두시는 어머니에 비유하여 칭송했다. 신유한은 백성들의 고통을 조금도 덜어줄 수 없는 자신에 대한 자괴감 때문에 이런 생각을 한 것이다.

그러나 소부와 두모가 와도 이 상황은 해결할 수 없었다. 백성의 고통은 신유한 때문이 아니었다. 1720년 일본에서 돌아온 신유한은 벼슬길에 나아가게 되었다. 종9품 승문원 부정자에 임명되었고 다시 정6품 성균관 전적에 임명되었다. 1721년에는 종5품 봉상시 판관, 1726년과 1744년에는 종4품 첨정을 지냈다. 외직外職으로도 나가 주로 외진 읍의 고을 원 노릇을 하였다. 1722년에 무장茂長현감, 1727년에 평해平海군수, 1739년에 연천현감, 1745년에 영일迎日현감을 지냈다. 현감은 종6품이고 군수는 종4품이었다.

이로 볼 때 초기에는, 글을 잘 한다는 명성 때문에 외교문서를 담당하는 승문원과 학생들을 교육하는 성균관에 임명되었다. 그러나 그 뒤로는 나라에서 지내는 제사를 맡아 하는 관청인 봉상시나, 외직에 임명되었다.

신유한의 예에서 보이듯이 서얼들은 주로 봉상시나 외직에 임명되었다. 제수된 관직은 대체로 종9품에서 종4품까지였다. 그나마 신유한은 종4품까지 올랐지만 대부분의 서얼들은 종6품까지의 벼슬을 살았다. 관직에 오르지 못한 서얼들은 더 많았다.

그런데 신유한이 고을 원 노릇을 했던 무장, 평해, 연천, 영일 등은 외진 읍이었다. 특히 연천의 경우는 상황이 심각했다. 처음 부임해서 보니, 산이 죽순처럼 둘러싸여 있었고 들은 조금도 없었다. 백성들은 띠풀을 엮어 집을 짓고 살고 있었다. 산에서 땅을 태워서 밭을 일구었는데, 땅이 안 좋아서 곡식을 심어도 소출이 적었다. 시장에는 생선이나 고기가 없었고 백성들은 채소와 소금을 먹고 살았다. 꽃과 과일이 없어 복숭아와 오얏을 알지 못했고, 마를 캐거나 복분자와 다래를 따먹었다. 산을 파서 우물을 만들지만 아무리 걸러도 찌꺼기가 남아 기침병에 걸리고 가래와 침을 뱉었다. 고을의 관아도 휑뎅그렁하게 바위틈에 있는데 가시나무로 울타리를 둘렀고 건물은 작은 집이었다. 관아의 아전과 하인들은 다 합쳐도 10여 명인데 옷도 제대로 갖추지 못해 정강이가 드러났다. 그들은 사는 곳도 일정치 않았다.

그러나 연천에는 더욱 심각한 문제가 있었다. 풍년이 들어도 세금을 반도 낼 수가 없었다. 쌀과 돈이 모자랐다. 그럼에도 중국 사신에게 들어가는 비용까지 대야 했다. 경기도 북부에 위치하기 때문에 중국 사신이 지나가는 길목이었던 것이다. 또한 군역을 충당할 인원이 모자랐다. 그래서 여자들은 군포를 내기

<**웅연계람**熊淵繫纜>, ≪**연강임술첩**漣江壬戌帖≫

정선, 개인 소장 | 웅연에 닻줄을 매는 곧, 배를 정박하는 그림. 임술(1742)년 10월 16일 연천현감이었던 신유한은 양천현감 정선과 함께 경기도관찰사 홍경보洪景輔를 수행하여, 삭녕군朔寧郡 우화정羽化亭에서 연천 군 웅연熊淵까지 40리 길을 연강(임진강)에 배를 띄우고 뱃놀이를 했다. 이를 신유한은 시로, 정선은 그림 으로 남기었다.

위해 베틀 위에서 고생을 해야 했다. 이런 상황에서 백성들은
힘이 들어 더 이상 견딜 수 없게 되면 결국에는 아반도주를 하
였다. 남은 사람들은 도망간 사람들의 세금까지 부담해야 하니
악순환이 이어졌다. 그러므로 백성들은 수레바퀴 자국 속에 괸
물속의 물고기가 되었다.

그러나 신유한은 할 수 있는 일이 아무 것도 없었다. 중앙
정부에서 원하는 만큼 세금을 걷을 수도, 백성들이 가혹한 부역
에서 벗어나 편안하게 살게 할 수도 없었다. 처음 비서저작랑에
임명되고 일본 사행에 제술관으로 다녀올 때는 희망이 있었다.
일본에서는 밥 먹을 새도 없이 시문을 지으면서 문화교류의 선
봉에 섰고 명성을 날렸다. 많은 일본 지식인들과 만났으며 일본
문화를 보고 들으며 체험하였다. 개인과 나라의 주체성과 고유
성에 대해서도 더 깊이 생각하게 되었다. 조선에 돌아가면 자기
포부를 펼쳐볼 수 있으리란 희망도 지녔다. 그러나 희망은 현실
이 되지 못했다. 벼슬길에 나아가자, 오히려 현실의 모순과 백
성들의 어려움 앞에서 어찌해 볼 도리 없는 자신의 한계를 인식
하게 되었고, 할 수 있는 일이란 오직 탄식하는 것뿐이었다.

연천에는 2년 연속 장마가 들었다. 세금은커녕 백성들도
굶어죽게 생겼다. 작고 초라한 관아에 속수무책으로 앉아 비 쏟
아지는 하늘만 바라보고 있는 신유한의 주름 가득한 얼굴이, 그
의 흰머리가 머릿속에 그려진다.

05

인간세상에서 어찌 다시
이 즐거움 얻으리

❋

해를 보내며 {style="inline"}

해를 보내며   강백

지난해 오늘에는 익릉翼陵 길을 지나더니

올해 이날은 선사포宣沙浦에 있네.

긴 밤 뒤척이며 잠들지 못하니

어릴 적 부모님 곁에 있던 일 떠오르네.

큰 누님 고기 굽고 작은 누님 떡 굽는데

몸에 입은 채색 옷 빛이 고왔네.

그림으로 그린 윷밭은 태극 모양으로

스물아홉 자리를 균등하게 배열했네.

잘라 온 붉은 굴대를 놀이기구로 삼아

자매가 나란히 앉아 맘대로 던지니

점수 높은 것은 한 번 던지매 홍紅이 4개

점수 낮은 것은 백白이 한두 개.

백白이 서넛도 또한 능하기 어렵고

던질 때 큰 소리 지르며 서로 뽐내니

큰누님 기술 높고 작은누님 낮아

여러 판을 연달아 지자 분하여 울려했네.

새날이 밝으면 아이들 이웃에 세배하러 가니

새로 지은 녹색 옷에 붉은 띠를 한 아이들

집집마다 국과 떡으로 손님 접대하고

곳곳마다 문 위 나무[門楣]에 울루鬱壘를 그려 놓았지.

60

나이 들어 누님들 혼인하여 멀리 헤어지게 되고

당시 어린 동생은 눈썹, 수염 푸르스름해졌네.

병신년(1716) 이후로는 즐거운 뜻 적어

모자母子가 등불 앞에서 처량히 앉아 있었네.

이제 나 홀로 하늘 끝에 있으며

살아 헤어지고 죽어 이별하니 슬픈 한이 많아라.

부모님 무고하심과 형제의 즐거움

이 일을 인간에서 어찌 다시 얻으리.

오호라, 이 일을 인간에서 어찌 다시 얻으리.

除夜
제 야

去年此日翼陵路 今年此日宣沙浦
거 연 차 일 익 릉 로　금 년 차 일 선 사 포

長夜轉輾不得眠 憶昔身在父母前
장 야 전 전 부 득 면　억 석 신 재 부 모 전

大姊炙肉小姊餠 身上綵服光相鮮
대 자 자 육 소 자 병　신 상 채 복 광 상 선

畵出圓局象太極 二十九孔均排列
화 출 원 국 상 태 극　이 십 구 공 균 배 열

斫來紅朾爲戲具 姊妹列坐恣意擲
작 래 홍 축 위 희 구　자 매 열 좌 자 의 척

高者一擲紅四箇 低者一箇二箇白
고 자 일 척 홍 사 개　저 자 일 개 이 개 백

三白四白亦難能 擲時大喝相憑陵
삼 백 사 백 역 난 능　척 시 대 갈 상 빙 릉

大姊手高小姊低 數局連輸憤欲啼
대 자 수 고 소 자 저　수 국 연 수 분 욕 제

天明遣兒拜鄰里 新製綠衣紅帶子
천 명 견 아 배 린 리　신 제 녹 의 홍 대 자

家家湯餠供賓客 處處門楣畵鬱壘
가 가 탕 병 공 빈 객　처 처 문 미 화 울 루

中歲婚嫁各參商 當時小兒鬖眉蒼
중 세 혼 가 각 삼 상　당 시 소 아 수 미 창

丙申以後歡意少 母子燈前坐凄涼
병 신 이 후 환 의 소　모 자 등 전 좌 처 량

今我獨在天一涯 生離死別悲恨多
금 아 독 재 천 일 애　생 리 사 별 비 한 다

父母無故兄弟樂 此事人間那更得
부 모 무 고 형 제 락　차 사 인 간 나 갱 득

嗚呼 此事人間那更得
오 호 차 사 인 간 나 갱 득

1729년 마지막 날에 쓴 시이다. 이 시를 쓴 강백姜栢(1690~1777)은 당대에는 시를 쓰는 능력이 뛰어나다 인정받았으나 현재 우리 문학사에서 잘 알려진 문인은 아니다.

강백은 어려서부터 시를 잘한다는 소리를 들었다. 15살에 성균관에 입학했고, 25세인 1714년에 소과 진사시에서 일등을 하였다. 성균관 재학 시절에는 최창대로부터 시를 잘 짓는다는 칭찬을 받았다. 최창대는 곤륜崑崙 학사라고 불렸는데 시문으로 명망이 높았으며 성균관을 책임지는 대사성大司成에 두 차례 오른 인물이다. 그러한 최창대가 강백이 지은 시에 관주貫珠(한시의 잘된 구절 위에 동그라미를 치는 것으로, 시 위에 빨간 동그라미가 연이어 있어 구슬이 꿰어있는 것처럼 보인다)를 하였다. 그 뒤부터 강백은 시를 잘한다는 명성을 얻게 되었다. 또한 최창대가 병중일 때 강백이 지은 시를 읽고는 벌떡 일어나 앉아 '기이한 재주'라고 칭찬했다. 이뿐만 아니라 강백은 영·정조 시절 과시계科詩界에서, 과거 볼 때 지어진 시[科詩] 중 그의 것이 가장 훌륭하다는 평가를 받았다. 정약용丁若鏞(1762~1836)도 「여름날 술을 마주하고夏日對酒」라는 시에서 소과小科에 대해 읊으면서 "강백은 호탕한 입부리[姜栢放豪嘴]"라고 하였다. 강백 이후로는 신광수申光洙

62

(1712~1775)가 과시로 이름이 높았는데, 신광수는 강백의 문하에 노닐며 그와 깊이 교류했던 인물이다.

강백은 1714년 소과에 장원한 뒤, 시를 잘 짓는다는 명성에 힘입어 1719년 조선통신사 서기로 뽑혀 일본에 다녀왔다. 그리고는 별다른 벼슬을 하지 못하다가 38세인 1727년에 마침내 대과에 장원하였다. 과시에서 가장 뛰어나다는 명성을 얻으면서 소과에 합격하고도 15년이 지나서야 대과에 급제했던 것이다. 조선통신사 서기로 일본에 다녀온 것도 벼슬길에는 도움이 되지 않았다. 젊은 날의 삶이 녹록지 않았음을 알 수 있다. 대과에 합격한 뒤 그는 교위校尉 · 성균박사成均博士 · 전적典籍 등에 임명되었고 1728년 성환成歡 찰방察訪이 되었다. 찰방은 역참驛站을 관리하던 직책으로 종6품이었다. 비록 낮은 품계였으나 앞으로는 벼슬길이 이어지고 가난에서도 벗어날 희망이 생긴 것이다.

그러나 이 행복은 오래 가지 않았다. 자신의 의지와는 상관없이 당쟁의 소용돌이에 휘말렸기 때문이다. 강백의 본관은 진주 강씨였고 그의 집안은 한양에 살았다. 당파로는 남인 중에서도 경남京南이었으니 '서울에 사는 남인'이라는 뜻이다. 그는 이 집안의 서얼 가계였는데, 1728년 3월에 일어난 무신란戊申亂의 불똥이 그에게까지 튀게 되었다.

이인좌李麟佐 · 정희량鄭希亮 등이 주도하여 일으킨 무신란은 소론의 강경파와 남인 일부가 경종의 독살에 영조가 관련되었다고 주장하며 밀풍군密豊君 탄坦을 추대하여 일으킨 반란이었다. 명분이야 무엇이었든 이는 당파 싸움의 한 형태였다. 반란은 한 달도 안 되어 평정되었다. 이로 인해 소론 강경파는 실세하였고 남인 또한 타격을 받았다. 강백의 집안도 피해를 입었다.

무신란을 알기 위해서는 남인에 대해서 간단히 알면 좋다. 남인은 숙종 초에 정권을 잡았는데 이 과정에서 탁남濁南과 청남淸南으로 나뉘었다. 탁남은 세력이 크고 정국을 주도하였으며 강경파였는데, 청남은 온건파이고 탁남을 비판하는 입장이었다. 남인은 노론·소론과 20년 가까이 당파 싸움을 하며 정권 장악과 실세를 반복하다가 마침내 1680년 경신환국庚申換局으로 완전히 실세를 하였다. 우리가 드라마로 자주 보았던 인현왕후와 장희빈과 숙빈 최 씨 이야기가 모두 당파 싸움과 연결이 된다. 실세 뒤 탁남과 경남의 구별도 희미해지게 되었다.

그리고 거의 50년 뒤에 무신란이 일어났는데 난을 일으킨 이인좌가 경남이었다. 굳이 계파로 따지자면 이인좌는 탁남이었다. 그런데 여기에 강백의 4종형이었던 강박姜樸이 연루되었다. 강박은 청남이었기에 두 사람은 연관이 없을 수도 있었으나, 그는 이인좌에게 동조했던 서얼 이순관李順觀의 외조카였다. 이로 인해 불똥이 강박에게 튀었다. 노론에서 보자면 탁남이나 청남이나 남인이기는 매한가지였다. 그리고 이 불똥은 다시 서얼인 강백에게까지 튀게 되었다. 더구나 강백은 당시 경기도 성

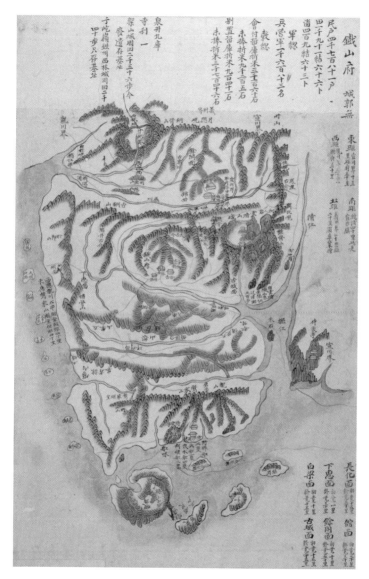

<철산부鐵山府>, ≪해동지도海東地圖≫

서울대 규장각 소장 ㅣ 지도 가운데 위쪽에 산맥이 둥그렇게 감싼 부분이 철산부의 중심으로 향교鄕校, 아사衙舍, 객사客舍, 사창司倉 건물이 시계 방향으로 보인다. 지도의 남쪽 바닷가 가운데 지점에 건물 두 채가 있는 곳이 선사포진宣沙浦鎭이다. 지도 아래쪽 큰 섬은 가도椵島이다.

환 찰방이었는데, 이인좌는 안성에서 체포되었다. 성환과 안성은 가깝다. 강백이 의심받을 만한 상황이었다.

결국 그는 9개월간의 옥살이 끝에 1728년 12월 평안북도 철산鐵山으로 유배를 떠났다. 귀양살이는 5년간 이어졌다. 강백에게는 참으로 허망한 일이었으리라. 어렵사리 나아간 벼슬길이 1년 만에 끊어져 버렸으니 말이다.

이 시는 귀양을 떠난 지 딱 일 년이 지난 시점에 한 해의 마지막 날을 보내며 쓴 시다. 일 년 전 오늘 그는 익릉을 지났다고 했다. 익릉은 숙종의 원비元妃 인경왕후의 능으로 경기도 고양시 덕양구에 있다. 한양을 떠나 북으로 가는 길목이다. 그곳을 지나 먼 길을 걸어 철산까지 갔고, 철산에서도 남쪽 앞바다에 위치한 선사포宣沙浦에 거처가 정해졌다.

귀양살이 내내 혼자 살았지만 명절이라든가 누군가의 생일, 기일이 되면 외로움은 더 사무친다. 사방은 어둡고 조용한데 깊은 밤 잠 못 이루고 몸을 뒤척인다. 그러다 어렸을 때 부모님과 두 누나와 함께 즐겁게 지낸 기억이 떠올랐다. 한 해의 마지막 날, 온 가족이 방 안에 모여 노는데 누나들은 예쁜 빛깔의 한복을 입고 고기며 떡을 구웠다. 윷놀이도 빠지지 않았다. 윷밭은 태극 모양으로 그리고, 윷자리는 29개를 만들고, 나무를 깎아 붉은 빛과 흰빛으로 양면을 이룬 윷을 던지며 놀이를 했다. 소리치며 즐겁게 웃고, 윷이 맘대로 던져지지 않아 연달아

지면 눈물을 보이며 분한 표정을 짓기도 했다. 그야말로 화목하고 행복한 가족의 모습이다.

그렇게 밤을 새워 놀다가 새해가 밝아 설날이 되면 아이들은 이웃집에 세배를 하러 다니고 국과 떡을 맛있게 먹었다. 각 가정에서는 문 위 나무에 울루 그림을 붙였다. 울루에 대해서는, 이유원李裕元(1814~1888)의 『임하필기林下筆記』 제34권 「화동옥삼편華東玉糝編」 「문첩門帖」 항목에 자세히 나온다. 옛날 바다 한가운데에 도삭산度索山이 있었는데 그곳의 복숭아나무 위에 살고 있는 신도神荼와 울루鬱壘라는 신인神人은 모든 잡귀를 물리칠 수 있었다. 그래서 중국 황제皇帝 시절부터 복숭아 판자에 글을 써놓았고 나중에는 붉은 종이로 바꾸었다. 그런데 강백의 시를 보면 조선 후기에 글씨뿐 아니라 그림도 그렸음을 알 수 있다. 울루 그림을 그려 지난해의 액을 없애고 새해의 복을 받고자 했다. 이 풍속이 전해오다가 변해서 입춘 때 춘첩春帖을 붙이게 된 것이다.

이 시에 나타나는 유년 시절의 기억은 너무도 행복하고 왁자지껄하게 생동감이 있으며 고운 색채로 빛난다. 또한 우리나라 섣달 그믐날과 새해의 풍속을 알 수 있게 한다. 윷놀이의 모습이 요즘 우리가 알고 있는 것과 비슷하면서도 다르다. 문첩도 입춘이 아니라 새해 첫날에 붙였음을 알 수 있다. 민속학적으로도 의미 있는 자료가 되는 시이다.

그러나 유년의 행복은 영원하지 못했다. 나이가 들자 누나들은 차례로 혼인을 하여 집을 떠나갔고, 어린아이였던 자신도 눈썹과 수염이 자라 어른이 되었다. 아버지마저 1716년에 돌아가셨다. 단란했던 가족의 반 이상이 사라져버려 더 이상 둥글게 모여 앉을 수 없게 되었다. 그 후 제야가 되고 새해가 밝아도 어머니와 함께 쓸쓸히 마주하고 앉아 둥근 원 대신 작은 선이 있을 뿐이었는데, 그마저도 이제 귀양을 떠나와 홀로 제야를 맞으니 선도 사라지고 덩그러니 점만 남게 된 것이다.

죄를 짓지 않았는데도 죄인이 되어 낯선 곳에서 홀로 유배객으로 살아가는 그의 심정이 어떠하였을지 상상이 가지 않는다. 희망이 사라진 삶. 그래서 비한悲恨이 가슴 속을 가득 메웠다. 가장 쓸쓸한 순간에 가장 행복했던 시절이 떠올랐다. 이 삶에서는 다시 돌아갈 수 없는 시간들. 부모님이 무고하시고 형제들이 즐거운 일은 앞으로는 있을 수 없다. 그래서 더 슬프고 간절하다.

06

죽기를 작정하고
산사를 찾아왔네

✻

절을 찾아서 강백

중봉中峰에서 다리 힘 다하였지만
죽기를 작정하고 산사를 찾아왔네.
안탑雁塔은 가을 나무에 기대었고
용당龍堂에는 저녁 어둠이 깃들었네.
자비로운 여러 불상들
중생의 마음을 찬탄케 하는구나.
어찌하면 바리때와 지팡이를 머물러
조용히 절에서 늙어갈 수 있으리.

尋寺
심 사

中峰脚力盡　抵死上房尋
중 봉 각 력 진　저 사 상 방 심

雁塔依秋樹　龍堂逗夕陰
안 탑 의 추 수　용 당 두 석 음

慈悲群佛相　讚嘆衆生心
자 비 군 불 상　찬 탄 중 생 심

安得住瓶錫　蕭然老祇林
안 득 주 병 석　소 연 로 기 림

❋

살아가다 보면 물러설 곳 없이 내몰릴 때가 있다. 그저 남들처럼 평범한 행복을 추구하며 열심히 살아가는데, 어느 순간 내 의지나 행동과는 상관없이 사회 혹은 시대적 관습이 나를 옭아맬 때가 있다. 마른하늘의 날벼락이다.

　강백도 그랬다. 서얼이라는 신분적 굴레에도 불구하고 시명詩名을 날리며 일본에 조선통신사 서기로 다녀왔다. 대과에 장원 급제를 하여 벼슬길도 열렸다. 그러나 자신은 가담한 적 없는 무신란에 엮이어 철산으로 귀양을 가 5년간 있었다. 그 세월 동안 고향과 가족을 그리워하며 살았다. 문집『우곡집愚谷集』을 보면 귀양살이 동안 110제의 시를 지었는데 그 가운데 상당

수가 고향과 어버이를 그리는 내용이다. 나머지는 변방의 실태에 대한 묘사, 그리고 변방 관리들의 유흥과 나태함에 대한 비판을 담고 있다.

강백은 철산에서 후학을 양성하기도 했다. 한양에서 시문으로 명성을 얻은 강백이 귀양을 와서 선사포에 머물고 있다는 소문은 그 일대에 퍼져 나갔고, 젊은 문인들이 찾아왔다. 조선 후기에 서북 지역 문인들은 차별을 받았고 중앙 진출이 어려웠다. 그러므로 과시에 뛰어난 강백의 등장은 그 지역 문인들에게는 시문을 배울 기회가 되었다. 그 대표적 인물이 선천宣川의 서얼이었던 계덕해桂德海(1708~1775)였다. 강백에게 수학한 그는 1733년 식년시에 3등으로 진사가 되었고 찰방을 거쳐 67세인 1774년 별시에 장원을 하고 예조좌랑에 이르렀는데, 특히 경학經學에 조예가 깊었다. 조선 후기의 대표적 관서 출신 문인이다. 이렇듯 젊은 문인들과의 만남은 외로운 귀양살이에서 한 가닥 즐거움이었다.

귀양에서 풀려난 것은 1732년 6월이다. 집안은 이미 풍비박산이 난 뒤였다. 아들 없이, 남편 없이, 아버지 없이 가족들이 겪었을 고생은 말로 다 할 수 없었다. 가족과 생계를 유지하기도 힘들어 고향을 떠나 이리저리 옮겨 다니다가 충청도 공주 녹천리鹿川里의 우곡愚谷으로 들어가 은거하였다. 농사를 짓기로 결심한 것이다. 이웃에게 농사짓는 법을 배우고 소를 빌렸으며 쟁

기와 보습을 마련하여 밭을 갈고 씨를 뿌렸다. 벼슬을 하는 대부^{大夫}로서의 삶을 포기한 것이다. 그는 이를 포의^{布衣}의 삶이라고 하였고 자신의 호도 '우곡^{愚谷}'이라 하였다.

강백은 88살까지 살았다. 귀양에서 풀려난 뒤 45년을 더 산 것이다. 그 긴 세월을 견디면서 세상에 대한 상념들을 내려놓게 된 것일까. 그는 부처에 마음을 의지했다. 그가 불교에 심취한 것은 철산에서부터였다. 철산 시절의 시를 보면, 그는 사람에게 놀랐고 말 많은 세상이 두렵다고 했다. 유가적 삶은 그를 벼랑 끝으로 내몰았고, 그 순간 불가의 섭리에서 삶의 끈을 찾으려 하였다.

위의 시 「절을 찾아서」는 노년에 지은 것이다. 산 중턱에서부터 이미 다리 힘이 다하여 기운이 없어졌다. 그런데도 죽기를 작정하고 상방^{上房}(절집)을 찾아갔다. 가다가 죽어도 괜찮다고 생각하고 찾아갔다고 하였으니 얼마나 간절했던가를 알 수 있다. 젊은 시절을 좌절과 슬픔 속에서 보내고 머리 희어진 나이가 되어 힘이 다해도 기어이 가야 할 정도로 간절했다.

새벽부터 길을 나서 저녁이 되어서야 절에 도착했다. 절문에 이르니 안탑은 가을 나무에 기대었고, 용당에는 저녁 어둠이 깃들었다. 안탑^{雁塔}은 한자로는 기러기 탑이라 해석되는데 일반적으로 절에 있는 탑을 말한다. 옛날 인도에서 기러기가 공중에 날아가는 것을 보고 스님들이, 배가 고프니 몸으로 보시^布

施하라고 말하였더니, 기러기가 스스로 죽어서 떨어졌다. 그래서 스님들이 감동하여 기러기를 묻고 탑을 세웠다고 한다. 혹자는 이 기러기가 보살의 화신이라고도 한다. 중국에서는 삼장법사가 인도에서 가져온 경전을 탑에 보관했는데 그 탑의 이름을 대안탑大雁塔이라고 했다. 이런 이유로 절에 있는 탑을 안탑이라 부르게 되었다. 용당龍堂은 용이 사는 집으로 해석되는데 법당을 말한다. 용과 불교는 별 상관이 없어 보이지만, 불교 국가였던 신라 때 문무왕도 죽어서 용이 되어 불교를 받들고 나라를 지키겠다고 했다. 그의 아들인 신문왕이 문무왕을 위해 감은사感恩寺를 지었는데 절의 문지방에 구멍을 내어 용이 들어올 수 있게 했다. 그러므로 용당은 법당의 다른 이름이 되었다.

안탑이 가을 나무에 기대었다는 것은 탑 그림자가 나무에 닿아 있는 것이며, 용당에 저녁 어둠 깃들었다는 것은 법당 주변도 어둑어둑해졌다는 것이다. 이제 사방이 다 어두워져 간다. 그 어둠 속에서 불빛이 보이는 법당으로 갔더니, 불상들이 환하게 웃으며 반겨주었다. 법당 안만이 밝게 빛나고 있었다. 그래서 중생, 곧 자신의 마음이 찬탄讚嘆하게 된다고 했다. 찬탄이란 말은 칭찬하고 감탄한다는 뜻인데 주로 불교와 관련되어 사용하던 단어이다. 강백의 상황을 헤아리자면, 어둠이 내린 법당을 들여다보니 환하게 웃으며 반겨주는 불상을 보고 '자비로우신 부처님!'이라고 반가움과 기쁨의 소리를 내었다고 할 수 있다.

<연사모종(煙寺暮鐘)>
정선, 간송미술문화재단 소장 | 저녁 종소리가 울려 퍼질 때 안개와 숲에 둘러싸인 높고 깊은 산 속 절을
찾아가는 선비와 수행하는 스님의 모습이다.

그는 절에 가는 이유를 다른 시들에서 말했다. 부침하는 고해에는 한가한 일이 적어 마음에 막힌 것들이 많으니 이를 제거하기 힘들기 때문이라고 했다. 슬프고 슬픈 부평초 인생을 살면서 생긴 마음의 속물俗物을 없애고 스님처럼 깨달음을 얻고자 했다. 마음이 담박淡泊해지는 것이다. 또한 어버이를 위해 명복을 비니 관음에 절해도 해가 되지 않는다고 했다. 그야말로 유가의 삶을 내려놓고 불가의 삶을 택한 것이다.

이 모든 것을 통해 그가 궁극적으로 갈구한 것은 다름 아닌 '부처의 자비'였다. 세상의 고해에서 고통받는 자신이 의지할 자비로운 구원자의 품에 들고자 했다. 그래서 결국은 깊은 산 속 작은 절에서 평화로운 세상을 발견하고 내 마음의 평화를 찾고자 하였다. 마음에 막힌 것을 제거하고 마음이 담박해지면 마음이 조용해지는 것이고, 그 궁극이 마음의 평화이다.

그래서 어찌하면 바리때와 지팡이를 머물러 남은 삶을 절에서 조용히 살 수 있느냐고 했다. 바리때와 지팡이는 스님들의 물건이니, 곧 스님처럼 살고 싶었던 것이다. 그래서 절을 내 집[我家]이라 하고 자신을 늙은 스님[老頭陀]에 비유하였다. 그에게 절은 단순히 찾는 곳이 아니라 자신의 온 삶을 의탁하는 곳이었다.

수업시간에 가끔 학생들에게 '사랑과 믿음과 소망 중에 제일은 무엇인가?'라고 질문을 던졌다. 대부분의 학생들이 사랑이라고 답했다. 그러면 나는 웃으면서 평화라고 했다. 조금은 엉뚱한 답이라 생각할 수도 있지만, 마음이 평화로워야 사랑도 가능한 것 아닐까.

끊임없이 부처의 자비를 갈구하며 마음의 평화를 찾고자 했던 강백. 그는 과연 평화를 찾았을까? 자신의 삶이야 모든 것을 포기하고 부처께 의지하면 되겠다 했겠지만 자식들도, 그 자식의 자식들도 그렇게 되어도 좋다고 생각했을지 모르겠다. 그에게는 참으로 힘든 평화였을 것이다.

07

남몰래 품은 한은
구름처럼 어지럽고

———————— ❀ ————————

동령사에서 원 보살에게 드리는 시   김도수

동령사에 가랑비 내리는

사월 초파일 전날

갑자기 여관女冠이 와서

스스로 원 보살이라 말하고

천 길 폭포 아래에 서서

검은 머리를 가냘픈 손으로 감고

황혼에 향촉을 가져가

용당에 법연을 설치했네.

얼굴을 돌리고 몇 번을 울더니

눈물 흘리며 금부처를 향했네.

"해마다 이 밤이 되면

심사를 하소연하기 이미 다했소.

악업이 길이 얽혀 있으니

고해를 언제 벗어나리.

바라오니 부처께서 빨리 제도하시어

법을 보여 슬프고 막힘을 없애주소서.

지극한 도를 듣지 못한다면

어찌 오래 구차하게 살리오."

그때 내가 능엄경을 읽다가

스님을 잡고 개골산 이야기를 하던 중에

그 말을 듣고 근심하며 옷깃 여미고

불러와서 거듭 안타까워했네.

남몰래 품은 한은 구름처럼 어지럽고

살쩍머리는 희끗희끗하려네.

"어느 곳이 고향이신가."

"서울은 나의 터가 아니라오.

올 정월 대보름 밤에는

유점사에서 새 달 보며 절했다오.

내일 또 내일

다시 금강산으로 떠날 것이라오.

일생 구름과 물처럼 떠도니

그 즐거움 더불어 짝함이 없다오."

"무슨 일로 신세를 한하시는가."

"천지는 길이 슬프고 막혔고

인생은 몹시 슬프고 슬프니

아녀자는 더욱 원통하고 굽었다오.

고락이 장부를 따라 생기어

생애는 기가 막힘을 견딘다오.

어려서 방적을 조금 배웠으니

실마다 원한의 정이 맺혔다오.

중간에 문자를 알아

생각이 하늘 끝으로 날았다오.

부처님은 윤회를 맡았으니

후생에 어떤 존재로 만드시려나

발원하며 염주 잡고

분향하며 빈 방에 앉았다오.

슬픔이 와서 귀의를 기원하니

육진의 맑기가 재액을 떨치듯 하구려.

평생의 인생 산은 수천 겹이니

두견이도 피를 토하며 울어주는구려.

가을 잎 같이 나부끼며 떠도니

가는 곳마다 쓸쓸히 운다오."

東嶺寺與元菩薩詩
동 령 사 여 원 보 살 시

細雨東嶺寺 浴佛前一日
세 우 동 령 사 욕 불 전 일 일

忽有女冠來 自道元菩薩
홀 유 여 관 래 자 도 원 보 살

下立千丈瀑 纖手沐雲髮
하 립 천 장 폭 섬 수 목 운 발

黃昏執香燭 龍堂法筵設
황 혼 집 향 촉 용 당 법 연 설

背面啼數聲 垂淚向金佛
배 면 제 수 성 수 루 향 금 불

年年當此夜 心事訴已竭
연 년 당 차 야 심 사 소 이 갈

惡業長纏縛 苦海何時脫
악 업 장 전 박 고 해 하 시 탈

願佛速濟度 視法破悲鬱
원 불 속 제 도 시 법 파 비 울

至道如莫聞 何用長苟活
지 도 여 막 문 하 용 장 구 활

時余讀楞嚴 把僧談開骨
시 여 독 릉 엄 파 승 담 개 골

聞之愀正襟 呼來重喞喞
문 지 초 정 금 호 래 중 즉 즉

暗恨紛如雲 雙鬢欲成雪
암 한 분 여 운 쌍 빈 욕 성 설

何處是家鄉 京山非我窟
하 처 시 가 향 경 산 비 아 굴

今年上元夜 楡岾拜新月
금 년 상 원 야 유 점 배 신 월

來日又來日 復向金剛發
내 일 우 래 일 부 향 금 강 발

一生雲水鄉 其樂無與匹
일 생 운 수 향 기 락 무 여 필

何事恨身世 天地長悽咽
하 사 한 신 세 천 지 장 처 열

人生極悲咤 兒女又冤屈
인 생 극 비 타 아 녀 우 원 굴

苦樂聽丈夫 生涯堪咄咄
고 락 청 장 부 생 애 감 돌 돌

少小學紡績　絲絲怨情結

中間識文字　意思飛天末

釋氏掌輪廻　他生落何物

發源握念珠　焚香坐虛室

悲來頌歸依　六塵清如祓

平生山千疊　杜鵑共啼血

飄零似秋葉　隨處鳴蕭瑟

김도수金道洙(1699~1733)는 노론 명문인 청풍清風김씨 출신이다. 그 당시 청풍김씨 가문은 외척이었다. 그의 큰고모가 현종의 왕비였고 숙종이 그의 사촌이었다. 권세 있고 명망 있는 가문이었다. 그러나 그의 아버지 김석순金錫順은 서자였다. 이에 김석순부터 그 직계 자손들은 영원히 서얼 신분을 지니게 되었다. 이것이 조선시대의 법이었다. 이제 또 하나의 새로운 서얼 가계가 형성된 것이고 김도수는 태어나면서부터 서얼 신분을 지니게 된 것이다. 이로 인해 김도수는 생래적으로 외척이며 서얼이라는 특이한 신분을 가지게 되었다.

김도수는 이미 20대가 되기 전에 시문이 뛰어나다는 인정을 받았다. 그러나 시문이 인정을 받을수록 시기도 많이 따라왔다. 당시 사대부들이 그의 능력을 그대로 받아들이지 못한 것은 그의 신분적 특수성 때문이었다.

김도수는 스물두 살이 되던 1720년 4월에 삼각산 동령사東嶺寺에서 지내고 있었다. 이곳에서 글을 읽고 있었다. 과거 준비를 했거나, 시기가 소용돌이처럼 이는 한양 안에서 떠나 조용히 있고 싶었을 수도 있다.

그런데 초파일 전날 가랑비가 부슬부슬 내리고 있는데 원 보살이라는 중년의 여관女冠이 나타났다. 보살은 불교에서 여자 신도를 높여 부르는 말이다. 여관이란 원래 도교 용어로 여자 도사를 가리키는 말인데, 이 경우는 불교에 귀의한 여성, 불법을 수행하는 여성을 가리킨다. 원 보살은 폭포 아래에서 머리를 감고 법당에 향불과 초를 켜고 기도를 드렸다. 사월 초파일은 부처님 오신 날로 불교에서 가장 중요한 날이다. 보통은 부처님을 맞이하기 위해 절이 떠들썩할 것이다. 그러나 이 시에서는 가랑비가 내리고 김도수는 『능엄경』을 읽다가 스님하고 겨울의 금강산 이야기를 하고 있다. 오히려 조용하고 적적한 분위기다.

음력 사월 초파일이면 보통 오월 중순쯤이니 산 속의 폭포 물은 아직 차가웠을 것이다. 그런데 원 보살은 그 차가운 폭포 아래서 머리를 감았다고 하니 절실하게 바라는 바가 있었나 보다. 그녀가 법당에서 부처께 기도하며 한 말을 보면, 그녀는 해마다 초파일 전날이면 동령사를 찾아왔고, 부처께 삶의 고해에서 벗어나게 해달라고 빌고 또 빌었다. 부처의 가르침을 얻어 중생제도衆生濟度의 은혜를 받고 싶었던 것이다. 구차하게 오래 살기보다는 깨달음을 얻어 고해에서 벗어나고자 했다.

스물두 살 젊은 김도수에게 귀밑머리가 희어져 가는 중년 여인의 절박한 기도는 놀랍기도 했지만 가슴이 아프기도 했다. 그는 옷깃을 여미고 조심스레 그녀를 불러다 이야기를 나눈다. 그래서 이 시가 대화 형식으로 되었다. 원 보살이 자신의 처지와 심정을 직접 이야기하게 한 것이다. 그래서 이 시를 읽다 보면 그녀의 한탄이 눈앞에서 직접 듣는 것처럼 생생하다.

원 보살은 해마다 정월 대보름에는 금강산 유점사에서 기도를 드리고 초파일 전날이면 동령사에서 기도를 했다고 하였다. 강원도 금강산과 서울 삼각산을 왕래하며 소원을 빈 것이다. 수많은 산과 절 가운데 왜 하필이면 금강산 유점사와 삼각산 동령사였을까? 당시 사람들은 금강산과 삼각산을 신령한 산으로 여겼다. 삼각산은 서울의 조봉祖峯이다. 조상 봉우리 혹은 할아버지 봉우리라는 뜻이니, 삼각산은 서울의 근원이 되는 산이다. 또한 백운대白雲臺, 만경대萬景臺, 인수봉仁壽峰 세 봉우리가 우뚝 솟아 있기에 예로부터 삼각산이라 불렸다. 그 외에도 화산華山, 부아악負兒岳이라고도 불렸으며, 요즘은 대체로 북한산이라고 한다. 삼각산에는 이 세 봉우리 이외에도 많은 봉우리들이 있다. 상장봉上將峯, 석가봉釋迦峯, 보현봉普賢峯, 문수봉文殊峯, 나한봉羅漢峯, 응봉鷹峯, 원효봉元曉峯 등이다. 곧, 삼각산 봉우리들은 불교와 관련된 명칭을 많이 지니고 있다. 또한 삼각산에는 문수사文殊寺, 석적사石積寺, 승가사僧伽寺, 진관사津寬寺, 중흥사重興寺, 향림사香林寺 등의 유명한 절을 위시해 수많은 사찰과 암자가 존재했었다.

삼각산 동령사라는 절은 현재 남아있지 않다. 기록도 거의 없다. 폐사가 된 것으로 추측된다. 다만 정범조丁範祖(1723~1801)의 시에 나타난다. 다소 제목이 긴 시인 「삼각산 남쪽 터에 곡수가 있는데 예전에 당옹·백첨·송장·성용과 함께 술잔을 띄우고 마시는 놀이를 하여 즐거움으로 삼고, 곡수 가의 암자에서 머물렀다. 올해 봄에 예전 놀던 곳을 찾아오니 세상에 대한 감회가 일어 느낌을 쓴다華嶽南趾 有曲水 與棠翁 伯瞻 松丈 聖容 流觴爲樂 仍宿水上僧菴 今年春尋舊遊 有山河之感 有述」(『해좌선생문집海左先生文集』 10권)를 보면, 정범조와 지인들이 3월 3일에 삼각산을 찾아가 굽이굽이 흐르는 물에서 술잔을 띄우는 놀이를 하고 동령사에서 머물렀다고 하였다. 이로 볼 때 당시 사람들이 즐겨 찾던 절이었다.

그런데 '東嶺'은 삼각산의 동쪽 봉우리라는 일반명사이자 고유명사이다. 동령사에 폭포가 있었다는 김도수의 시에 근거해 옛 문헌에서 동령폭포를 찾아보았더니, 한장석의 「동령폭포

관람기東泠觀瀑記」(『미산집眉山集』 8권)에서 그 실체를 확인할 수 있었다. 한장석은 큰비가 내렸다 그친 6월에 동령폭포를 찾아갔다. 이는 예전에 삼각산 아래에 있는 동령폭포가 볼 만하다고 들었기 때문이었다. 그래서 벗과 함께 깊은 골짜기를 지나 맑은 계곡물을 끼고 징검다리를 지나 봉우리를 돌고 시내를 돌아 산허리에 도착하니 동령폭포가 있었다.

폭포에 대한 묘사도 자세하여 우리가 상상하는 데 도움이 된다. 폭포의 양쪽 벼랑은 굽이졌으며 큰 바위가 바닥을 이루었다. 벼랑이 우뚝 솟아 있는 것은 마치 큰 새가 날개를 펼친 것 같았고 높이는 여러 길[丈]이 되었으며, 겹겹이 흰 눈처럼 우뚝하였다. 물이 그 속에서 흘러나와 높은 곳에 머물다 쏟아져 내려오는데, 바위를 만나 맑아지고 비를 만나 풍성해지고 가늘어졌다 거세졌다 낮아졌다가 높아졌다가 하면서 그 닿는 곳에 따라 기이함을 이루었다. 거기에다가 삼각산 한 모서리가 의젓하게 그 뒤를 감싸니 더욱 사랑스러웠다. 그런데 그곳이 너무 서늘하여 오래 머물 수가 없었다. 그래서 물길을 따라 내려오는데 바위틈에 '東嶺瀑布'라고 새겨진 글자가 있었다. 한장석은 폭포의 맑고 신선한 점이 좋았기 때문에 '東泠'이라고 고쳐「동령폭포 관람기東泠觀瀑記」라고 제목을 하였다.

또한 동령폭포는 현재도 삼각산에 있는데, 삼각산 평창동 길로 보현봉 방향으로 가다보면 산중턱에 위치해 있다. 그렇다

<북한성도北漢城圖>, ≪동국여도東國輿圖≫

서울대 규장각 소장 | 둥그렇게 연결된 성곽의 남쪽 가장 높은 봉우리가 보현봉이다. 보현봉 서쪽으로 문수봉, 나한봉이 있고, 보현봉 동쪽에 대성문大城門, 서쪽에 대남문大南門이 있다. 지도의 북쪽으로는 영취봉, 백운대, 인수봉, 만경대가 솟아 있다.

면 동령폭포는 보현봉 줄기에 있는 폭포이고 동령사도 그 근처에 자리했었다고 할 수 있다.

그렇다면 원 보살은 왜 동령사를 찾았던 것일까? 동령사와 동령폭포는 보현봉 줄기에 위치하고 있었다. 보현이란 보현 보살普賢菩薩을 의미한다. 보현 보살은 문수 보살과 함께 석가모니불을 좌우에서 모시는 보살이다. 문수 보살과 함께 일체 보살의 으뜸이 되어서 언제나 부처께서 중생을 제도濟度하는 일을 돕고 널리 선양한다. 또 중생의 목숨을 길게 하는 덕을 가졌으며 중생이 부처님의 말씀을 이해하고 해탈할 수 있는 길을 잘 보여준다. 나아가 보현 보살은 중생을 위해 원願을 세워서 수행하는 것을 그 의무로 삼고 있다. 그러므로 원 보살이 보현봉 줄기에 있는 동령사에 가서 소원을 빌었던 것은, 보현 보살이 자신을 부처님께 이끌어주기를 바라는 마음이 있었기 때문이라고 할 수 있다.

또한 원 보살은 왜 금강산 유점사에 있었는가? 금강산은 예로부터 신선의 산으로 유명했는데,『화엄경』에 "해동에 보살이 사는 금강산이 있다"고 적혀 있어 금강이라 불리게 되었고 불교와 인연이 깊게 되었다. 주지하다시피 금강산에는 유점사를 비롯하여 신계사神溪寺, 장안사長安寺, 정양사正陽寺, 표훈사表訓寺 등 크고 작은 사찰이 많아 불교의 성지라고 할 수 있다. 유점사는 금강산에 있던 (6·25 때 소실됨) 유서 깊은 고찰인데 신라 때인 서기 4년에 창건되었다. 설화에 의하면 석가모니가 입적

한 뒤 인도 사위성舍衛城 사람들이 부처님의 모습을 재현하기 위해서 금을 모아 53구의 불상을 조성한 뒤 이를 배에 태우고 바다에 띄워 보냈다. 이 배가 900년 동안 여러 나라를 떠다니다가 마침내 신라에 이르렀고 불상들은 금강산의 큰 느릅나무가 서 있는 못가에 자리하게 되었다. 이에 그 땅에 절을 짓고 유점사라 하였다. 유점사의 '유榆'는 느릅나무를 의미한다. 이렇듯 유점사는 부처님의 신비로운 기운이 서린 절이었다. 원 보살은 이러한 이유로 이곳에서 기도를 드렸을 것이다.

당시 사대부들이 서술한 유산기遊山記를 보면 서울에서 금강산까지 가는 데 대략 1달 정도 걸렸다. 그러니 원 보살은 정월부터 2월까지는 유점사와 금강산에서 지내다가 3월 초쯤 금강산을 떠나 서울로 온 것이고, 4월 초파일을 전후해 동령사에서 지내다가 다시 금강산으로 떠났다. 그렇다면 5월부터 정월 사이에는 어디에 있었을까? 금강산에 머물렀을 수도 있고, 다른 사찰을 찾았을 수도 있다. 서울과 금강산 사이를 오가면서 만나는 수많은 사찰을 그냥 지나치지도 않았으리라.

세상은 막혀 있고 인생은 슬프다. 그런데 이 서글픈 세상에서 여성의 인생은 더욱 원통하고 굽었다. 이는 고락이 대부분 남자를 따라 생기고 생애는 기가 막힘을 견뎌내야 하기 때문이다. 그녀는 어려서 방적, 곧 길쌈을 배웠는데 실마다 원한이 맺혔다고 했다. 길쌈을 좋아서 배운 것도 아니고 자신에게 소용이 있어 배운 것도 아니었다. 하루 종일 실을 잣고 베틀에 앉아 베를 짜도 자기 몸에 걸칠 일은 없었다. 그러다 문자를 알게 되어 생각이 하늘 끝으로 날았다고 했다. 글을 알게 되면서 생각도 많아진 것이다.

그러나 본인이 할 수 있는 일이란 아무 것도 없었고 괴로움만 커져갔다. 그래서 마지막으로 의지하게 된 것이 부처의 자비, 다름 아닌 '윤회'였다. 이 삶의 고통을 온몸으로 견디니, 다음 삶에서는 윤회의 자비를 얻고 싶은 것이다. 그녀가 원하는 윤회는 무엇일까? 여인이 아닌 남자로 태어나는 것이었을까? 아닐 것이다. 그녀가 원하는 깃은 더 이상 '사람으로 태어나지 않는 것'이었을 게다. 그래야만 고해에서 벗어날 수 있으니 말이다.

내 나이 22살인 경자(1720)년 여름에 삼각산 동령사에서 지내고 있었는데 이 시를 지어 원 보살이라는 사람에게 주었다. 그 후 초고를 없앴다. 후에 계묘(1723)년 여름에 금강산 유점사에 노닐었는데 스님의 시축 가운데서 이 시를 얻게 되었다. 비록 시의 뜻이 쓸쓸하고 슬퍼서 볼 만하지 않으나 그 마음이 구도(깨달음의 경지를 구함)에 있음에 특히 감동하여 이에 시를 보존하게 되었다.

김도수가 이 시에 붙인 설명글이다. 그는 스물두 살이던

1720년에 동령사에서 원 보살에게 이 시를 지어 주었다. 그러나 정작 자신은 초고를 없애 버렸다. 없애 버린 이유야 많겠지만 불교와 여성 고통이라는 두 가지 주제는 그에게 부담이 되었을 것이다. 더구나 그는 사대부들로부터 시기와 질시를 받고 있었으니 시빗거리를 만들고 싶지 않았을 것이다. 그런데 3년 뒤 금강산으로 유람을 떠난 그는 유점사에 들렀다가, 그곳 스님이 모아 놓은 시들 속에서 자신이 쓴 이 시를 발견했다. 다시 읽어보았으리라. 시의 뜻이 쓸쓸하고 슬펐다. 그러나 깨달음의 경지를 구하던 원 보살의 간절함이 감동의 기억으로 되살아났고, 김도수는 다시 이 시를 적어 자신의 품에 보존하였다.

90

　　이 시는 모두 84구로 되어 있는데 인용한 부분은 52구까지이다. 뒷부분은 김도수의 소회를 담고 있다. 김도수는 원 보살의 말을 듣고 눈물이 강물처럼 흘러 멈추지 않았다고 했다. 인정人情에 남녀의 구별이 없으며, 인생은 뜬세상의 매미 허물처럼 빈 것이고 풀과 나무처럼 스러져, 한 곳에 머물지도 못하며 어느날 갑자기 사라질 것이다. 그렇다고 한탄만 하고 있어서는 안 된다. '아침에 도를 들으면 저녁에 죽어도 좋다'는 공자님 말씀처럼 이치를 깨닫기 위해 노력해야 한다. 그런데 원 보살은 '지극한 도[至道]'를 듣고자 부처께 발원했으니, 이치 곧 깨달음의 경지를 구하려 분발한 사람이었던 것이다.

　　내가 이 시에 주목한 이유 중 하나는, 남성 시인인 김도수가 여성 화자를 내세워 여성의 이야기를 진정성 있게 풀어냈기 때문이다. 그는 서늘해서 오래 견디기 힘든 차디찬 폭포수에 머리를 감고 법당에서 기원하는 원 보살의 서글픈 모습을 보고 그냥 지나치지 않았다. 그런데 이런 공감은 아무나 할 수 있는 일은 아니다. 타인에 대한 관심과 이해가 있어야만 가능한 일이다. 남성인 그가 여인에게 씌워진 천생의 차별을 이해할 수 있었던 것은, 자신에게 족쇄처럼 씌워진 천생의 신분적 굴레 때문이었을 것이다. 여성이나 서얼이나 모두 기득권을 지닌 사대부 남성들로부터 소외되고 억압받는 존재였기에, 김도수는 여성의 고통에 공감할 수 있었을 것이다.

김도수의 시가 원 보살의 슬픔을 위로했던 것일까? 그녀는 이 시를 소중하게 간직하고, 유점사로 가져가서 스님에게도 보여주었다. 유점사의 스님 또한 이 시를 유점사의 시축詩軸에 간직하였다. 시축이란 시를 적은 두루마리이다. 스님들은 절에 찾아온 시인들의 시를 받아 놓거나 옮겨 적었다. 유점사 스님도 이 시에 마음이 갔기에 시축에 간직했을 것이다. 그리고 그 시가 다시 김도수에게 돌아간 것이다. 그 결과 오늘 우리가 읽을 수 있게 되었다.

사실 서얼이라는 신분적 굴레로 말미암아 그의 삶도 이중적이었고 그의 정체성도 혼란을 겪을 수밖에 없었다. 그는 자신의 능력에 대한 자긍심을 가지고 있었으며, 고통을 받을수록

고고孤高함을 지키고자 노력했던 사람이다. 또한 여기에 머물지 않고 좀 더 나아가 같은 처지의 서얼이나, 신분의 또 다른 희생자인 중인 계층, 성별과 신분으로 고통받는 여성에 대한 동병상련을 표현했다. 그러기에 그가 요절한 것은 큰 아쉬움으로 남는다. 조금 더 오래 살아 시인으로서 주위의 아픔과 상처에 시선을 두고 교감하였다면, 보다 많은 사람들의 삶이 위로받을 수 있었을 것이다. 그리고 그것이 문학의 힘이 아닐까.

08

남산 아래 삼만팔천 가옥에서 빛나던 등불

등불 다는 저녁 　　　　　　　　　　　　　김도수

숙종 시절 한양은 번성하여

사월 초파일에 등불이 별 같았네.

우리 형제들 좋은 술 들고

남산의 정자에 해마다 올랐었지.

집집마다 등을 서너다섯 개씩 달아

등불이 삼만팔천 가옥에서 빛났네.

모든 백성이 무사하여 태평을 즐기고

실컷 마시고 먹으며 절로 노래하고 춤추었네.

오늘밤 쓸쓸히 궁벽한 골짜기에 누웠다가

등 하나를 마당의 나무에 걸자니

나뭇가지의 까치는 놀라 날아가 버리고

등 앞에서 홀로 선왕을 생각하며 눈물 흘리네.

燈夕吟
등 석 음

蕭宗年間漢陽盛　四月八日燈如星
숙 종 년 간 한 양 성　사 월 팔 일 등 여 성

吾家兄弟携美酒　每上終南之山亭
오 가 형 제 휴 미 주　매 상 종 남 지 산 정

家家懸燈三四五　燈光三萬八千戶
가 가 현 등 삼 사 오　등 광 삼 만 팔 천 호

都民無事樂太平　醉飽但自爲歌舞
도 민 무 사 락 태 평　취 포 단 자 위 가 무

今夜蕭條臥窮峽　一燈自掛庭樹立
금 야 소 조 와 궁 협　일 등 자 괘 정 수 립

樹枝有鵲驚飛去　燈前獨思先王泣
수 지 유 작 경 비 거　등 전 독 사 선 왕 읍

94

'등석燈夕'이란 등불을 다는 저녁이라고 번역할 수 있다. 집과 거리에 등을 달고 해 질 무렵부터 불을 밝혀 등불 구경을 한다. 관등觀燈 놀이라고 할 수 있다. 우리나라의 경우 예로부터 등석은 정월 대보름에 행했다. 그러다가 고려시대 12세기 이후에는 사월 초파일에도 행하게 되었다. 오랜 세월 이어온 행사임을 알수 있다. 지금이야 사찰이나 사찰 근처 거리에 연등을 걸어 놓지만 예전에는 개인 집에도 등불을 밝혔다. 나무에도 걸고 등대를 세우고 걸기도 하였다.

김도수의 기억 속에서 한양은 아름답고 번성했던 곳이다. 더구나 등석일이 되면 집집마다 등을 달아 밤이 되면 한양에 별들이 내려앉은 것 같았다. 대체로 식구 수대로 등을 달았다고 하니 그 불빛이 별처럼 셀 수 없었을 것이다. 등석일이면 많은 사람들이 남산이나 낙산 등 높은 산에 올라 한양 안에서 반짝이는 별빛을 내려다보는 놀이를 했다. 김도수도 형제들과 남산에 올라가 정자에 모여 앉아 술을 마시며 한양의 밤경치를 즐겼다. 이날은 통행금지도 없었다. 그야말로 온밤을 새우며 즐겁게 지낼 수 있었다. 이런 행사를 해마다 했었다고 하니, 어린 시절부터 이어진 소중한 추억인 것이다. 남산 위에서 내려다보는 한양은 그야말로 불야성이었을 것이다. 당시 한양의 가옥 수는 삼만팔천 호였다고 하니 그 가옥마다 여러 개씩 걸어 놓은 등불은 참으로 아름답게 빛났을 것이다. 눈을 감고 상상해 보자. 어두운 밤 남산 중턱에 앉아 저 멀리 한양성을 내려다보니 어두운 공간을 뚫고 수십만 개 별이 빛을 내고 있다. 그 빛에 가려 진짜 별은 오히려 희미하고 멀기만 했을 것이다. 어느 것이 하늘이고 땅인지 어느 것이 별이고 등불인지 구별이 모호해져, 땅이 하늘

<태평성시도太平城市圖>
미상, 국립중앙박물관 소장 | 조선 후기 발달한 도시의 모습을 그린 8폭 병풍 그림의 일부인데,
김도수가 생각한 한양의 모습도 이와 비슷했을 것이다.

이고 등불이 별이라고 해도 믿을 지경이었을 것이다. 그야말로 장관이 아닐 수 없다.

예전에 밤 비행기를 탄 적이 있다. 비행기가 낮게 날면서 어둡기만 하던 발아래 세상에 갑자기 아름다운 별빛들이 셀 수 없이 많이 모인 곳이 나타났다. 어둠 속에서 무리지어 빛나는 도시의 별들은 그렇게 아름다울 수가 없었다. 김도수가 18세기에 남산에서 바라본 한양성도 그러하였을 것이다. 성곽으로 둘러싸인 사대문 안의 세상만이 어둠 속에서 둥글게 별들로 가득 차 빛나고 또 빛나며 영원히 꺼지지 않을 것 같았으리라.

소년의 세상은 아름답다. 언제까지나 지속될 것 같다. 그러나 어른이 되어 세상에 발을 내딛는 순간 냉혹한 현실이 펼쳐진다. 김도수에게 있어 숙종 시절은 행복한 시절로 기억된다. 사실 그는 촌수로만 보면 숙종과는 사촌이다. 현종의 왕비가 그의 큰고모였으니 말이다. 어린 시절 집 울타리 안에서의 삶은 행복했던 것 같다. 그러니 모든 백성이 실컷 먹고 마시며 노래하고 춤추던 태평한 때로 기억되는 것이다. 그러나 그것은 세상으로 나오기 전의 환상일 뿐이었다. 숙종과 사촌일지언정 아버지부터 서얼이었기에 자신도 서얼이 되어 신분적으로 열세에 처해 있었다. 서얼이란 모멸감을 견뎌야 했고 버슬도 제대로 할 수 없었다. 그나마 왕의 인척이었기에 음보蔭補로 찰방察訪 벼슬을 감지덕지 받았을 뿐이었다. 여기에 글을 잘한다는 명성이 있었기에 여기저기서 시기와 질투도 받아야 했다. 젊은 나이에 감당하기에는 벅찬 일이었을 것이다.

결국 그는 벼슬을 그만두고 춘천 지역에 가서 은거에 들게 된다. 1726년쯤의 일이다. 이 시도 그때 지은 것이다. 숙종 사후 경종을 거쳐 영조가 등극하기까지 남인과 노론 그리고 소론은 당쟁을 벌여 엎치락뒤치락하였고 마침내는 1727년 소론 정권이 들어섰다. 서얼이었지만 노론 가문 출신인 그의 입지가 그나마도 줄어들게 된 시기였다. 당쟁은 참으로 이곳저곳에서 여러 사람들의 삶을 뒤흔들어 놓는 괴물이었다.

이제 그는 스물예닐곱 나이에 궁벽한 골짜기로 삶의 터전을 옮겼다. 사월 초파일을 맞아, 가족과 함께 행복했던 예전의 기억이 떠올라 마당에 나가 나뭇가지에 등불 하나를 매달았다. 그러자 나무에 앉아 있던 까치가 놀라서 날아갔다. 그 까치의 날갯짓에 김도수가 더 놀랐을지도 모른다. 이보다 더 적막하고 쓸쓸할 수는 없으리라. 집에서, 행복에서 멀리 떨어진 자신은 까치보다 더 외로운 존재인 것이다. 그러니 숙종을, 아니 정확히 말하자면 숙종 시절 행복했던 기억을 떠올리며 눈물을 흘리는 것이다.

남산 아래 밤풍경을 아름답게 수놓던 그 수많은 등불은 다 어디로 갔는가. 그 등불만큼이나 천진하게 빛나던 나의 꿈은 또 어디로 사라졌는가.

09

실의失意한 세상에서
득의得意한 시를 얻다

옛사람들이 낙화落花를 시로 쓰기도 했는데 모두 정태情態를 자세히 다하여 표현하지 못하였다. 원령元靈이 일찍이 『심석전집沈石田集』을 보았더니 낙화시落花詩를 지은 것이 있는데 역량이 제대로 나타나지 못했다고 하였다. 그러나 과연 어찌 그러한지는 끝내 알지 못하였다. 봄이 이미 깊어 정원 가득히 꽃이 떨어져 있다. 우리 무리[吾輩]는 모두 실의失意한 사람들이라 근심과 분개를 스스로 평정하지 못한다. 우연히 수창酬唱하여 각각 여러 편을 이루었다. 그러나 알지 못하겠다. 가장 실의한 지경이 가장 득의得意한 시를 얻는 것인지를. 이봉환

더없이 아름다우면서도 쇠한 모습이 함께 나타나

변한 빛이 나부끼니 시름겨워라.

마음 근심스런 아이는 좁은 길을 빗질하고

시 안타까운 객은 누대에 기대어 있네.

물에 흘러가니 물고기 뻐끔거림에 얽히고

진흙에 섞이니 제비 도모함에 익숙해지네.

나비 날아와서 어제 묵은 곳인가 하지만

향기 나던 곳 없어졌으니 구하기 어려워라.

100

古人或賦落花而皆未能曲盡情態 元靈以爲曾見沈石田
고 인 혹 부 낙 화 이 개 미 능 곡 진 정 태　원 령 이 위 증 견 심 석 전

集有賦落花詩 其力量殆不可及云 而竟未知果何如也
집 유 부 낙 화 시　기 역 량 태 불 가 급 운　이 경 미 지 과 하 여 야

春序已晏滿庭皆花 吾輩皆失意之人愁慨不自定 偶然酬
춘 서 이 안 만 정 개 화　오 배 개 실 의 지 인 수 개 부 자 정　우 연 수

唱各成幾篇 抑未知最失意境得最得意詩否也
창 각 성 기 편　억 미 지 최 실 의 경 득 최 득 의 시 부 야

盡美衰相現 渝光裊始愁
진 미 쇠 상 현　투 광 뇨 시 수

神傷僮掃徑 詩悔客憑樓
신 상 동 소 경　시 회 객 빙 루

過水縈魚呷 和泥慣燕謀
과 수 영 어 합　화 니 관 연 모

蝶來疑昨宿 香所翳難求
접 래 의 작 숙　향 소 예 난 구

시의 제목이 참 길다. 그러나 한시에는 이보다 긴 제목들도 많다. 아무래도 시인들은 할 말이 많았던 것이다.

이 시는 이봉환李鳳煥(1710~1770)이 1747년 즈음에 쓴 것이다. 그는 조선 후기의 유명한 서얼 문사였다. 그의 가문은 원래 완산이씨 명문가였는데 그의 증조부인 이수장李壽長(1629~1700)이 서자로 태어났다. 그 뒤 서얼 가계가 형성되어 그 후손들은 모두 서얼이라는 꼬리표를 지니게 되었다. 그의 가문은 시문에 능하였고 사대부 신분을 놓으려 하지 않았다. 증조부를 비롯해, 조부 이익빈李益彬(1662~1726), 부친 이정언李廷彦(1691~1743) 그리고 이봉환에 이르기까지 모두 과거에 매진하여 진사 혹은 생원이 되었다. 그러나 다른 서얼들처럼 벼슬이 높지는 못했다. 이정언은 예빈시禮賓寺의 종6품 주부主簿를 지냈다. 이봉환은 1733년 식년시 2등으로 진사가 되었고 1747년 이전에 종8품 봉사奉事가 되었다. 헌릉獻陵에 제사를 지내러 다닌 것으로 보아 봉상시奉常寺 봉사를 역임했음을 알 수 있다. 낮은 벼슬을 전전했던 것이다.

이 시는 낙화落花, 곧 '떨어지는 꽃'을 주제로 삼았다. 이봉환은 옛사람들이 낙화시를 많이 지었으나 낙화의 본질을 제대로 나타낸 시가 없다고 생각했다. 그의 친구인 원령도 낙화시에 대해 말한 적이 있었다. 원령은 이인상李麟祥(1710~1760)의 자字이다. 두 사람은 어려서부터 친했다. 친척이기도 했다. 이인상 역시 서얼이었는데 26세에 진사가 되었고 낮은 벼슬을 살았다. 그는 시문에 뛰어났다. 또한 전서篆書(중국 고대 한자 서체의 일종), 팔분서八分書(중국 고대 한자 서체의 하나로 예서隸書의 일종), 편지 글씨〔牘書〕, 그림, 도장석圖章石이 신품神品의 경지에 이르렀다는 평가를 받았다. 여러모로 재주가 뛰어났던 인물이다.

이인상이 예전에 『심석전집沈石田集』을 읽었는데 그 문집에 낙화시가 있었다. 『심석전집』은 명나라 심주沈周(1427~1509)의 문집이다. 그의 호가 석전이었다. 그는 장주長洲, 곧 현재의 강소성江蘇省 오현吳縣 명문가 출신이다. 그의 집안은 풍요로웠고 집에는 많은 회화들이 수장되어 있었다. 그는 일생을 은거하며 과거를 보지 않고 정신의 자유를 추구했다. 심주는 시와 글씨와 그림에 모두 능했는데 특히 그림에 뛰어났다. 산수화와 인물화 그리고 화조화花鳥畵에 능했다. 명나라 4대가로 불린다. 또한 시의 경우에도 비유와 풍자가 풍부했고 시와 그림이 서로 빛나며 영향을 주었다는 평가를 받는다.

그의 문집에는 50수의 낙화시가 전한다. 그런데 이에 대해 이인상은 심주의 역량이 거의 발휘되지 못했다고 했다. 낙화의 정태를 제대로 표현하지 못했다는 뜻이다. 그러나 그 이유를 알지 못했다. 왜 다른 시와 다르게 유독 낙화시만 제대로 짓지 못했는지 알 수 없었다.

그런데 후대의 중국 비평에 의하면 심주의 낙화시들은 '뛰어나지 못하다'가 아니라 '나쁘다'는 평가를 받았다. 시들이 대체로 감상적이고 유미적이라는 소리도 들었다. 우리는 여기서 해답을 찾을 수 있다. 이인상이나 이봉환이 심주의 낙화시가 역량을 제대로 발휘하지 못했다고 한 것은, 자신들이 생각하는 낙화의 정태와는 다르기 때문이었다. 그렇다면 이봉환과 이인상이 생각하는 낙화의 정태란 무엇인가?

일단 그 해답을 시의 제목에서 찾을 수 있다. 이봉환은 '우리 무리'라는 단어를 사용했다. 한자로는 '吾輩^{오배}'다. 문헌을 찾아보면, 이 '吾輩'란 단어는 주로 서얼들이 사용했다. 이 단어에는 강력한 동류의식이 담겨 있다. 사대부 혈통이지만 서얼이라는 특이한 신분은 정체성에 많은 혼란을 가져왔다. 사대부이지만 사대부가 아니었다. 사대부 계층으로부터 소외되었다. 이는 벼슬과 경제적 문제로 직결되었고 나아가 삶 자체에 영향을 주었다. 그러나 사대부라는 끈을 놓지도 못하고 시문에 정진했다.

이봉환은 위 시의 제목에서 '우리 무리[吾輩]'는 모두 실의^{失意}한 사람들이라 근심과 분개를 스스로 평정하지 못한다고 했다. 그 이유는 이인상의 말에서 찾을 수 있다. 이인상은 '우리 무리'가 곤궁하여 낮은 곳에 있어서, 힘껏 스스로 떨쳐서 몸을 올바르게 하고 성인의 도를 밝게 하지 못하니 슬프다고 했다. 또한 구석진 나라에 태어나 곤궁하여 뜻을 펼치지 못하고, 조수鳥獸와 목석木石과 함께 하면서 몸을 편히 하고 천명을 세울 곳이라 여기고 있으니 성인도 이 뜻을 슬퍼할 것이라고 했다. 이덕무는 자신들이 농사도 못 짓고 장사도 못 하면서 그저 앉아 있기만 하는 상황에서 늙은 부모가 굶주림에 시달리는 모습을 봐야 하는 처지를 한탄했다. 조선이라는 땅에 태어나 시문을 읽으며 뜻을 높이 세웠으나 신분의 질곡에 가로막혀 뜻을 펼칠 기회조차 얻지 못하고 곤궁하게 살아가게 되었다. 그러므로 실의하였고 가슴에 근심과 분함이 쌓이게 된 것이다.

이들은 자연 같은 처지에 놓인 사람들끼리 연대하게 되었다. 주로 함께 모여 시문을 연마하거나 인생을 논하거나 유람을 다녔다. 이봉환은 이인상을 비롯해 이희관李喜觀(1709~?), 이명계李命啓(1715~?), 최익남崔益南(1720~1770), 남옥南玉(1722~1770), 남중南重, 남토南土, 노긍盧兢과 친분이 두터웠다. 동병상련의 처지로 교류하며 서로를 알아주는 지음知音이었다.

다시 시의 제목으로 돌아가면 '우리 무리'가 늦은 봄에 모였는데 정원 가득히 꽃이 떨어져 있다. 그 모습을 보자니 절로 심상이 움직여 '낙화'를 주제로 시를 지었다. 각자 여러 편씩 지었다. 그런데 자신과 벗들이 지은 낙화시가 모두 빼어났다. 생각해보니 실의한 지경에 있는 사람들이라 오히려 득의得意한 시를 지을 수 있었다. 자신들의 처지를 떨어지는 꽃잎에 비유했기

104

때문이다. 그렇다면 심주가 낙화시에서 능력을 거의 발휘하지 못한 것은 그의 처지가 낙화와는 달랐기 때문이었다. 평생 풍요로운 삶을 살았으니 떨어지는 꽃에 감정이 동화되기란 쉽지 않았을 것이다.

그렇다면 이봉환에게 꽃은 어떤 의미였을까. 그는 꽃의 조화에 주목했다. 꽃 화花 자는 '풀 초艸'와 '조화 화化'의 결합으로 이루어졌다. 곧 풀의 조화인 것이다. 세상천지에는 많은 조화가 있으나 기묘하게 변화함은 꽃의 조화만한 것이 없다고 했다. 풀에서 꽃봉오리가 생기고 이것이 터져 형형색색으로 피어나니 참으로 기이한 조화이다. 하지만 꽃이 아름답다고 하여 늘 피어 있기만 하다면 조화의 오묘함을 잃을 것이다. 꽃이 꽃 아니게 되는 것이다. 피었다 지고 다시 새로이 몽우리를 맺는 것이 자연의 섭리이며 천기天機이다. 자연스럽게 피고 지기에 꽃은 기뻐하거나 슬퍼하지 않는다. 다만 그 모습을 보는 사람들이 자신들의 처지에 따라 거기에 정을 옮기는 것이다.

이봉환은 꽃 가운데 매화를 가장 사랑했다. 그가 '낙화'라고 할 때의 꽃은 아무 꽃이 아니었다. 매화였다. 또한 한시 전통에서 '낙화'란 주로 매화 꽃잎이 떨어지는 것을 의미했다.

매화는 예로부터 추운 겨울 눈보라 칠 때 피는 꽃으로 이름났다. 설중매雪中梅라 하여 고난 속에서도 고고하게 피어남을 상징했다. 그런데 우리나라의 경우 따뜻한 남쪽 지방에서는 1

월이나 2월에 매화가 피었으나, 서울을 비롯한 중부 지방은 3월 말이 되어야 꽃망울을 터뜨렸다. 이봉환과 그의 벗들이 살고 있던 곳은 한양이었다. 18세기에는 매화 피는 시기는 오늘날보다 더 늦었다. 4월 초순 혹은 중순이 되어야 피어났다.

그러므로 추운 겨울에 이봉환과 벗들은 집 안에 감실龕室을 만들어 매화 분재를 두고 꽃이 피기를 기다렸다. 지금으로 치자면 집 안에 작은 온실을 두고 밖에 눈보라가 몰아칠 때 매화 피기를 기다린 것이다. 한겨울에 피어난 매화는 참으로 시상詩想을 자극하는 소재였다. 또한 봄이 되면 정원에서 매화가 피기를 학수고대했다. 한겨울이 지난 뒤 봄이 찾아옴을 알리는 것이다. 그러므로 매화는 궁窮함이 쌓인 뒤에 피어난다. 오랜 세월 추위와 눈보라를 견딘 뒤 온 힘을 다해 피어나는 것이다. 이에 매화는 굳은 절개를 나타낸다.

이봉환은 매화가 꽃이 되는 것을, 처음 꽃망울을 토해내는 것, 조짐이 반쯤 터지는 것, 모습이 모두 열리는 것, 쇠하여 가는 것, 꽃이 모두 떨어지는 것 등 5단계로 구분하였다. 그는 매화의 모든 모습을 사랑했고 애를 태우면서 기다렸다. 이렇게 피어나는 모습은 구슬 같기도 하고, 둥근 달 같기도 하고, 보살 같기도 했다. 여기에 더하여 꽃이 피기 전부터 은은한 향기가 나고 꽃이 진 뒤에도 향기는 남아 있다. 이 향기가 있기에 매화가 바로 매화인 것이다. 이는 고고한 정신을 추구하는 한미한 선비와도

<노매도 老梅圖>
김홍도, 개인 소장

통한다. 이봉환과 그의 벗들은 향기 품은 매화를 자신들과 동일 시했다.

이러한 이유로 이봉환과 그의 '우리 무리'들은 매화가 떨어지는 것을 아쉬워하여 '낙화'를 주제로 많은 시를 지었다. 이봉환이 특히 아낀 매화는 홍매였다. 위의 시는 꽃이 쇠하여 가는 모습을 그렸다. 활짝 피어 가장 아름다운 모습을 드러낸 것이 얼마 되지 않은 것 같은데 벌써 시들어간다. 연한 붉은 빛 홍매 꽃잎이 바래었다. 그 빛바랜 꽃잎들이 가지에서 떨어진다. 작고 얇은 꽃잎들이 바람에 실려 나부끼며 천천히 지상으로 향한다. 마침내 땅에 떨어진다. 정원이며 길은 꽃잎들로 뒤덮여버렸다.

그러자 어린 동자는 빗질을 한다. 자신의 임무를 수행하는 것이다. 어린 동자는 근심스럽다. 꽃잎이 계속 떨어져 길을 덮으니 빗질을 멈출 수 없기 때문이다. 그런데 이를 바라보는 객도 마음이 아프다. 매화를 주제로 시를 더 쓰고 싶은데 꽃이 지니 안타깝기만 하다. 떨어지는 꽃잎도 아쉽지만, 쌓인 꽃잎들이 비에 쓸리는 것도 보기 힘들다. 꽃길을 그냥 두었으면 하는 바람도 있다. 그래서 누대에 기대어 꽃잎들이 떨어지는 모습을 하염없이 바라본다.

바람에 날리던 꽃잎은 정처 없이 여기저기로 떨어진다. 연못에 떨어지자 물고기들이 먹이인줄 알고 뻐끔거리며 먹어본다. 진흙에 떨어지자 강남 갔다 돌아와 둥지 짓기에 여념이 없는 제비들이 흙과 함께 물어간다. 이봉환이 소중하게 여기던 매화 꽃잎은 이제 먹이가 되고 진흙에 섞여 자취가 없어진다. 나비가 매화를 찾아왔으나 이미 꽃은 떨어지고 없으니 흔적이 없다. 향기도 꽃과 함께 바람에 날려 허공으로 흩어져버렸다. 꽃은 이제 자신의 소임을 다했다.

누대에 기댄 객은 그 모습을 모두 바라본다. 꽃이 세상의 조화를 품고 있음을 깨닫는다. 꽃은 졌으나 시인의 눈길 아래서 시가 되었고, 그 시는 다시 꽃이 되어 사람들에게 향기를 전한다. 이봉환과 '우리 무리'도 지금은 떨어지는 꽃과 같지만 언젠가는 다시 피어나리라는 희망을 품었을까?

10

서얼의 숲엔 산초처럼
매운 시가 핀다

---- ❀ ----

문을 나서며   이봉환

110

돌이켜 생각해보니 초심은 절로 높았건만

중년의 기이한 행적으로 더욱 번민하는구나.

문文으로 서기書記되어 글 쓰는 재주 부리고

무武로는 군관軍官되어 말을 타며 수고롭네.

일을 이룸이 남에게 달렸음은 원래 평범해서라지만

세월은 나를 속이며 너무나 거침없이 흘러간다.

산천은 끝까지 바라보아도 삼천리뿐이니

한번 웃고 문을 나서며 보검을 보네.

어린 아들 머리 늘어뜨리고 눈동자 반짝이니

늦게 낳아 아끼느라 가르치지 않았네.

질병 없는 것만으로 만족하니

어찌 시서로 다시 궁벽함 배우게 하리.

내 나이 너와 같던 때를 회상하니

동생과 형을 무척 아끼고 따랐지.

늙은 아비 천릿길 떠나는 것 모르고

융의 끌어다 두르며 활 차고 웃네.

出門
출 문

回憶初心亦自高　中年畸跡轉牢騷
회 억 초 심 역 자 고　중 년 기 적 전 뇌 소

文爲書記雕蟲技　武作軍官躍馬勞
문 위 서 기 조 충 기　무 작 군 관 약 마 로

成事因人元碌碌　流光欺我劇滔滔
성 사 인 인 원 녹 록　유 광 기 아 극 도 도

山川極目三千里　一笑出門看寶刀
산 천 극 목 삼 천 리　일 소 출 문 간 보 도

稚子垂髫炯兩瞳　晚生嬌愛未開蒙
치 자 수 초 형 양 동　만 생 교 애 미 개 몽

使無疾病斯爲足　何必詩書復學窮
사 무 질 병 사 위 족　하 필 시 서 부 학 궁

忍想吾年曾汝似　尤憐阿弟與兄同
인 상 오 년 증 여 사　우 련 아 제 여 형 동

不知老父登千里　牽着戎衣笑佩弓
부 지 노 부 등 천 리　견 착 융 의 소 패 궁

서얼의 숲에 산조처럼 맑은 시가 핀다

젊음은 꿈이 많다. 세상이 아무리 부조리하여도 노력을 통해 이상을 실현해 나갈 수 있다고 믿는다. 이봉환도 젊은 시절 같은 처지의 벗들과 어울리며 세상에 '나'를 그리고 '우리'를 우뚝 서게 하고 싶었다. 이를 위해 그들이 선택한 방법은 문학, 특히 시였다. 21세기를 살아가는 현대인에게는 언뜻 이해가 되지 않는 대목일지도 모른다. 그러나 당시에는 과거科擧도 시문이나 경학을 통해 치렀기에, 시문을 잘하는 것은 단지 글쓰기를 잘한다는 것만은 아니었다.

이봉환과 벗들은 신분상 사대부 서얼이었는데 서울 서쪽에 살았다. 신분적으로 중심에서 밀려난 이들은 살던 곳도 서울의 중심이 아닌 주변부였다. 신분과 주거지, 명예, 벼슬, 경제력 모든 것에서 주변인이었다. 그래서인지 이들은 문학에서도 기득권층의 시 작법이 아니라 새로움을 추구했다. 이는 서얼들이 선택한 생존방식이었다. 자신들만의 방법을 추구하여, 자신들을 차별하는 세상에 어엿하게 존재를 드러내고 싶어 했다. 그래서 이들의 시는 '기미幾微가 애타고 빠르며 산초나무 알맹이가 맵고 시듯이 톡 쏘는 느낌을 준다'는 평가를 받았다. '중화中和를 본 뜬 것이 아니라 음울하고 괴이하며 외롭고 어그러져 귀신이

112

울고 도깨비가 웃는 듯했다'고도 한다. 새롭고 기이하고 날카로
운 시풍을 추구했던 것이다. 이는 사람의 능력이 제대로 인정받
지 못하고 신분으로 걸러지는 사회구조에 대한 비판이자 저항
이었다.

이러한 평가를 받은 시 구절을 예로 들어보자. 다음은 최
익남의 시다.

소나무 성글어 쓸쓸한 밖으로 달이 떠오르고
꽃 떨어져 고요한 가운데 봄이 돌아가네.
松疎月出蕭森外 송소월출소삼외
花落春歸窈窕中 낙화춘귀요조중

늦봄의 정취를 나타낸 시 구절이다. 소나무 성근 숲 위로
달이 떠오른다. 달빛이 비추자 소나무 숲은 그 성긴 모습이 드
러나 처량한 분위기를 자아내고 그 위에 떠오른 달 역시 더욱
쓸쓸하게 보인다. 이를 표현하기 위해 시어도 '송소松疎', '소삼蕭
森' 등 'ㅅ'의 조합을 선택해 청각적으로도 소슬한 느낌을 갖게
하였다. 이 쓸쓸한 밤에 꽃도 소리 없이 떨어진다. 땅으로 내려
앉는 꽃, 꽃이 사라진 나뭇가지. 흔히 생각하는 화창한 봄과는
어울리지 않는 것으로 봄밤의 정서를 나타냈다. 꽃이 피며 찾아
온 봄이 꽃이 지며 돌아간다. '송소월출소삼외 낙화춘귀요조중'

이라고 소리 내어 읽어보면 발음도 편하지가 않다. 그러므로 이 시는 '경심警甚', 곧 몹시 기발奇拔하다는 평가를 받았다.

다음은 남옥의 시 구절이다.

> 서리 깊은 낡은 성루에 누런 국화 병들었고
> 낙엽 져 추운 숲에는 새벽 촛불 높네.
> 霜深廢壘黃花病상심폐첩황화병
> 葉盡寒林曉燭高엽진한림효촉고

이 시는 1763년 늦가을에 쓴 것이다. 이때 남옥은 조선통신사 제술관이 되어 부산에 있으면서 배를 타고 일본으로 떠나기를 기다리고 있었다. 날씨와 바람 때문에 항구에 묶여 있었고, 배에서 자면서 언제라도 떠날 준비를 하였다. 날씨는 비오다 맑다를 반복하면서 춥고 서늘했다. 성루는 빛이 바래고 낡았다. 마치 통신사를 먹이고 재우느라 힘든 백성 같았다. 성루에는 서리가 진하게 내려 국화가 누렇게 시들었다. 남옥은 이를 '병病'으로 표현했다. 국화가 그저 시든 것이 아니라 시름 때문에 병들어 시들었다는 의미이다. 가을이 끝날 무렵이라 낙엽진 숲은 바라만 보아도 춥다. 그러나 새벽이 되자 촛불이 높게 떠오른다. 새벽별은 대개 '효성曉星'이라 하는데 남옥은 '효촉曉燭'이라 했다. 이제 날이 개는 것이다. 비가 잦아들면 배가 출항할 수 있게 된다. 그러면 백성도 좋고 사신들도 좋고 왜인들도 좋게 된다. 우울하고 음습한 가운데 희망을 이야기했다. 그러므로 이 구절은 섬세하면서도 각박[纖刻]하다는 소리를 들었다.

예를 하나 더 들어보겠다. 다음은 이봉환의 시 「봄에 도봉산에 갔는데 사빈이 함께 못했는지라, 냇가에서 거칠게 쓴 것을 보인다春往道峯 士賓未偕 溪上潦草寄示」의 일부이다.

빙옥처럼 하이야니 산은 장차 떨어지려 하고
등라 꽂혀 있으니 절을 찾을 수 있겠네
皎如氷玉山將墮교여빙옥산장타
揷在藤蘿寺可尋삽재등라사가심

이는 도봉산 시냇가에서 올려다보는 산의 풍광을 그린 것이다. '교여빙옥산장타 삽재등라사가심'이라고 읊어보면, 이 역시 매끄럽게 읽히지 않는다. 도봉산을 빙옥, 곧 얼음으로 만든 옥처럼 하얗다고 했다. 도봉산 전체가 커다란 화강암으로 이루어졌고 특히 산 정상에는 선인봉, 만장봉, 자인봉 등의 바위 봉우리들이 우뚝 솟아 있다. 이를 계곡에서 올려다보면 저 멀리 봉우리들이 햇빛에 부딪혀 하얗게 보이는 것을 형상화한 것이다. 이 시를 쓴 시기가 봄이었는데도 봄의 화사함과는 어울리지 않는 표현을 했다. 다음으로 산이 장차 떨어지려고 한다고 했다. 이는 아래서 올려다보니 저 멀리 솟아 있는 커다란 봉우리가 뚝 떨어져 내릴 것만 같이 아슬아슬하게 느껴진다는 뜻이다. 보통은 산이 우뚝 솟아 있다고 하는데, '타墮'를 써서 빛나던 옥구슬이 땅으로 떨어져 내리는 심상을 일으키게 한 점이 새롭다. 또한 등라가 꽂혀 있으니 절을 찾을 수 있겠다고 하였는데, 등라는 야생이기도 하지만 주로 절에서 많이 볼 수 있는 꽃이기에 멀리 등라가 보이는 것을 보고 절이 있겠다고 유추한 것이다. 특히 등라가 '보인다'고 하지 않고 '꽂혀 있다'고 한 것은 사람이 절에 등라를 심었기 때문이며, 또한 계곡에서 멀리 보이는 산 중턱에 등라가 우거진 것이 마치 산에 등라가 꽂혀 있는 것처럼 보였기 때문이다. 곧 '빙옥氷玉', '타墮' 그리고 '삽揷'을 통해 시어와 시상의 새로움을 추구했다.

사람들은 이러한 시풍을 봉환체鳳煥體 또는 초림체椒林體라 했다. 그런데 '초림'이라고 이름을 붙인 경위가 흥미롭다. '초椒'는 산초山椒나무 열매를 의미한다. 산초는 맛이 맵다. 지금도 음식점에 가면 매운 맛을 위해 또는 비린 맛을 잡기 위해 산초가루를 뿌린다. 예전부터 매운 맛을 '얼얼하다'고 표현했는데, 정확히는 '맵거나 독해서 혀끝이 아리고 쏘는 느낌'이다. 그런데 이는 서얼庶孼이라고 할 때의 '얼'과 발음이 같다. 그래서 '서얼의 시는 얼얼하다, 맵다'라는 뜻이 되어 '초'를 가져다 썼다. 이로 인해 '초림椒林'은 산초나무 숲, 매운 맛의 숲, 서얼의 숲이란 뜻이 된다. 또한 특히 이봉환을 중심으로 한 여덟 명을 초림팔재사椒林八才士라 했는데 현재에는 더 많은 사람을 포함하여 초림 집단이라 한다. 조선 후기를 지나 현대에까지 시적 능력으로 이름을 알리고 있으니, 신분적으로 열세에 있으나 능력은 같다는 아니 더 뛰어나다는 외침을 인정받으려는 목적을 이루었다 할 수 있다.

그런데 이들의 시작 능력은 당대에도 인정을 받았다. 그러나 이는 글재주가 있다는 평가 그 이상도 이하도 아니었다. 나라에서는 이들을 시문의 능력이 필요한 자리에 딱 그만큼만 데려다 썼을 뿐이다. 그러므로 이봉환과 벗들은 시문을 통해서 이름을 알릴 수는 있었으나 세상의 중심에 서지는 못했다. 세상은 그들이 뚫고 나가기에는 너무도 높은 울타리가 겹겹이 쳐져 있었다.

위의 시「문을 나서며」는 이봉환이 1760년에 지었다. 그의 나이 51세였다. 50이 넘어 지난 세월을 회상해보니, 젊어서 초심은 높았지만 서얼로서 그동안 살아온 삶이 기이하기만 하다. 정상적이지 않았다. 꿈이 아무리 컸어도 신분제는 한 개인이나 집단이 어찌할 수 없는 커다란 장벽이었다. 그래서 번민하고 불만스럽다. 글을 잘한다고 인정받아 1748년에는 통신사 서기가 되어 일본에 다녀왔다. 그곳에서 글재주를 뽐냈으나 조선에 돌아와서 달라진 것은 없었다. 1760년에는 무관에 임명되었다. 연

행사에 군관으로 뽑혀 청나라로 떠나게 되었는데, 사실 군관은 명칭일 뿐 가서 하는 일이란 서기나 마찬가지였다. 12년이 지났지만 달라진 것은 아무 것도 없다. 조선이란 나라에게 이봉환이란 사람과 그의 글재주는 일본과 중국으로 사신을 보낼 때나 필요했고, 그마저도 서기나 군관이라는 낮은 직책이었다. 조선 땅이라는 테두리 안에서는 필요한 존재가 아니었던 것이다. 마치 오늘날의 시간제 노동이나 비정규직을 떠올리게 한다.

일을 이루는 것은 다른 사람에게 달렸다. 이봉환이 5구에서 사용한 한자성어 '성사인인成事因人'은 '인인성사因人成事'에서 유래한다. 『사기史記』 「평원군우경 열전平原君虞卿列傳」에 나오는 고사이다. 능력이 뛰어난 사람에 의지해 일을 성사시킴을 뜻했다. 그런데 이봉환은 이를 그대로 사용하지 않았다. 자신이 평범하기 때문에 능력이 있는 사람들에게 의지한다고 했다. 그러나 이는 진실이 아니다. 사대부가 모든 것을 결정하는 이 시대에는 자신은 그저 평범한 사람이 되어 그들이 하는 대로 따르는 수밖에 없다. 그래서 흐르는 세월은 자신을 속이는 데 거침이 없었다. 지난 세월 자신은 세상에 속은 것이다.

그러나 아무리 세상이, 세월이 자신을 속였을지라도, 이 세상은 기껏해야 삼천리에 지나지 않는다. 작은 땅일 뿐이다. 우물 안 개구리들의 세상이었다. 작디작은 우물 안에서 아등바등 다투고 있는 것이다. 그러므로 자신은 한번 웃고 문을 나선

<조양문朝陽門>, 《연행도燕行圖》
미상, 숭실대 한국기독교박물관 소장 | 1790년경 그린 그림으로 조양문은 연경燕京의 동쪽 문이다.

다. 이 좁은 세상을 나서면 문 밖에는 너른 세상이 존재하기 때문이다. 조선이 자신을 필요할 때만 불러다 쓰지만 정작 조선은 그를 어떤 세상으로 내보내는지는 모른다. 그곳은 가본 사람만이, 겪어본 사람만이 알 수 있는 세상이다. 그곳에서는 신분이 아닌 시문만으로도 자기를 인정받을 수 있다. 그의 앞에는 신랄한 인생에서 가슴의 우울함을 뚫어주는 한 가닥 바람 같은 시간이 기다리고 있다. 그러기에 보검을 본다고 했다. 보검은 작은 세상의 속박에 얽매이지 않는 자신의 능력이기도 하고, 나아가 이제 또 다시 자신 앞에 펼쳐질 넓은 세상이기도 한 것이다. 그러므로 그의 웃음은 풍파에 시달리고 맞선 사람만이 보일 수 있는 헛헛한 달관의 웃음이었다.

　이봉환에게 자녀가 몇이었는지는 알 수 없다. 아들이 다섯이었다는 의견도 있다. 이 시에 등장하는 아이는 그가 일본에 다녀온 뒤에 낳은 아이로 보인다. 몇 살인지는 정확하지 않지만 일본에 1748년에 다녀왔으니 많아야 10살 남짓이었을 것이다. 머리 늘어뜨리고 반짝이는 눈을 가졌다는 아이는 아버지의 군복을 끌어다 입어보고 웃으며 활도 차본다. 아버지가 가는 곳이 얼마나 먼 곳이며 얼마나 오래 이별을 해야 하는지도 모르는 것이다. 개구쟁이 느낌이 난다. 이봉환은 앞날의 희망이 없는 현실에서 이 아이가 건강하게만 자라기를 바란다. 그래서 시서를 가르치지 않았다고 했다. 자신처럼 글을 하고 시를 써서 또 다시 궁벽한 길로 나아가지 않기를 바란 것이다. 뜻을 높이 세우고 열심히 시문을 배우고 능력을 키웠으나, 이상을 실천할 수도 없었고 현실은 나아지지도 않았기 때문이다. 그러나 그의 아이가 시문을 배우지 않는다 하여 과연 자신과 같은 고민을 하지 않게 되었을까? 시문도 모르는 서얼이 할 수 있는 일은 무엇이었을까? 아니, 그 아이는 끝내 시문을 배우지 않았을까?

이 질문에 대한 답은 그 아이가 누구인가를 추론하면 알 수 있다. 시 속의 아들은 이명오李明五(1750~1836)로 보인다. 그리고 그 아들은 자기 아버지가 갔던 길을 그대로 따라갔다. 그 아들의 아들 이만용李晩用(1792~1863)도 할아버지가 갔던 길을 따라갔다. 시문을 배워 이름을 날리고, 같은 처지와 같은 이상을 지닌 벗들과 교유했으며, 여전히 우물 속 같은 조선 땅에서 궁벽한 삶을 이어갔다. 조선 후기 사회에서 그들이 할 수 있는 다른 일이 별로 없었고, 이 일마저 내려 놓으면 신분적으로 더욱 추락하는 일만 남아 있었다.

그러나 꿈은 더욱 원대해졌으며 우물 벽을 부수는 길에는 조금 더 다가갔으리라는 점을 상상할 수 있다. 실제로 이봉환과 그의 아들, 그리고 손자는 시를 통해 명성을 이어갔다. 정원용鄭元容(1783~1873)에 의하면, 이들은 시로 유명해졌고 사람들을 이들이 온다고 하면 버선발로 뛰어가 맞이했으며, 이들이 새로운 시를 지으면 적어 베끼고 돌려보며 감상했다고 한다. 적어도 시인으로서의 자존심은 지켰던 것이다.

그리고 세상은 조금씩 바뀌었다. 정조가 등극하고 서얼들에게도 기회가 주어졌다. 철종 때에 이르자 손자인 이만용은 문과에 급제하고 벼슬길에 나아가 마침내 병조참지兵曹參知에 올랐다. 이는 정3품 당상관에 속하는 벼슬이었다. 서얼들이 그토록 갈구했던 당상관에 이봉환의 손자가 드디어 올랐던 것이다.

2장

이 풍진 세상을 누구와 건널까

조선 지식인이 걸었던 마음의 뒤안길

죽은 누이를
그리워하며

※

정부인에 추증된 맏누이 박 씨 묘지명 　　　　박지원

떠나는 사람 진실로 나중에 만나자는 약속을 남기어도

보내는 이는 눈물로 옷을 적시네.

조각배로 이제 떠나면 언제 다시 오려나

보내는 이 부질없이 언덕 위에서 발길을 돌리네.

伯姊贈貞夫人朴氏墓誌銘
백 자 증 정 부 인 박 씨 묘 지 명

去者丁寧留後期 猶令送者淚沾衣
거 자 정 녕 류 후 기　유 령 송 자 루 첨 의
扁舟從此何時返 送者徒然岸上歸
편 주 종 차 하 시 반　송 자 도 연 안 상 귀

연암 박지원朴趾源(1737~1805)이 죽은 맏누이의 묘지명 말미에 쓴 시이다. 그래서 시 제목은 따로 없다.

　박지원은 2남 2녀 중 막내였다. 형은 박희원朴喜源이었고, 누이가 둘 있었는데 맏누이(1729~1771)는 이택모李宅模(1729~1812)에게, 작은 누이는 서중수徐重修에게 출가하였다.

　맏누이는 박지원과 여덟 살 차이였는데, 16살에 혼인을 하였다. 혼인하는 새벽녘 누이가 화장을 할 때 박지원은 누워 새 신랑의 말투를 흉내내며 장난을 쳤다. 혼인이 무엇인지 모르는 개구쟁이 어린 동생이 충분히 할 수 있는 행동이다. 그러자 누이는 부끄러워 빗을 떨어뜨렸는데 하필 그 빗이 개구쟁이의 이마를 맞추었다. 그러자 성질을 내고 울고불고 하면서 누이의 분에 먹물을 섞고 거울에 침을 뱉었다. 철없는 동생의 행패에 누이는 옥으로 만든 오리며 금으로 만든 벌 같은 패물을 꺼내 보여주며 달래었다. 이별을 앞둔 날 새벽의 풍경치고는 행복해 보이기까지 하다.

　매형인 이택모는 명문 덕수이씨 집안 출신이지만 살기는 어려웠다. 결혼 생활 내내 변변한 벼슬을 하지 못해 가난한 생활이 이어졌다. 그러다 누이는 햇수로 28년이 된 1771년 9월 1

일, 43세 나이로 세상을 떠났다. 누이는 딸 하나와 아들 둘을 두었는데 아직 어렸다. 아이들을 늦게 낳았거나, 일찍 낳은 아이들이 죽었던 것이다. 매형에게 누이의 죽음은 그저 아내의 죽음이 아니었다. 살림의 실질적 주재자였던 아내가 죽으니 앞으로 살아갈 방도가 아득해졌다. 그래서 아내를 장사지내려 선산이 있는 까막골[鴉谷]로 가면서 아예 온 식구를 데리고 가서 그곳에서 살기로 작정했다. 까막골은 지금의 경기도 양평군 양동면 안동마을로, 한강을 거슬러 양평 깊숙이 들어간다.

박지원은 두포斗浦, 곧 팔당댐이 있는 곳까지 따라가서 배 안에서 누이의 관을 잡고 통곡하였다. 매형 가족과 이별을 한 뒤 나룻배가 떠나는 것을 전송하였다. 새벽녘 한강 가에 서서 강을 거슬러 멀어지는 나룻배를 바라보는 심정이 어떠했을까. 너른 강물에 떠가는 한 점 조각배가 눈앞에 그려진다. 그 배에는 누이의 관과 매형과 어린 조카들과 여종 한 명이 타고 있다. 그리고 부엌살림 몇 가지, 상자, 고리짝 등을 실었다. 누이 가족의 모든 것을 실은 배는 붉은 명정을 바람에 펄럭이며 천천히 새벽 어스름을 따라 산그늘로 사라져갔다. 그러다 모퉁이를 돌아 마침내는 보이지 않게 되었다.

더 이상 나룻배가 보이지 않게 되자 산이 눈에 들어왔다. 그런데 산 빛이 검푸른 것이 마치 예전 혼인하던 날 누이의 쪽진 머리처럼 보인다. 쪽머리가 비치는 강물은 누이가 화장하던 거

<녹운탄綠雲灘>
정선, 간송미술문화재단 소장 | 녹운탄은 경기도 광주군 남종면 수청리 큰청탄을 그린 그림이다.
누이의 가족을 실은 배는 팔당, 양수리, 큰청탄을 지나 까막골로 갔을 것이다.

울 같다. 하늘의 새벽달은 누이의 눈썹 같다. 그날 헤어지던 장면이 오늘의 영원한 이별과 겹쳐지며 사람을 더욱 슬프게 한다.

누이의 죽음 이전에 박지원은 부모의 죽음을 겪었다. 어머니 함평이씨咸平李氏가 1759년에, 아버지 박사유朴師愈가 1767년에 사망하였다. 그리고 5년째에 다시 맏누이가 죽은 것이다. 부모를 잃고 누이마저 잃게 되었다. 부모님이 돌아가시면 남은 형제가 더욱 소중한 법이고, 형제마저 죽으면 그 형제가 남긴 피붙이들이 더욱 애틋한데, 이제 그들과도 헤어지는 것이다. 그래서 보내는 이는 눈물을 흘리며 울 수밖에 없고, 언제 다시 만날 기약조차 할 수 없기 때문에 하염없이 바라보다 부질없이 발길을 돌려 돌아간다고 하였다.

이보다 앞서 1771년 3월에 박지원은 이덕무, 백동수白東修, 이광섭李光燮과 황해도 유람을 떠났다. 개성까지 같이 갔다가, 이덕무와 이광섭이 함께 길을 떠나고 박지원은 백동수와 함께 길을 떠났다. 박지원은 개성 근처인 금천군金川郡에서 연암협燕巖峽을 발견하게 된다. 나중에 이곳에서 은거해야겠다고 생각한 그는 호號도 연암燕巖이라고 하게 되었다. 그리고는 한양으로 돌아왔는데 그 가을에 맏누이가 사망한 것이다. 박지원이 연암골로 들어가 은거한 것은 그보다 7년 뒤인 1778년이다. 누이의 죽음과 그 가족과의 이별이 박지원이 한양을 떠나고자 하는 마음을 굳히는 계기가 되었을지도 모르겠다.

이별에 대한 박지원의 생각을 그가 9년 뒤에 쓴 『열하일기』에서 볼 수 있다. 「막북행정록漠北行程錄」에서 그는 이별의 괴로움 중에서 하나는 가고 하나는 남겨지는 때보다 더한 것이 없다고 했다. 그때는 무엇보다 이별의 장소가 슬픔을 부추기는데 그것은 오로지 물을 만나야 한다. 물은 크기와 상관없이 흘러가는 것이면 된다. 그러면서 우리나라 대악부大樂府 중에 〈배따라기排打羅其〉라는 곡이 있는데, 방언으로 '배가 떠난다'는 뜻이라고 했다. 그 곡조가 어찌나 구슬픈지, 마치 애끊는 듯하다면서, 이것이 우리나라에서 가장 구슬프게 눈물지을 때라고 했다.

닻 들자 배 떠난다

이제 가면 언제 오리

만경창파에 가는 듯 돌아오소.

碇擧兮船離정거혜선리

此時去兮何時來차시거혜하시래

萬頃蒼波去似回만경창파거사회

이제 가면 언제 오리, 언제 만나리라는 이 노랫가락이 몹시 서글프다. 이는 겪어 본 사람만이 알 수 있는 것이다. 그래서 〈배따라기〉를 듣고 이에 감정이 동화되고 이를 『열하일기』에 남기게 되었다.

우리나라 평안도 민요에도 〈배따라기〉가 있다. 대동강 가에서 배를 타고 먼 바다로 떠나는 이별의 심상이 예로부터 이어져 온 것이다. 고려시대 정지상의 〈송인送人〉도 이와 연결된다.

박지원의 누이의 죽음을 애도한 글로 다시 돌아가 보자. 이 글은 제목이 다양하다. 『열하일기』「피서록避暑錄」「주곤전소지朱昆田小識」를 보면, '자씨 묘지명姊氏墓誌銘'이라고 하였다. 이는 '누님의 묘지명'이라는 뜻이다. 곧 중국에 간 연암은 「자씨 묘지명」과 형수의 묘지명인 「수씨 이공인 묘지명嫂氏李恭人墓誌銘」을 골라서 중국 사람에게 부탁하여 해내海內의 아름다운 글씨[佳筆]를 구하고자 하였다. 결국 호부주사[戶部主事]인 서대용徐大榕이 시를 지어 보내고, 그의 사촌 동생인 양정계楊廷桂가 두 묘지명을 필사해서 보내왔는데 아름다운 글씨였다. 서대용이나 양정계 모두 박지원과는 모르는 사이였는데 시와 글을 보내왔으니, 박지원의 글에 감동했기 때문이었다. 또한 박지원이 자신의 시문 가운데 이 두 묘지명을 골라서 중국인들에게 보였다는 것은, 이 글에 대한 애착과 자신감이 있었기 때문이다.

이덕무의 『종북소선鍾北小選』에는 이 글이 「망자 유인 박 씨 묘지명亡姊孺人朴氏墓誌銘」이라는 제목으로 들어 있다. 『종북소선』은 이덕무가 박지원의 뛰어난 글 10편을 뽑아 비평을 하고 서문을 달아 엮어낸 비평집이다. 그러므로 이덕무가 『종북소선』을 편찬할 때까지는 이 글의 제목이 「망자 유인 박 씨 묘지명」이었음을 알 수 있다. 망자亡姊는 죽은 누님이고, 유인孺人은 벼슬하지 못한 선비의 아내를 죽은 뒤에 높인 말이다.

윤광심尹光心(1751~1817)이 편찬한 『병세집幷世集』에는 「백자 유인 박 씨 묘지명伯姊孺人朴氏墓誌銘」이라고 되어 있다. 『병세집』은 필사본으로, 조선시대 시와 문을 편집한 책이다. 문에는 신완申琓(1646~1707)을 위시한 17, 18세기 조선 문인 여덟 명과 일본 문인 네 명의 글이 담겨 있다. 백자伯姊는 맏누이를 말한다. 『종북 소선』의 '망자'가 '백자'로 바뀐 차이가 있을 뿐이다.

1932년 박영철朴榮喆이 편찬한 활자본 『연암집』에는 이 글의 제목인 「정부인에 추증된 맏누이 박 씨 묘지명伯姊贈貞夫人朴氏墓誌銘」으로 되어 있다. '유인'이 '증정부인贈貞夫人'으로 바뀐 것이다. 정부인貞夫人은 종친이나 정2품 혹은 종2품 관리의 부인에게 주던 봉작封爵이다. 연암의 맏누이가 벼슬하지 못했던 선비의 아내에서 정2품 혹은 종2품 관리의 아내로 바뀐 것이다. 이 활자본은 박지원의 직계 6대손인 박영범朴泳範이 보관해 온 필사본을 저본底本으로 삼았다. 그러므로 1932년 이전에 글의 제목이 바뀌었음을 알 수 있다.

그렇다면 맏누이는 어떻게 유인에서 정부인이 된 것일까. 누이의 남편인 이택모는 뒤에 이름을 이현모李顯模로 바꿨다. 정확한 시기는 알 수 없으나 아내가 죽은 뒤였다. 박지원의 글에서는 이택모로 나오기 때문이다. 이현모는 훗날 벼슬길에 나아가게 되었고 종2품 동지중추부사同知中樞府事를 지냈다. 성공하였던 것이다. 그래서 그의 선친인 이유李游에게 참판이 증직되었고, 죽은 부인 박 씨에게도 정부인의 봉작이 내렸다.

이로 볼 때 1729년 같은 해에 태어난 두 사람은 16살에 혼인을 하였고 28년의 결혼 생활을 하였다. 아내는 가난한 집안 살림을 맡아 하느라 고생을 하다 병들어 죽었다. 그리고 아내가 사망하여 살 길이 막막해지자, 남편은 아내의 관을 싣고 선산으로 낙향했다. 하지만 그 뒤 남편은 벼슬길에 나아가게 되었고 높은 관직에 올랐으며 당연히 재혼도 하였다.

그러니 에나 지금이나 산 사람은 어떻게든 사는 것이다. 박지원처럼 누이와의 사별을 슬퍼하는 글을 쓰고 이를 중국에서 필사로 받기도 하고 후세에까지 남기기도 한다. 이현모처럼 슬픔을 딛고 성공하기도 한다. 죽은 사람은 이를 알지 못한다. 이별도, 이를 감내하는 것도 그리고 남은 삶도 모두 산 자의 몫이다.

02

꽃 속에 들어앉아
슬픔을 참네

———————— ✽ ————————

필운대 꽃구경   박지원

134

희롱하는 나비를 미쳤다고 어찌 나무라겠는가.

사람들 오히려 나비 따라 향기로운 인연 맺으려 뒤쫓아 가니

아지랑이 피어오르는 너머에 한낮의 봄은 푸르고

도성 거리 저자 떠들썩하니 먼지 자욱하네.

새들이 제각각 우는 것은 자기 뜻대로이나

꽃들이 제각각 피는 것은 하늘에 달렸구나.

멋진 정원에 앉아 살펴보니 젊은이는 없고

백발 되어 지난해와 달라진 것에 슬픔을 참네.

弼雲臺賞花
필운대상화

戲蝶何須罵劇顚 人還隨蝶趁芳緣
회접하수매극전　인환수접진방연
春靑晝白遊絲外 井哄烟喧紫陌前
춘청주백유사외　정홍연훤자맥전
各各禽啼容汝意 頭頭花發任他天
각각금제용여의　두두화발임타천
名園坐閱無童髦 白髮堪憐異去年
명원좌열무동모　백발감련이거년

이 시는 박지원이 인왕산 필운대에 올라 꽃구경을 하는 정경을
노래했다. 『신증동국여지승람新增東國輿地勝覽』에 따르면, 한양은
삼각산을 조봉祖峯으로 하여 백악산·목멱산·낙산·인왕산 이렇
게 네 산이 보호하고 있다. 백악산은 현무玄武이자 진산鎭山(터를
눌러 보호하는 산)으로 북쪽에 우뚝 솟아 있다. 목멱산은 주작朱雀
이자 안산案山(책상과 같은 산)으로 두 날개를 활짝 펴 남쪽을 가로
막았다. 낙산은 청룡靑龍으로 백악산에서 갈라져 동쪽을 휘감아
돌며 치달린다. 인왕산은 백호白虎로 서쪽으로 이어져 웅크리듯
솟구쳐 있다. 백악산, 인왕산, 낙산은 모두 백색 화강암으로 이
루어진 암산巖山이고 목멱산만 토산土山으로 바위 빛깔도 검다.

김상헌金尙憲(1570~1652)은 1614년에 인왕산에 오른 뒤 「서산에 노닌 기록遊西山記」을 썼다. 여기서 한양의 산이 북한산에서부터 산줄기가 뻗어 내려와 도읍지의 진산이 된 것을 백악이라고 했다. 이 백악산에서 갈려나와 산등성이가 불쑥 솟아나 꾸불꾸불 뻗어 내려오다가 서쪽을 끼고 돌면서 남쪽을 감싸 안고 있는 것을 필운弼雲, 곧 인왕산이라고 했다. 인왕산을 필운산이라고도 불렀던 것이다.

백악산과 인왕산 사이에는 크고 작은 동네가 많았다. 특히 여기에는 임진왜란 때의 영웅인 권율權慄 장군, 병자호란 때 순국한 김상용金尙容과 병자호란 이후 청나라에 끌려간 김상헌 형제 등이 살고 있었다. 이들이 살던 곳을 장동壯洞이라고 했다.

권율 장군의 집은 필운대 아래에 있었다. 필운대는 인왕산 동남쪽 줄기에 있는 높은 봉우리다. 권율에게는 무남독녀가 있었는데 사위로 백사白沙 이항복李恒福을 맞이했다. 이항복은 젊을 때 처가살이를 하였으며 호를 필운이라고 했다. 필운산 필운대 아래에 살았으니 맞춤한 호였다. 문집들을 살펴보면 당시 사람들은 이항복을 필운이라 칭하는 경우가 많았다. 그런데 인왕산이 화강암으로 이루어졌는지라 권율의 집 후원에는 커다란 석벽이 있었다. 이항복은 여기에 세로로 '弼雲臺'라는 글씨를 새기었다. 이로 인해 필운대가 유명해졌고 현재도 그 글씨가 남아 있다.

지금도 인왕산에 오르면 서울의 모습이 잘 보인다. 특히 동남쪽 봉우리 정상에 서면 서울의 모습을 가장 잘 볼 수 있다. 조선시대에도 마찬가지였다. 김상헌에 따르면, 남쪽으로는 목멱산이 마치 어린아이를 어루만지는 듯 보였고, 성곽은 산허리를 감고 구불구불 이어져 용이 누워있는 것 같았다. 그 아래로는 수많은 여염집 기와지붕이 땅에 깔려 있는데 마치 물고기 비늘처럼 다닥다닥 붙어 있다고 했다. 동쪽으로는 허물어진 텅빈 경복궁도 보이고, 우뚝 솟은 화려한 창덕궁과, 금원禁苑의 우거진 숲이 보였다. 흥인문興仁門의 빼어난 자태는 동쪽을 향해 서 있고 종로鍾路의 큰길은 한 줄기로 뚫려 있었다. 길 양옆으로는 상점들이 반듯하게 차례대로 늘어서 있었다. 길에는 수레와 말이 오가고, 사람들은 분주하게 뛰면서 오갔다. 동북쪽으로 저 멀리 있는 불암산佛巖山도 손으로 움켜잡을 수 있을 것처럼 가깝게 보였다.

필운대는 이 동남쪽 봉우리에 있는 기슭이다. 그러므로 필운대에 오르면 눈앞에 한양 도성이 펼쳐졌다. 남쪽 멀리로는 관악산 청계산이 병풍처럼 서 있고, 가까이로는 백악산과 낙산 남산이 둘러 있다. 그 사이로 도성 거리가 파노라마처럼 펼쳐졌다. 길이며 저자, 개천과 숲, 관청과 민가가 손에 잡히듯 눈에 들어왔다.

또한 필운대는 성 밖이 아니라 안에 있었다. 근처에는 인가가 많았고, 인가에서는 꽃나무를 많이 심었다. 그렇기 때문에 한양 사람들은 봄철 꽃구경 장소로 반드시 먼저 이곳을 손꼽았다. 이를 '필운상화弼雲賞花'라 하는데 남산의 꽃구경인 '목멱상화木覓賞花'와 함께 으뜸으로 쳤다.

필운대가 이처럼 승경지로 떠오른 것은 조선 후기로 보인다. 조선 전기에 서거정徐居正이 「한도 십영漢都十詠」이라 하여 한양의 승경지 10곳을 노래했는데 이 목록에 필운대는 없다. 서거정은 남산의 꽃구경, 마포麻浦의 뱃놀이, 제천정濟川亭의 달 감상, 양화楊花나루의 눈 밟기, 반송정盤松亭에서 손님 배웅, 장의사藏義寺에서 스님 찾기, 흥덕사興德寺의 연꽃 감상, 입석포立石浦의 낚시질, 살곶이[箭郊]의 꽃 찾기, 종로[鍾街]의 등불 구경 등을 꼽았다.

또한 필운대를 주제로 지은 시를 찾아보면 대체로 17세기 이후의 시인들에게서 나타나기 시작한다. 홍세태洪世泰(1653~1725), 황택후黃宅厚(1687~1737), 조현명趙顯命(1691~1752), 이종성李宗城(1692~1759), 남유용南有容(1698~1773), 오원吳瑗(1700~1740), 조재호趙載浩(1702~1762) 등이 초창기 시인이다. 이들은 벗들과 필운대에 올라 꽃구경을 하는 것을 읊거나, 필운대 아래 마을에 있는 지인의 집을 찾아가 묵고 다음날 필운대에 오르는 것에 대해 노래했다.

필운대는 임금들에게도 인기가 있는 장소였다. 정조도 세손 시기에 필운대에 두 번 올라 시를 남겼다. 1765년에서 1775

<**필운상화**畢雲賞花>
정선, 개인 소장 l 봄날 필운대에 올라 꽃구경하는 모습으로
남산과 인왕산 사이 한양에 꽃이 가득 피고 신록이 우거졌다.

년 사이의 시문을 모은 『춘저록春邸錄』에는 1769년에 지은 「인왕산에 오르다登仁王山」와 1772년에서 1773년 사이에 지은 「국도 팔영國都八詠」이 있다. 「인왕산에 오르다」에서는 인왕산의 아름다운 기운과 번화함 그리고 필운대의 꽃과 버들의 아름다움을 읊었다. 「국도 팔영」은 한양의 승경지 여덟 곳을 읊은 8수의 시인데, 「필운대의 꽃과 버들弼雲花柳」을 첫 수로 읊었다. 한양 하면 떠오르는 첫 번째 승경지였던 것이다. 이 시에서 정조는 필운대가 번화하며 부드러운 버드나무와 꽃나무가 수없이 많다고 하였다.

또한 정조는 필운대의 꽃과 버들을 위시하여, 「압구정에서 뱃놀이狎鷗泛舟」, 「삼청동의 녹음三淸綠陰」, 「남산에 올라 초파일 연등 구경紫閣觀燈」, 「청풍계淸楓溪의 단풍 구경淸溪看楓」, 「반송정盤松亭의 연못에서 연꽃 구경盤池賞蓮」, 「세검정의 얼음 폭포洗劍冰瀑」, 「광통교에서 정월 대보름달 구경通橋霽月」 등을 한양의 승경으로 읊었다.

이러한 것들을 미루어 볼 때 필운대는 이항복이 호를 필운이라 하고 필운대 글자를 바위에 새긴 뒤로 더욱 유명해져서, 17세기 이후에 한양의 핫플레이스로 떠올랐던 것이다.

박지원은 조선 후기 최고의 문학가이자 사상가이다. 그의 산문은 위대하다. 조선 후기 역사에서 우뚝 솟아 있다. 한문소설 및 『열하일기』를 위시한 그의 산문은 조선 후기 최고의 문학

성과이다. 반면 시는 많이 창작하지 않았다. 『연암집』권4 「영대
정잡영映帶亭雜咏」에 시가 32편 있다. 그런데 32편 가운데 필운대
와 관련된 시가 2편 있다. 위의 시 「필운대 꽃구경」과 「필운대
에서 살구꽃을 보며弼雲臺看杏花」이다. 「영대정잡영」의 시들은 연
도대로 편집되었다. 「필운대 꽃구경」은 1780년 5월 이전에 쓴
것이고 「필운대에서 살구꽃을 보며」는 1781년에서 1787년 7월
사이에 쓴 것이다.

　　박지원은 필운대에 여러 차례 올랐다. 1767년에 박상한朴相
漢(1742~1767)을 애도하며 쓴 「사장 애사士章哀辭」를 보면 박상한
과도 필운대 꽃구경을 갔다. 1767년 이전부터 필운대에 올랐던
것이다. 필운대는 혼자 가는 곳은 아니었다. 대개 무리를 지어
올라갔다. 박지원이 필운대에 누구와 함께 올랐는가 하는 것은
「도화동 시축 발桃花洞詩軸跋」을 통해 알 수 있다. 도화동은 지금의
종로구 청운동에 있었다. 복숭아나무를 많이 심어 그렇게 불렀
다. 박지원과 벗들은 필운대에서 살구꽃을 구경했고 도화동에
복사꽃이 피면 도화동으로 옮겨갔다. 이때 함께한 이들은 이덕
무, 유득공柳得恭, 김사희金思義를 포함하여 무리를 이룬 사람들이
었다. 봄이면 필운대와 도화동에 가서 꽃구경을 하고 술을 마시
고 시를 지어 시축詩軸을 이루었으니 이들의 모임은 단순한 봄놀
이를 넘어 시회詩會 혹은 시사詩社의 형태를 띠고 있었던 것이다.

　　박지원은 1778년 황해도 금천군 연암으로 이주하였다. 은

거하며 저술을 하고 후학들을 지도했다. 그 후 2년 뒤인 1780년 연행燕行에 참가하게 되었다. 그의 팔촌형인 금성도위 박명원朴明源(1725~1790)이 정사가 되자 박지원을 자제군관으로 선발했던 것이다. 연행은 한양에서 출발을 해야 했으니 황해도에 있던 박지원은 한양으로 왔다. 일행은 1780년 5월 25일 한양을 출발하여 중국에 갔다가 10월 27일에 한양에 도착했다. 그러므로 위의 시「필운대 꽃구경」은 황해도에 은거해 있다가 자제군관에 선발되어 한양으로 와서 사신의 출발을 기다리던 봄날에 쓴 것이다.

화창한 봄날이다. 벗들과 함께 필운대에 올랐다. 여기저기 피어난 살구꽃을 따라 나비들도 날아든다. 이리저리 바쁘게 팔랑팔랑 날아다니는 나비를 보고 꽃에 미쳤다고 극성이라고 나무랄 수는 없다. 자연의 섭리이기 때문이다. 사람들도 이리저리 다니며 꽃향기에 취한다. 그 모습이 마치 꽃과 인연을 맺으려 나비를 뒤따라 다니는 것처럼 보인다. 꽃향기를 좇아간다는 점에서 나비나 사람이나 같은 것이다.

이제 세상 풍경은 저 멀리 꿈결처럼 보인다. 산 아래 펼쳐진 한양 도성은 연기처럼 피어오르는 아지랑이 너머로 푸른 봄빛을 이루었다. 도성 저잣거리에는 사람들이 바쁘게 살아가고 있다. 필운대 산기슭 이쪽과 저 멀리 떠들썩하게 보이는 저잣거리가 딴 세상처럼 동떨어져 있다.

시인은 새들은 제 멋대로 울지만 꽃이 피고 지는 것은 하늘에 달렸다고 했다. 사계절의 순환에 따라 피고 진다는 것이다. 하지만 다시 생각해보면 하늘 아래 존재하는 것들 중 하늘의 순리를 따르지 않는 것이 있기나 하던가. 제멋대로 우는 것 같은 새들도 마찬가지이고 필운대에 지금 모여 있는 사람들도 그렇다. 이들은 지난해에도 함께 했던 벗들이다. 여기서 지난해란 지난 세월을 말한다. 박지원과 벗들은 젊은 시절 만나 인생과 사상과 시문과 그림을 함께 했다. 그러다 어느 봄날 문득 살펴보니 예전의 젊은 모습이 아니다. 머리는 희어졌고 꽃처럼 시들고 있다. 그러나 이는 세월의 섭리이니 거역할 수 없다. 슬픔을 참고 그러려니 해야 하는 것이다. 따뜻하고 몽롱하고 아련한 봄빛과 인생무상의 진리가 대비되었다.

무상하기는 필운대도 예외가 없다. 예전에 아름답고 화려하던 필운대는 오늘날 그 명성을 찾아보기 어렵게 되었다. 일제강점기와 전쟁, 도시화 등 세월의 변화를 겪으면서, 인가와 아름다운 나무와 꽃이 가득했던 동네는 옛 모습을 찾아보기 힘들게 되었다. 권율의 집터도 온데간데없이 사라져 버렸고, 이항복이 쓴 '필운대' 글씨만이 배화여자고등학교 건물 뒤에 외롭게 남아 있다.

몇 년 전 대학에서 문화공간에 관한 수업을 진행했을 때 학생들과 함께 답사를 가기도 하고 학생들끼리 답사를 다녀오게도 하였는데, 지금 핫플레이스로 떠오른 서촌을 답사한 학생들은 '필운대'를 찾아가기가 몹시 힘들다고 했다. 제대로 된 안내판도 없고 길을 찾기도 쉽지 않았으며, 무엇보다도 주변이 제대로 정비가 되지 않아 놀랐다고 했다. 우리 역사와 함께 걸어온 필운대의 세월이 안타까울 뿐이다.

매임 없이 모인 사람
일곱 명일세

칠석 다음날 읍청정에 노닐다

이덕무

145

여름 꼬리 가을 머리 맞닿은 즈음
산뜻 갠 날 겨우 해야 며칠뿐인데
느티나무 매미 하나 시원한 저녁
매임 없이 모인 사람 일곱 명일세.

七夕翌日 遊挹淸亭
칠 석 익 일 유 읍 청 정

夏尾秋頭接 新晴纔數日
하 미 추 두 접 신 청 재 수 일
一蟬凉槐夕 脩然作者七
일 선 량 괴 석 유 연 작 자 칠

이덕무李德懋(1741~1793)가 쓴 이 시는 언뜻 읽으면 별다른 의미를 담고 있는 것 같지 않다. 그저 여름 끝자락에 친구들이 모였다는 정도로 읽힌다. 그러나 이처럼 무심해 보이는 이 짧은 시가 당시 청나라와 조선에서 뛰어나다 극찬을 받은 작품이라면 다시 들여다보게 되지 않을까.

이 작품은『한객건연집韓客巾衍集』에 실려 있다. 한韓은 우리 나라를 뜻하며 대개 삼한三韓이라고 썼다. 객客은 나그네이고, 건연巾衍은 서적을 넣어두는 작은 상자이다. 그러므로 이 책의 제목은 '삼한 나그네의 시집'이라고 풀이된다.『한객건연집』은 이덕무, 유득공柳得恭(1748~1807), 박제가朴齊家(1750~1805), 이서구李書九(1754~1825)의 시 가운데 각각 100여 수씩 선별해 편찬한 시선집이다. 나이 순서로 각 시인의 시들을 묶었는데 전체 4권이고, 1권이 이덕무 편인데 맨 앞에 실린 시가 바로 이 작품이다.

이 책은 유득공의 숙부인 유금柳琴(1741~1788, 개명 전 이름은 유련柳璉)이 편찬해 1776년 청나라에 사신으로 갈 때 가져갔다. 청나라에 가져가기 위해 편찬한 책이었던 것이다. 청나라의 유명한 문인인 이조원李調元(1734~1803)과 반정균潘庭筠(1742~?)에게 이를 보여주고 서문과 평을 받아, 1777년 청나라에서 간행하였다. 그 후 조선에서 『사가시四家詩』라는 이름으로 유명해졌다. 그러므로 이는 중국에서 먼저 명성을 얻은 시집이라고 할 수 있다.

이 작품은 이덕무의 문집 『청장관전서靑莊館全書』 9권 「아정유고雅亭遺稿 1」에는 「칠석 다음날 서여오·유연옥·운옥·혜보·윤경지·박재선과 함께 삼청동 읍청정에서 노닐다 9수七夕翌日 徐汝五 柳連玉 運玉 惠甫 尹景止 朴在先 同遊三淸洞抱淸亭 九首」라는 좀 더 긴 제목으로 실려 있다. 『한객건연집』에 실을 때 제목을 간결하게 다듬었으니, 인명과 지명을 생략하고 칠석과 읍청정에 집중하여 청나라 문인들에게 효과적인 인상을 남기려 한 것이다. 전체 9수로 되어 있으며 위의 시는 여덟 번째 수이다.

「아정유고」에 실린 시들은 대부분 창작시기 순서대로 되어 있다. 전 12권 중 1권에 이 시가 실렸으니 초기에 창작되었음을 알 수 있다. 또한 시 제목에 박제가(재선은 박제가의 자字)가 등장하는데 이덕무가 박제가와 처음 만난 것은 1767년이다. 그리고 「아정유고 2」에는 1771년 이덕무가 박지원, 백동수와 함께 황해도 유람을 떠난 시 「만월대에서 금천으로 가는 박지원 백동수와 이별하다滿月臺 別朴美仲 白永叔 東脩 之金川」가 있다. 그러므로 이 시는 1767년에서 1771년 사이에 지은 것으로, 이때 이덕무는 27세에서 31세 사이였다.

이 시를 제대로 읽기 위해서는 원 제목에 등장하는 인물 여섯 명과 이덕무의 관계에 대해 알아둘 필요가 있다. 이들의 이름은 서상수徐常修 · 유금 · 유곤柳璭 · 유득공 · 윤병현尹秉鉉 · 박제가이다. 이 가운데 유금과 유곤은 유득공의 숙부이다. 사가四家를 청나라에 알리고 조선에서도 유명하게 만든 그 유금이다. 유금은 유득공보다 나이가 여덟 살 정도 많았는데 이들은 숙부-조카의 관계이기도 하지만 문학을 하는 벗으로도 함께 어울렸다. 또한 유금과 이덕무는 동년배이다. 시에는 이름이 나오지 않지만 이들 외에도 이광석李光錫, 윤가기尹可基, 변일휴邊日休, 박상홍朴相洪, 서찬수徐瓚修 등도 함께 어울렸다. 이덕무는 이들을 동인同人이라고 했다. 동인이란 마음이 맞는 사람, 뜻을 함께하는 사람이란 의미이다. 그런데 위에서 언급한 이덕무의 동인들은 모두 서얼 문사였다. 신분이 같고 마음과 뜻을 함께하는 사람들이었던 것이다. 그렇다고 이덕무의 동인이 서얼로 한정된 것은 아니었다. 박지원, 이서구, 홍대용洪大容(1731~1783) 등 걸출한 사대부 문인들과도 교유하였다.

이덕무는 1766년 사동寺洞으로 이사하였는데, 그 바로 동쪽 옆이 탑골[塔洞]이었다. 박제가의 「백탑청연집 서白塔淸緣集序」를 보면 그곳은 원각사의 옛터가 있어, 멀리서 바라보면 원각사 10층 석탑이 마치 눈 쌓인 대나무에서 새순이 돋은 것처럼 보였다고 한다. 그래서 백탑이라 하였고 그 일대도 백탑이라 불렸다. 지금의 탑골공원 근처이다. 이 근처에 서상수, 박지원, 유금, 유득공, 이서구 등의 집이 모여 있었다. 이들이 살던 작은 동네들을 합쳐서 지금은 인사동이라고 부른다.

이곳에서 이덕무를 비롯한 이들이 자주 모였다. 주로 모인 곳은 이덕무와 박지원과 유금의 집, 서상수의 관재觀齋, 윤가기의 삼소헌三疎軒, 이서구의 소완정素玩亭 등 동인들의 집이나 서재, 읍청정과 몽답정夢踏亭을 위시한 한양의 명승지였다. 어느 한 사람의 집에 모이기도 했고, 누군가의 집에서 모였다가 다시 다른 사람의 집에 함께 찾아가기도 했다. 이들은 이 모임을 '백탑청연'이라 불렀다. 곧 '백탑에서 이루어진 맑고 아름다운 인연'이라는 뜻이다. 또한 백탑시사白塔詩社라고도 하였다. 이는 이서구의 시 제목인「수표교에서 백탑시사 여러분들과 절구를 짓다 3수水標橋同白塔詩社諸人作絶句三首」를 통해 알 수 있다. 이 모임은 1779년경까지 활발하게 이어졌으니 10여 년 넘게 지속되었다. 그래서『한객건연집』에 이덕무, 유득공, 박제가 등의 서얼문사와 사대부인 이서구가 함께한 것이다. 또한 이 네 문인이 사가四家가 된 것은 유금만의 의견도 네 문인만의 의견도 아닌, 백탑시사 모두의 의견이었다.

그렇다면 이들은 왜『한객건연집』을 중국으로 가져갔는가? 백탑시사의 동인들은 시문과 학문에서 뛰어났지만, 사회적 성취를 이루지 않았으며 변변한 벼슬도 없었다. 대부분의 동인이 서얼이라는 신분으로 차별받았으며 경제적으로 힘들었다. 사대부라고 해서 별반 상황이 좋지도 않았다. 이덕무는 초가집

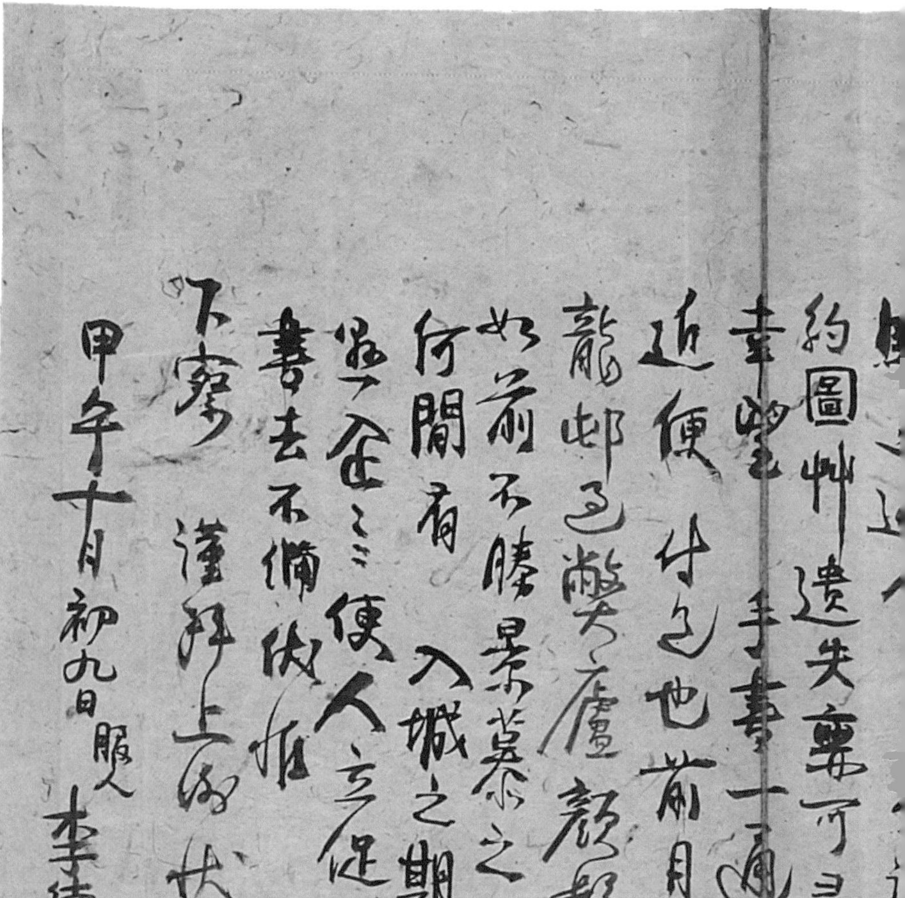

…約圖卅遺失 疊可尋如
壹…手疊一通途
近便 什乞也前月林
龍邱�3樂之廬 餘髮
如前不勝景慕之至
何間有 入城之期耶
吳企 使人云 延…
壽去不備伏惟
下察 謹拜上疏狀
甲午十月初九日 眩腹 李德懋 拜

<이덕무 서간李德懋 書簡>
국립중앙박물관 소장 | 1774년 10월 9일에 이덕무가 쓴 편지.
지난 여름 누이가 사망해 비통하다는 내용, 조연구趙衍龜의 『숙강규약도塾講規圖』를 잃어버렸다면서 한 부
보내달라는 내용, 9월에 임배후林配厚가 자신의 집을 방문하였는데 몹시 경모景慕한다는 내용 등이다.

拜別以後鸞誇遐想伏
承四月八月兩度
下狀莊讀三四如對
高標可勝慰仰伏惟
邇本
體度隆此萬重德懋去
夏蕙姝豈悲刻之懷仰
可盡逾且多燃勞碌不能

이 겨울에 너무도 추워서 방 안에 성에가 끼고 찬바람이 벽 틈 새로 들어왔다. 이불이 얼어 서걱거리자 이불 위에 『한서漢書』를 덮고, 벽 틈은 『논어論語』로 막았다. 그러나 가난으로 인해 고통받는 길을 선택하지 않았다. 가난을 가난이라 여기지 않고, 시선을 다른 곳에 두었다. 시와 글과 서적과 벗들이었다. 이로 인해 행복해하였다. 그래서 '책 읽는 바보[看書痴]'란 소리를 들어도 개의치 않았다. 오히려 이를 즐겁게 받아들였다. 이들에게는 자긍심이 있었던 것이다. 그러므로 이들은 자신들의 시를 선별하여 선집을 편찬하고 이에 대해 정당한 평가를 받고자 하였다. 신분에 대한 색안경이 없는 곳에서.

　　삼청동은 조선 초기부터 사람들이 즐겨 찾던 장소였다. 성현成俔(1439~1504)의 『용재총화慵齊叢話』 1권과 이긍익李肯翊(1736~1806)의 『연려실기술燃藜室記述 별집』 제16권 「지리전고地理典故」 「산천의 형승形勝」조를 보면, 서울 성 안에는 경치가 아름다운 곳이 비록 적지만, 그중에서 노닐 만한 곳은 삼청동이 최고라고 하였다. 그 다음으로 뽑은 곳들은 인왕동仁王洞 · 쌍계동雙溪洞 · 백운동白雲洞 · 청학동靑鶴洞이었다. 삼청동은 소격서昭格署의 동쪽에 있는데, 계림제鷄林第로부터 북쪽에 어지럽게 서 있는 소나무 사이에서 맑은 샘물이 쏟아져 나온다고 했다. 물줄기를 따라 올라가면 산은 높고 나무는 촘촘히 있으며 바위 골짜기가 깊숙했다. 몇 리를 못 가서 바위가 끊어져 벼랑을 이룬 곳이 나타나는데, 물이 벼랑의 틈으로 뿌려지면서 흰 무지개를 드리우고 흩어지는 포말泡沫은 튀어오르는 구슬 같았다. 그 아래에 물이 모여서 깊고 넓은 못[泓]이 되었다. 그 옆은 평평하고 넓어 사람 수십 명이 앉을 만했는데 큰 소나무들이 맞닿아 그늘을 만들었다. 그 위로는 바위 사이에 진달래와 단풍잎이 가득 있어 봄과 가을에 붉은 그림자가 빛을 내며 비쳤다. 그러므로 사대부 및 관리들이 많이 와서 노닐었다는 것이다. 이로 볼 때 서울 안에서 내로라하는 경치 좋은 명승지였기에 많은 사람들이 찾아갔음을 알 수 있다.

이덕무 또한 백탑시사 동인들과 삼청동을 자주 찾았다. 「복날, 서여오 등 여러 사람과 삼청동 어느 집 석벽 아래서 더위를 피하며伏日與徐汝五諸人 避暑三淸洞誰家石壁下」, 「삼청동에서 비 갠 경치를 바라보며三淸洞晴眺」 등을 예로 들 수 있는데, 앞의 시는 「아정유고 1」에 있는 것으로 여름 복날에 더위를 피해 삼청동을 찾은 것이고, 뒤의 시는 「아정유고 2」에 있는 것으로 늦은 봄 비가 개인 뒤 삼청동에 가서 경치를 구경한 것이다. 또한 조카인 이광석에게 보낸 편지 「조카 복초 광석에게族姪復初 光錫」(『청장관전서』 제15권 「아정유고 7」)에서 "삼청동에서 우리 집은 거리가 다만 수백 궁弓일 뿐"이라고 했다. 1궁은 5척, 곧 1.5미터 거리다.

이덕무와 백탑시사들은 삼청동에서도 읍청정을 즐겨 찾았다. 그의 문집에는 이에 관련한 시가 여러 편 있다. 「이중오 시복을 데리고 삼청동을 돌아다니다가 읍청정에서 슬슬 노닐면서 천천히 걸어 어느새 백악에 올랐는데 이미 저녁이 되어 잠시 태고사에서 쉬다携李仲五 時福 循三淸洞 逍遙於抱淸亭 冉冉不覺登白岳 旣夕 暫憩太古亭」(『청장관전서』 2권 「영처시고嬰處詩稿 2」), 「읍청정에서 쉬며憩抱淸亭」(『청장관전서』 9권 「영처시고 1」) 등이 있다. 읍청정의 위치는 정확하지 않으나 삼청동 계곡의 연못 위에 있었던 것으로 보인다.

여름, 긴 장마가 마침내 끝을 맺었다. 칠석 무렵이 되자 여름이 지나가고 가을이 다가오는 것이 느껴진다. 무더웠던 여름도 어느덧 기세가 꺾이려는 것이다. 비가 그쳤으니 밖으로 나가고 싶어진다. 얼마 만에 갠 날이며 얼마 만의 외출인가. 오랜만에 벗들과 함께 삼청동 계곡으로 향했다. 읍청정 정자에 올라 기대어 사방을 바라본다. 눈에 들어오는 모든 경치가 다 아름답다. 여기에 더하여 저녁나절이 되자 시원한 바람이 조금씩 불어오기 시작했다. 이 바람에 몸을 맡기고 정자에 아무 생각 없이 앉아있는데, 근처 느티나무(또는 회화나무. 槐는 느티나무나 회화나무를 뜻한다)에서 매미 한 마리가 울기 시작한다. 여름 대낮에 여럿이 시끄럽게 울어대는 울음과 달리 저녁나절 듣는 한 마리 매미 울음은 청량하기까지 하다. 이덕무는 함께 모인 벗들을 바라본다. 매인 것 없이 모인 사람이 일곱이라 했다. 세상이 그들을 비껴났든, 그들이 세상을 비껴났든, 마음 통하고 뜻 맞는 벗들과 지금 이 순간 한자리에 같이 있는 것만으로도 그들은 행복하다. 산뜻한 그림 한 점 같은 시다.

04

우리 임금 이년 삼월에
맞이한 맑은 봄날

❋

약산 동대   이덕무

철옹성에 빼어나게 솟은 외로운 봉우리

여염집 가득한 웅장한 고을.

우리 임금 이년 삼월에 맞이한 맑은 봄날

수많은 시내와 산들이 먼 하늘로 합쳐지네.

아득한 옛날 이 강토를 단군왕검이 세워

서쪽으로 경계를 마주하고 기주冀州와 유주幽州에 통하네.

하늘과 땅이 비로소 끝까지 바라보이는 곳

잔 속에 떨어진 붉은 노을을 모두 마셨네.

藥山東臺
약 산 동 대

秀拔孤峯鐵甕中 閭閻撲地一州雄
수 발 고 봉 철 옹 중　여 염 박 지 일 주 웅

二年三月逢晴景 萬水千山入遠空
이 년 삼 월 봉 청 경　만 수 천 산 입 원 공

邃古封彊檀荇刱 直西分野箕幽通
수 고 봉 강 단 행 창　직 서 분 야 기 유 통

乾坤眼力初窮處 吸盡杯心落照紅
건 곤 안 력 초 궁 처　흡 진 배 심 락 조 홍

❁

앞서 「칠석 다음날 읍청정에 노닐다」에서 살폈듯이 유금이 『한객건연집』을 청나라에 가져가 유명한 문인들의 서문과 평을 받아 1777년 청나라에서 간행한 뒤, 이덕무, 유득공, 박제가, 이서구는 문명文名을 더욱 날리게 되었다. 그리고 바로 다음해인 1778년 이덕무와 박제가는 중국에 갈 기회를 얻게 되었다. 각각 정사正使인 채제공蔡濟恭과 서장관書狀官인 심염조沈念祖를 따라 연행燕行에 참여하게 된 것이다.

이덕무는 1774년 증광시 초시에 합격하였을 뿐, 벼슬길에는 나아가지 않았고 저술을 하거나 시문을 짓는 생활을 지속하였다. 박제가 또한 1777년 증광시에 합격하였을 뿐이었다. 그러므로 연행에 참가한 것은 이덕무와 박제가에게 있어 최초의 공적인 활동이었다.

연행은 3월 17일 한양을 출발하여, 4월 12일 압록강을 건넜고 5월 15일 연경燕京에 도착하였다. 6월 16일 연경을 출발하여 윤6월 14일 압록강을 건너 7월 1일에 한양으로 되돌아 왔다. 넉 달 반 정도가 걸린 여정이었다.

이덕무는 자신과 박제가가 늘 중국에 한번 가보고 싶었으나 뜻을 이루지 못했다고 했다. 그러다 연행에 참여하게 되었으니 소원을 이루게 된 것이다. 친구끼리 말을 타고 소매와 고삐를 나란히 하고 만 리 길을 가는 것은 운치 있는 일이며, 천하를 두루 유람하고자 하는 뜻에도 어울린다고 했다. 옛 문헌과 성인들의 발자취가 있는 곳이며 당시 신문물을 받아들이는 통로였던 중국으로의 여행은 충분히 가슴 설레는 일이었다. 더구나 청나라에는 책으로만 만나고 이름만 들었던 대학자들이 있었다. 이들을 직접 만날 수 있다는 기대는 학자의 길을 걷던 두 사람에게는 남다른 기쁨이었다.

떠나기 전날 밤에는 이덕무의 집에 박지원과 이서구와 이덕무의 족질인 이광석李光錫이 모여 밤을 지새우고 새벽닭이 울 때까지 작별의 대화를 나누었다. 이들은 모두 꿈에 그리던 세계를 여행하게 되었다는 사실에 흥분을 하여 학문과 여행과 중국에 가서 일어날 일들에 관해 이야기하였으리라. (박지원의 연행은 이로부터 2년 뒤인 1780년에 이루어졌다.)

출발하는 당일에는 아침을 먹고 말을 타고 가면서 서상수를 찾아가 이별을 했다. 그 후 박제가와 함께 홍제원弘濟院에 이르러 동쪽 언덕의 금잔디에서 말을 내렸다. 두 사람을 전송하기 위해 많은 지인들이 기다리고 있었기 때문이었다. 홍제원은 한양 성곽을 나와 서북 지역으로 출발하는 첫 지역이었다. 이곳에서부터 중국으로 가는 여정이 시작되었다. 반대로 중국에서 사신이 올 때는 이곳에서 옷을 갈아입고 한양으로 들어왔다. 그러므로 서북으로 혹은 중국으로 떠나는 사람들을 전송하는 장소였다.

모인 사람들은 박지원·박제도朴齊道·유곤·유득공·이유동李儒東·윤가기·원계진元繁鎭·원명술元命述·홍병선洪秉善·홍유섭洪柔燮·원호문元好問·조수범趙秀凡·이광섭李光燮·이광선李光先·김계상金啓祥·윤소기尹所基·아들인 이광규李光葵·동자童子 이규성李葵誠·학동學童 최상미崔尙嵋 등이었다. 이들은 작별인사를 나누었으며, 술을 가지고 와서 마시기를 권하기도 하였다.

작별하러 찾아온 이들이 19명이었다. 이들과 일일이 인사하고 술잔도 받아 마셨다. 두 사람과 이렇듯 많은 인원들이 한 사람, 한 사람 손을 마주잡고 잘 다녀오라, 잘 다녀오겠노라는 인사말을 주고받는 광경을 상상해보자. 헤어진다는 아쉬움이 있으나 새로운 세계로 떠난다는 설렘과 흥분, 그리고 떠나는 사람들이 가져올 지식과 소식에의 기대가 넘실대는 분위기였으리라.

그러다보니 시간이 흘러 어느덧 포시晡時(오후 4시 전후)가 되었다. 이제는 떠나야만 할 시간이었다. 이들은 악수를 하고 이야기를 이어하며 헤어지지 못하고 슬퍼하였다. 이덕무 또한 슬퍼져서 차마 출발을 못 하고 있다가 말에 올랐다. 그러자 아들인 광규가 말 머리에서 절을 하면서 눈물을 뚝뚝 흘렸다. 광규는 이덕무가 25세에 얻은 아들이니 이때 14살이었다. 아직 어린 나이었으니 아버지와의 이별이 몹시 슬펐을 것이다. 이덕무로서도 첫딸을 잃고 얻은 아들이었으니 이별이 쉽지 않았다. 그래서 자신도 모르게 눈물이 어려 말을 달려가며 뒤를 돌아보지 않았다고 했다. 이제 눈물을 뒤로 하고 한양을 떠나 연경으로 말을 달려가는 것이다.

위 시는 영변의 약산 동대에 올라 지은 것이다. 영변에는 3월 28일 도착하여, 30일에 약산에 올랐고 4월 3일까지 있다가 4일에 떠났다. 영변이라고 하면 '영변의 약산 진달래꽃'이라는 김소월의 「진달래꽃」 구절이 바로 떠오른다. 김소월의 시에서 말하는 약산이 바로 이덕무가 오른 약산이고 동대는 그곳에 있는 누각의 이름이다. 진달래꽃을 아름 딸 수 있을 만큼 약산에는 봄이면 진달래꽃이 가득 피고 가을에는 단풍이 곱게 물들었다. 이덕무가 약산에 오른 것이 음력 3월 말이었으니, '영변의 약산 진달래꽃'을 이덕무도 보았을 것이다.

이덕무는 서울을 떠난 지 11일 만에 영변에 도착하였다. 그런데 일반적으로 영변은 연행 여정에 포함된 곳이 아니었다. 정사를 위시한 사행使行은 안주安州에서 서북 방향으로 가산, 정주, 곽산, 선천을 거쳐 의주로 갔다. 이덕무만이 사행과 떨어져 안주에서 동북 방향인 영변으로 갔다. 그가 사행과 다른 여정을 선택하여 영변으로 간 이유는 아버지 이성호李聖浩와 종형宗兄 이경무李敬懋 때문이었다.

이경무는 당시 영변부사寧邊府使였는데, 이덕무와는 같은 고조부를 둔 삼종형제三從兄弟, 곧 팔촌지간으로 집안의 장손이었다. 그래서 종형이라 칭한 것이다. 이덕무는 이경무와 친밀한 관계를 유지했고 집안일을 상의했다. 또한 이경무의 양자가 되어 종손이 된 이광섭이 1771년 무과에 급제하자, 이덕무와 이광섭은 박지원 백동수와 함께 황해도 유람을 간 적도 있다. 이는 이경무가 당시 황해도절도사로 있었기 때문이었다. 또한 이때 이덕무의 아버지는 묘향산을 유람한 뒤 영변의 아사衙舍에 머물러 있었다.

그런 이유로 이덕무는 아버지와 종형을 만나러 영변으로 갔다. 이덕무는 이곳에 4월 3일까지 머물다가 4일에 떠났다. 사행길에 오른 그가 개인적으로 며칠씩이나 머문 이유는 4월 3일이 아버지의 환갑날이었기 때문이다. 이경무가 이날 환갑잔치

160

를 베풀었다. 그러므로 잔치를 치르고 다음날 바로 떠난 것이다. 집안의 장손인 이경무가 집안의 서자인 칠촌 아저씨를 위해 환갑잔치를 열었다는 것은 적서嫡庶 구별 없이 친밀하게 지냈음도 알게 한다.

영변에 대한 첫인상을 이덕무는 이렇게 묘사했다.

북으로 철옹성鐵甕城에 들어갔다. 긴 산등성이와 짧은 언덕들이 겹겹으로 둘러싸고 안고 있었다. 남문까지 10리 지점에는 물이 홀연 구불구불 흐르고 모래 또한 띠처럼 둘러 있었다. 몹시 푸르면서도 지극히 희었다. 바라보니 눈이 번쩍 띄어지고 정신은 시원해졌다. 서쪽으로 온 뒤에 처음으로 본 맑고 산뜻한 경치였다.

영변을 '철옹성'이라 했는데, 『신증동국여지승람』 54권 「평안도平安道」 「영변대도호부寧邊大都護府」를 보면 "영변은 예로부터 험준함이 동방에서 으뜸가며, 겹겹이 싸인 멧부리가 서로 사면을 에워싸 그 모양이 쇠독[鐵甕]과 같다"고 하였다. 그래서 고려 때부터 중요한 요충지였는데, 하늘이 만든 성이라 하여 영변을 철옹성鐵甕城, 약산산성을 철옹산성鐵甕山城이라고도 불렀다.

이덕무는 관서의 요충 지대이지만 산이 낮고 성이 좁은 안주에서 살수薩水를 지나 영변을 향해 갔는데, 이곳에 다다르니 눈앞에 산들이 우뚝 솟아 있었다. 산등성이와 언덕들은 영변을 겹겹으로 둘러싸 껴안고 있는 것처럼 보였다. 가히 독(항아리)이라는 명칭이 생길 만한 형상이었다. 또한 북으로 계속 가다가 영변성 남문을 10리쯤 남겨둔 지점에 이르자 강물이 구불구불 흐르는데 강가에는 모래톱이 띠처럼 둘러 있었다. 산과 강물은 몹시 푸르고 모래톱은 하얗게 빛이 나서, 푸르고 흰빛이 조화를 이루고 있었다. 이를 보니 눈이 번쩍 떠지고 정신도 번쩍 들 정도로 시원해졌다. 그래서 이는 관서 지방으로 온 뒤에 처음으로 보는 맑고 깨끗하고 산뜻한 경치였다고 했다.

이처럼 빼어난 경치를 지닌 영변에 가서 이덕무는 아버지와 종형을 만났고, 종형이 연 백일장에서 시문 선발을 도왔으며, 자신의 명성을 듣고 찾아온 선비들을 만나 시를 주고받았다. 그리고 30일이 되자 봄을 보내는 날에 약산에 올라가 봐야겠다고 여겼다. 종형이 부중府中에 머물고 있는 여러 객들을 이끌고 함께 나섰다. 관아로부터 약산까지 가는 길 중간에 있는 천주사天柱寺와 서운사棲雲寺에도 들렀는데, 수풀과 바위가 맑고 그윽했으며 절은 널찍했다. 술을 마시고 시를 짓기도 했으며 기녀들은 도암陶庵 이재李縡(1680~1746)의 시를 읊기도 했다. 몹시 즐거운 분위기였다.

그 분위기를 이어가며 소나무 사이로 난 돌 비탈길을 따라 약산 동대에 올라갔다. 동대는 네댓 길丈쯤 도드라져 솟아 있었는데 수십 명이 앉을 수 있는 넓이였다. 동쪽으로 묘향산이

<영변약산동대寧邊藥山東臺>, 《관서십경도병關西十景圖屏》
미상, 국립중앙박물관 소장

바라다보였는데 마치 흰 명주를 두른 듯했으니 겨울눈이 아직 녹지 않았기 때문이었다. 서쪽으로는 압록강의 여러 산들이 개밋둑(개미가 집을 지으려고 파놓은 흙이 수북하게 쌓인 것)처럼 보였고, 남쪽으로는 큰 바다가 발해와 산동에 맞닿았다. 북쪽을 바라보니 산세가 말갈靺鞨로부터 뻗어 와서 끊임없이 아득하게 이어져 있었다.

이렇듯 경치를 감상하며 술잔을 기울이고 분위기가 무르익자, 이경무가 좌중에게 시를 짓게 하였다. 이덕무는 칠언 율시를 지었는데, 바로 위의 시 「약산 동대」이다.

철옹 곧 쇠독이라 불리는 영변은 민가들이 도처에 가득한 뛰어난 고을인데, 이곳에 봉우리 하나가 빼어나게 솟아 있으니 바로 약산이다. 서울의 북악산처럼 명당의 뒤에서 터를 눌러 보호하는 진산鎭山 역할을 하였다. 이덕무는 임금이 즉위한 2년 3월 맑은 봄날에 약산에 올랐다. 원문에서는 그저 '2년 3월'이라고 했는데 이는 정조正祖 즉위 2년 3월을 말한다. 이렇게 년과 월을 시구로 사용하는 경우는 그다지 흔하지 않다. 굳이 이덕무가 이를 시구로 사용한 것은 날짜를 밝히고자 하는 뜻도 있었겠지만, 정조의 통치가 맑게 갠 봄날 같다는 중의적 표현이기도 하다.

이렇게 좋은 때에 약산 동대에 서서 사방을 바라보니 아득히 멀리까지 보이는데, 강물과 바닷물과 수많은 산들이 먼 하늘과 맞닿아 있었다. 그러자 단군왕검이 떠올랐다. 멀고 먼 옛날 단군왕검이 우리나라를 세워, 서쪽으로 기주冀州·유주幽州와 경계를 이루었다. 기주와 유주는 중국의 지명이다. 중국의 여러 고문헌에서 이 두 지역의 위치에 대한 기록이 다양하여 어느 한 지역이라 특정하기는 어려운 실정이지만 대체로 하북河北 지역을 뜻한다. 단군이 세운 조선과 국경을 마주하였던 지역이라고 할 수도 있다. 그렇지만 시에서는 기주와 유주를 특정 지역으로 보기보다는 중국 땅이라는 의미로 읽힌다. 그런데 지금 약산 동대에 서서 저 멀리 바라다 보이는 곳들이 단군왕검의 옛 강토라는 것이다. 약산에 오르니 보였다는, 압록강 근처 산들, 묘향산, 발해와 산동, 말갈 등이 모두 단군왕검의 강토라 할 수 있다. 역사지리에 대한 의식과 더불어 호방함이 나타난다.

이 호방함은 마지막 연에 이르러 극치를 이룬다. 자신은 하늘과 땅이 비로소 끝까지 바라다 보이는 곳에 올라와 서 있다. 가슴이 시원하게 뚫리면서 정신이 상쾌해진다. 이에 술잔을 단숨에 들이켰다. 술잔에는 붉은 노을이 떨어져 들어와 있었다. 그가 단숨에 들이켠 저 붉은 노을은, 단군왕검 때부터 세상을 달려온 산과 바다와 강물을 품어온 하늘을 끌고 내려온 것이다. 천지와 역사를 가슴에 품은 호방함이자 긍지이다. 그러므로 이 시에서 가장 뛰어난 연을 찾으라고 한다면 이 4연이다.

이덕무가 이 시를 지으니 이경무는 으쓱거리면서 "사람들

165

이 네가 시에 뛰어나다고 말하였지만 내가 깊이 알지 못했는데 이제 직접 보니 참으로 대가大家로다"라고 하였다. 팔촌동생의 시 짓는 능력에 감탄도 하고, 함께 유람한 객들에게 자랑도 할 수 있어 자신의 일인 양 으쓱하였던 것이다. 친척 아우로 인해 흐뭇해하는 형님의 모습이 그려진다. 그러므로 이덕무는 이날 날씨도 맑고 바람도 따뜻하였으며 술을 마시며 몹시 즐거웠다고 했다. 또한 이경무는 성품이 검소하고 신중하여 유람을 좋아하지 않는데 이날 동대에 유람을 나간 것은 자신을 위한 것이었다고 기뻐하였다.

이후 이덕무는 며칠을 더 머물러 아버지의 환갑잔치를 치른 뒤, 영변을 뒤로 하고 중국으로 가는 행렬에 합류하기 위해 길을 재촉하여 갔다.

05

외롭게 추위 속에서
어디를 가는가

황혼에 형암을 찾아가다   박제가

서울 하늘 끝에 햇살이 아직 남았는데
수많은 집 밥 짓는 연기 먼 대궐에 엉기네.
돌아가는 사람들 곳곳마다 급히 가려는데
언 짚신 자박자박 찬 소리를 울려대네.
도심 거리에는 등잔불이 막 켜지고
종루 동편에서 개 짖는 소리 가끔 들려오네.
서쪽 골짜기 울창한 노송은 눈에 덮였고
개밥바라기별 하나 앞서 나왔네.
어둠 속에 비늘처럼 늘어선 기와는 나직해 보이는데
눈길 속에 무지개다리 아른거려 더욱 시름겹네.

외롭게 추위 속에서 어디를 가는가
백탑 아래 매화 핀 곳이라네.

黃昏訪炯菴
황 혼 방 형 암

日下天邊光未已 萬戶炊烟凝遠紫
일 하 천 변 광 미 이 　 만 호 취 연 응 원 자

歸人處處行欲急 凍屨雜雜寒聲起
귀 인 처 처 행 욕 급 　 동 구 잡 잡 한 성 기

脂燈初點屠市中 犬聲時在鍾樓東
지 등 초 점 도 시 중 　 견 성 시 재 종 루 동

西崦蒼蒼檜頂雪 太白一星當先出
서 엄 창 창 회 정 설 　 태 백 일 성 당 선 출

暝色能令瓦鱗平 望眼更愁橋虹滅
명 색 능 령 와 린 평 　 망 안 갱 수 교 홍 멸

踽踽衝寒何所去 白塔之下梅花發
우 우 충 한 하 소 거 　 백 탑 지 하 매 화 발

박제가朴齊家(1750~1805)가 벗 이덕무를 찾아가는 모습을 그린 시
다. 형암은 이덕무의 호다. 두 사람은 9살 차이가 난다. 박제가
와 이덕무는, 1767년 박제가가 18살 때 이덕무의 처남인 백동수
의 집에서 처음 만났다. 당시 이덕무는 사동寺洞에, 박제가와 백

동수는 남산골에 살고 있었다. 만난 것은 그때가 처음이지만 이미 그전부터 두 사람은 서로에 대해 알고 있었다. 이덕무가 박제가에 대해 알게 된 것은 그보다 3년 전인 1764년이었다. 백동수의 집에 갔더니 '樵漁亭^{초어정}'이라는 글씨가 걸려 있었다. 제법 잘 쓴 이 글씨를 15세 어린 동자가 썼다고 하여 놀랐다. 그래서 이덕무는 박제가가 글씨를 잘 쓰는 것을 알게 되었다. 그 뒤 2년 뒤에는 김자신金子愼이 이덕무에게 박제가의 시 두 편을 주었다. 이덕무가 보니 박제가는 시 또한 잘 썼고, 시와 글씨가 어울려 더욱 좋았다. 그래서 그 사람을 궁금해하고 만나고 싶어 했으나 자신이 상중喪中이라 만남을 이루지 못하였다. 그러다 1767년 봄에 이덕무가 백동수의 집을 찾아가는데 박제가도 뒤따라와 마침내 만나게 되었다. 처음 만난 날 박제가는 이덕무에게 매화에 대해 쓴 시를 바쳤다. 이덕무는 박제가의 시도 보고, 박제가와 대화를 하면서 신기神氣를 살피고 지절志節을 묻고 성령性靈을 대조해 보았는데 매우 마음에 들어 즐거움을 견딜 수 없었다. 두 시인의 만남은 이렇게 이루어졌다. 글씨만 잘 쓰고 시만 잘 쓰는 것이 아니라 마음이 통했기 때문이다.

박제가가 이 시를 쓴 시기는 1767년에서 1769년 사이이니, 18세에서 20세 즈음이다. 이덕무를 만난 초기 3년에 해당한다. 아직 젊은이였으며 글공부를 하고 있던 박제가는 자주 이덕무를 찾아갔다. 또한 이덕무가 살던 사동은 앞서 설명한 백탑시사

동인들이 모여 살고 있었다. 그러므로 당시 남산골에 살고 있던 박제가가 주로 사동, 곧 탑골로 찾아갔다.

박제가는 사람을 대할 때에 말을 잘 못하였지만 이덕무에게만은 잘하였으며, 이덕무도 역시 다른 사람의 말을 들으면 잘 이해하지 못하였지만 박제가의 말은 이해가 잘 되었다. 그래서 집은 퇴락하여 바람이 스며들고 비가 새지만, 고요하게 마주하여 서적들을 펴놓고 등잔불을 가운데 갖다 놓은 다음 정을 다하여 숨김없이 이야기를 하였다. 천지, 역사, 산수山水, 붕우朋友, 서화書畵, 시문詩文에 대해 논하고, 격동되면 서로 슬퍼하고 서로 기뻐하였다. 그런 다음 아무 말 없이 서로 쳐다보고는 웃었다. 두 사람은 마음이 통했던 것이다. 곧, 지음知音이었다. 아홉 살 나이 차이는 아무 것도 아니었다. 두 사람의 모습을 머릿속에 그려보면 미소가 절로 지어진다. 글하는 선비들의 우정이 느껴지는 정경이다. 진정으로 자신을 알아주는 사람이 한 명이라도 있다는 것은 얼마나 축복받은 일인가.

또한 박제가와 박지원의 만남도 예사롭지 않다. 이덕무를 알게 된 무렵, 박제가는 박지원의 문명을 듣고 처음 찾아갔다. 박지원은 옷을 걸치면서 나와서 맞이하며 마치 오랜 친구처럼 손을 잡아주었다. 자신이 지은 글을 모두 보여주며 읽게 하였다. 이 젊은 문인에 대해 익히 듣고 그에 대한 믿음도 있었기에 가능한 일이었다. 박제가에게 글을 읽게 하고 박지원은 직접 쌀을 씻어 안치고, 흰 주발에 밥을 담아 흰 소반에 받쳐 내왔으며, 잔을 박제가에 주며 축수했다. 대가가 젊은이에게 해 줄 수 있는 가장 큰 환대였다. 이에 박제가는 놀라고 기뻐하며 천고의 성대한 일로 여겨 글을 지어 화답하였다. 참으로 아름답고 멋진 장면이다. 글을 통해 서로에게 경도되던 모습과 마음을 알아주던 느낌이 이와 같았다고 했다.

유금의 집에 간 일화도 흥미롭다. 달빛이 희미할 때 벗을 찾지 않는다면 벗이 무슨 소용이겠는가 하고 유금을 찾아갔다. 품에는 『이소경離騷經』을 지니고 손에는 10전을 들고 나갔다. 막걸리를 사서 유금의 대문을 두드렸다. 유금은 두 딸의 재롱을 보고 있다가 반갑게 맞이하고 박제가를 위해 해금을 연주했다. 두 사람은 이 정경을 시로 쓰고는 밤 1시가 지난 시각에 이덕무의 집을 찾아갔다. 자고 있던 이덕무를 깨워 다시 술자리를 벌였다가 새벽에 잠깐 잠을 잤다. 만날 생각을 하면 기분이 좋고 함께 있으면 더욱 행복한 사람들이었다. 그러니 발걸음은 자꾸 탑골로 향하게 되었다.

저물녘 박제가가 이덕무를 찾아가고 있다. 박제가는 남산골에 살고 있었으므로, 남산 아래로부터 서울 북쪽을 향해 걸어가는 모습이 상상이 된다. 서울 하늘에는 아직 햇살이 남아 있다. 해가 막 지려고 하는 시점이다. 수많은 민가의 굴뚝에서 밥 짓는 연기가 피어오른다. 그런데 날이 얼마나 추운지 모락모락

相對三千里外人 欲逢佳士寫來真 愛
君丰韵將絶北 知是梅花化作身
阿筆逢君復興親 忽向別裁詁酸亭
浽合淡漠看佳士 唯有離情暴瘁神
銋作墨梅寺贈 又次為之窩
蝉囡作星三絶以謎別云

乾隆五十五年八月十八日揚州兩峯道人將去
京師琉璃厰三觀寺閣

〈박제가 초상〉

나빙, 추사박물관 소장 | 1790년 박제가가 연행을 갔을 때 청나라 화가 나빙羅聘이 그린 초상이다. 나빙은 묵매墨梅를 그려 주고, 초상화를 그린 뒤 시를 지어 작별을 하였다. 시에서 나빙은 박제가를 아름다운 선비 佳士라고 하면서 매화에 비유하며 이별을 아쉬워하였다.

피어올라야 할 연기들은 멀리 보이는 대궐 위에서 얼어붙은 듯이 보인다. 추위에 종종거리며 발걸음을 재촉해서 가는데, 얼어버린 짚신은 발걸음마다 자박자박 차가운 소리를 낸다. 조금 남아있던 햇빛도 사라지고 한 집 두 집 등잔불이 켜지자, 동쪽에서는 멀리 개 짖는 소리가 들려오고 서쪽으로는 인왕산 골짜기 소나무에 쌓인 눈이 희미하게 보이고, 하늘에는 개밥바라기별이 떠오른다. 이제 어둠이 내려 앉아 물고기 비늘 같이 늘어선 기와집들은 나직하게 펼쳐져 보이고 개천開川(지금의 청계천)의 다리는 어렴풋이 보인다. 해가 지고 어둠이 내리자 덩달아 마음이 조급해져서 어서 가고 싶어하는 모습이 잘 나타나 있다. 그러면서 이렇듯이 추위를 무릅쓰고 가는 것은 백탑 아래 매화가 피었기 때문이라고 했다.

백탑 아래 매화가 피었다는 것은 무슨 뜻일까? 우선은 말 그대로 거친 바람과 눈보라를 헤치고 매화가 피어났다고 할 수 있다. 예로부터 매화는 봄을 알리는 상징이었다. 또한 세속에 물들지 않는 군자의 상징으로, 지조와 절개를 나타내었다. 이에 선비들은 매화를 사랑하며 매화시를 읊고 매화 그림을 그렸다. 거울이면 집 안에 감실龕室을 만들어 매화 분재를 키우며 매화꽃이 피기를 기다리기도 했고 여기서 더 나아가 조화造化를 만들기도 했다. 꽃이 피기를 기다리다 아예 만들어 감상하고자 한 것이다. 이를 조매造梅라 하는데, 종이 또는 밀랍으로 섬세하게 작은 매화를 만들었다. 또한 만드는 법을 그림으로 그려가며 자세히 기록했으니 여럿이 함께 즐기고자 했던 것이다. 이덕무를 비롯해 박지원, 유득공 등이 밀랍을 재료로 사용한 조매를 만들어 보급하였고, 이름을 윤회매輪回梅라 했다. 매화 사랑이 취미를 넘어서 벽癖의 경지에까지 이르렀다. 이러한 점을 모두 고려한다면 지금 박제가가 보러가는 매화는, 백탑 근처 이덕무의 집에 피어난 꽃일 수도, 시나 그림일 수도, 윤회매일 수도 있다. 그러나 궁극적으로는 이덕무이며 나아가 백탑청연의 벗들인 것이다.

박제가는 백탑에 한번 갔다 하면 돌아오는 것도 잊고 열흘이고 한 달이고 연거푸 머물렀다. 시문이나 척독尺牘(편지)을 썼다 하면 권질을 이루었고, 술과 음식을 징발하여 밤에서 낮을 이었다고 한다. 나를 알아주는 사람들이 사는 곳이었으니 얼마나 그립고 좋은 곳이었겠는가.

이 시를 처음 읽을 때 눈물이 나려 했다. 추운 겨울 저물녘, 언 짚신을 신고 눈길을 자박거리며 벗을 찾아가는 모습이 눈에 그려졌기 때문이다. 외롭게 추위 속에서 어디를 가는가. 백탑 아래 그리운 친구가 있어 가는 것이다.

06

어린 자식들을 바라보며
어머니를 생각하다

숙직을 끝내고   박제가

나흘에 한 번 집에 오는데

귀가가 늦어 언제나 해 질 무렵

문에 들어가 하인들을 흩어놓고

말을 매어 두고 푸른 꼴을 먹이네.

어린 아들 가끔 나를 보니

다가오려다 다시 머뭇거리고

기어서 엄마에게 향해 가다가

문득 돌아보는데 두꺼비 같네.

작은 딸은 이제 일곱 살

맏딸은 열 살 남짓.

다투어 와서 저녁을 권하더니
무릎에 둘러앉아 옷깃을 당기네.
마치 옛 도장 꼭지에
새끼 사자들이 서려 있는 듯.
예전 어머니 계실 때
내 비로소 첫딸을 낳았는데
손잡고 끌어도 걸음마 못 떼면서
어느 때는 붙잡지 않고 혼자 섰지.
사람을 만날 때마다 기이한 일이라고 자랑하며
세상에 없는 일인 듯 여기셨네.

손주 하나의 기쁨도 이러한데
이 모습 본다면 어떠하실까.
아들은 이제 고맙게도 관리되어
관복 입고 궁궐 안을 걸어 다니며
연이어 빛나는 관청에서 숙직하니
하사해주신 영광과 은총이 특별하네.
차례로 세 아이를 두었지만
할머니라고 부를 줄 모르는구나.
어느새 아비가 되어
기뻐 웃으며 앉아 수염 쓰다듬네.
나무 심어 열매를 먹지 못하니

속이 막히고 눈물은 말라버렸네.

出直
출 직

四日一歸家	歸晏日常晡
사 일 일 귀 가	귀 안 일 상 포
入門散徒隷	繫馬秣青芻
입 문 산 도 례	계 마 말 청 추
稚子見我稀	欲來復趑趄
치 자 견 아 희	욕 래 부 주 저
匍匐向其母	忽顧如蟾蜍
포 복 향 기 모	홀 고 여 섬 서
小女年始七	長女十歲餘
소 녀 년 시 칠	장 녀 십 세 여
爭來勸盤飧	繞膝復挽裾
쟁 래 권 반 손	요 슬 부 만 거
恰如古印鈕	蟠結众獅雛
흡 여 고 인 뉴	반 결 중 사 추
伊昔母在堂	余始生女初
이 석 모 재 당	여 시 생 녀 초
提挈未移步	有時立不扶
제 설 미 이 보	유 시 립 불 부
逢人詑奇事	有若世間無
봉 인 이 기 사	유 약 세 간 무
一孫喜尚爾	見此當何如
일 손 희 상 이	견 차 당 하 여
兒今忝仕宦	朝服闕中趍
아 금 첨 사 환	조 복 궐 중 추
聯翩直華省	錫賚榮寵殊
연 편 직 화 성	석 재 영 총 수
次第有三子	不知王母呼
차 제 유 삼 자	부 지 왕 모 호
居然作人父	歡笑坐撚鬚
거 연 작 인 부	환 소 좌 년 수
種樹不食實	腸摧淚眼枯
종 수 불 식 실	장 최 루 안 고

이 시는 1782년 늦여름에서 초가을 사이에 쓴 것이다. 이때 박제가의 나이 32살이었다. 그는 1777년 『한객건연집』을 통해 시인으로 유명해졌으며, 같은 해 증광시에 합격했다. 1778년에는 정사正使인 채제공의 종사관으로 연행燕行을 다녀왔고 저 유명한 『북학의北學議』를 저술했다. 다음해인 1779년에는 검서관檢書官으로 뽑혀 1782년까지 임무를 맡았다. 그 뒤로도 검서관을 두 번 더 역임했고 연행에도 세 번 더 다녀왔다. 그러므로 이 시는 박제가가 벼슬길에 들어선 지 얼마 안 되던 시기, 일에 대한 열정과 긍지가 끊임없이 샘솟던 시절에 지은 것이다.

검서관으로 뽑힌 서얼 문사는 박제가를 포함해 이덕무·유득공·서이수徐理修(1749~1802) 이렇게 네 명이었다. 이들은 규장각에서 서적과 문서를 관리하고, 새로운 서적을 간행하고 활자를 고안하고 왕명을 받들어 응제시應製詩를 짓고 글씨를 쓰는 등의 일을 했다. 비록 말직이었으나 관직에 나아가고 서적과 관련된 일을 하며 임금을 모신다는 기쁨에 열정을 다했다.

시에서처럼 나흘에야 한 번 집에 갈 정도로 밤을 새며 일을 했다. 이를 우직寓直이라고 했는데 요즘 말로는 숙직 혹은 당직이다. 이들은 삼일은 궁궐에서 숙직을 하고 하루는 집에 갔

다. 이는 계율이 되었다. 숙직을 한 곳은 이문원摛文院, 별장청別
將廳, 계방桂坊, 염서染署, 사도시司䆃寺, 상의원尙衣院 등이었다. 이문
원은 규장각에 속한 전각으로 역대 임금의 어진御眞 · 선적璿籍 ·
어필御筆 · 어제御製 · 교명敎命 · 전장문적典章文籍 등을 보관하는 곳
이었다. 별장청은 규장각의 서쪽 문인 영숙문永肅門 밖에 있었고,
계방은 창경궁昌慶宮 앞에 있었는데 다른 이름은 익위사翊衛司로
왕세자의 시위를 맡은 관청이었다. 염서는 궁중에서 사용하는
염료의 제조와 염색을 담당한 관청이었으며, 사도시는 궁궐의
쌀과 잡곡을 담당하던 관청이었고, 상의원은 옷을 담당하던 관
청이었다. 곧, 규장각 검서관이기는 했어도 숙직은 규장각뿐 이
니라 궁궐에 속한 여러 관청에서 돌아가며 했음을 알 수 있다.
또한 이들이 한 사람씩 돌아가며 숙직을 한 것도 아니었다. 같
은 날 박제가는 이문원에, 이덕무는 사도시에, 유득공은 상의원
에서 숙직을 서기도 했다.

　서얼들을 규장각 검서관으로 부르고 문예부흥을 이끌었
던 정조의 기대에 부흥하며 이들은 자신들의 임무를 열성적으
로 수행하였다. 그러다 보니 나흘에 한 번 귀가를 해도 그나마
도 늘 늦은 시간에 갔다. 그런데 집에 가서 제일 먼저 하는 일이
말을 매어 놓고 말에게 꼴을 먹이는 일이었다. 왜 이 장면을 굳
이 시에 넣었을까? 이 말은 그냥 말이 아니었다. 정조가 하사한
말이었다. 정조가 박제가에게 탐라마耽羅馬, 곧 제주도 말을 하사

했다. 출퇴근길에 좋은 말을 타고 다니라고 한 뜻이다. 그러니 퇴근해 집으로 돌아가자마자 말에게 좋은 꼴을 먹이며 관리했던 것이다.

직장 일에 바쁜 아버지는 예나 지금이나 마찬가지인 듯하다. 새벽에 나가 밤늦게 돌아오고 숙직이다 출장이다 집을 비우기 일쑤이다. 그러니 며칠에 한 번씩 아버지를 보는 어린 아들은 아버지에게 다가오려다가 머뭇거린다. 낯이 선 것이다. 방향을 바꾸어 엄마에게 기어가다가 다시 뒤를 돌아본다. 그 모습이 마치 두꺼비 같다고 하였다. 10살, 7살 딸들은 오랜만에 집에 온 아버지가 반가워 저녁밥을 드시라고 하면서 아버지 무릎 옆에 찰싹 다가와 앉아 옷깃을 잡아당긴다. 그 모습이 마냥 사랑스럽다. 평화로운 가정의 모습이다.

그러다가 박제가는 불현듯 돌아가신 어머니를 떠올린다. 그의 아버지 박평朴枰은 벼슬이 정3품 우부승지右副承旨에까지 이른 사대부였으나, 어머니는 아버지의 부실이었다. 정실이 사망한 뒤 20살가량 젊은 서녀를 부실로 들였던 것이다. 이에 박제가는 태어나면서부터 서얼의 신분이 되었다. 그런데 아버지가 박제가의 나이 열 살 때 타계하고, 집안은 기울었다. 홀어머니와 어린 형제의 가난한 삶이 이어졌다. 이사도 많이 다녔다. 그래도 어머니는 가정을 잘 돌보고 자식들을 잘 훈육했다.

혼인도 명문 집안과 맺었다. 17살 때 충무공 이순신의 5대

180

손 이관상^{李觀祥}의 서녀 덕수이씨와 혼인하였다. 몇 년이 흐른 뒤 1772년을 전후하여 첫딸을 낳았다. 첫아이는 어느 집이나 사랑을 독차지하고 일거수일투족이 식구들의 관심거리가 된다. 손을 잡고 끌어주어도 걸음마를 제대로 못 하던 어린 딸이 어느 날 혼자 일어서자 식구들의 환성과 감탄이 이어졌을 것이다. 어머니는 사람들을 만날 때마다 기이한 일이라고 자랑을 하며 기뻐했다. 요즘 말로 하면 손녀 바보라 할 수 있다.

어머니는 첫 손녀가 두세 살일 무렵에 세상을 떠났다. 박제가는 어머니가 돌아가신 뒤에야 『한객건연집』을 통해 명성을 얻었고, 연행도 다녀왔고, 『북학의』를 저술했으며, 검서관도 되었다. 어머니가 바라시던 일과 자신이 어머니께 보여드리고 싶던 일 어느 하나도 어머니는 보지 못하고 가셨다. 이제 세월이 10년 가까이 흘러 자신은 딸 둘에 아들 하나를 두었다. 귀엽고 사랑스럽기 그지없다. 이 아이들의 모습을 어머니가 보셨다면 얼마나 기뻐하셨을까. 또한 자신은 검서관이 되어 궁궐에서 근무하고 숙직도 하며 임금도 모신다. 임금은 탐라말도 내려주고 쌀과 부채도 내려주신다. (임금이 하사하다는 뜻은 '錫賚^{석뢰}'가 일반적 단어이지만 원시에 '錫賚'로 되어 있다) 특별한 신임을 받고 있으니 영광스럽고 은총이 넘친다. 이 모습을 어머니가 보셨다면 얼마나 기뻐하셨을까.

아이들은 할머니라 부를 줄을 모르고, 어머니는 아이 셋

<규장각도奎章閣圖>
김홍도, 국립중앙박물관 소장

을 다 못 보고 가셨다. 또한 어머니는 자식이 관복을 입고 궁궐에 출근하는 모습이나, 임금이 내려준 하사품도 못 보셨다. 이제 30이 넘은 아들은 세 아이를 둔 아버지가 되어 아들딸의 재롱에 수염을 어루만지며 웃는다. 화목한 가정의 모습이다. 그러나 어머니는 정성껏 나무는 심었지만 그 열매를 먹지 못하셨다. 그러기에 행복하고 기쁠수록, 어머니 생각에 울컥 속이 막힌다.

07

딸아, 너를 멀리 시집보낸 것이
후회스럽구나

❈

이 씨댁 며느리가 홍성으로 떠나감을 보내며,
80운으로 쓰다   신위

생각하니, 처음 너를 시집보낼 때

경적京籍에서 구하지 않고

또 장자를 구하지 않고

둘째 셋째를 골랐으니

다만 네가 약함이 안타까웠기 때문이며

또한 백 가지 생각이 있었으니

네 어머니에게는 다만 딸 하나라

네가 없다면 그림자 하나이니

농와弄瓦함이 천하다 말라

정을 위로함은 공벽拱璧보다 낫다.

잠은 반드시 네가 자기를 기다려 잤고

밥도 반드시 네가 먹기를 기다렸으며

사는 것 생각하는 것을 기울임이

알 품은 새가 날개를 덮는 것 같았다.

(…중략…)

같은 무덤에서 만남도 기약 있거늘

이제 가면 언제 다시 보려나.

초겨울 바람 기운 차고

해는 조용히 검은 구름에 가려지네.

까마귀 떼 부고訃告소리처럼 울어대며

말 길게 울며 구부리네.

떠나려니 온 집안 식구 울고

자꾸 앞에 가 손을 잇따라 잡네.

흐느끼는 기운이 비통하니

이웃들 담장 모서리서 보네.

산 멀고 물 유유히 흐르는데

호해湖海의 구석으로 가고 가는구나.

갈 길을 헤아리니 날은 이미 한나절

원숭이 창자의 독을 더하네.

집안사람들 나를 위로하고자

소반을 닦고 고기와 술을 늘어놓았으나

술은 두꺼비가 되어 마시고

고기는 소와 양이 줄어드는 듯

속은 날마다 편치 못하고

눈물로 목욕을 하네.

하늘이 혹시라도 부신을 지니게 해주어

바라건대 연줄을 타서라도 만나보았으면

이 계획 역시 그릇되고 머니

이웃에 시집보내지 않은 것을 후회한다.

186

送李婦洪鄉 作八十韻
송 이 부 홍 향 작 팔 십 운

憶初嫁汝時 不擇於京籍
억 초 가 여 시 불 택 어 경 적

又不擇於長 仲叔之是適
우 불 택 어 장 중 숙 지 시 적

詎但憐汝疾 抑有思慮百
거 단 련 여 질 억 유 사 려 백

汝母但一女 微爾則影隻
여 모 단 일 녀 미 이 즉 영 척

莫謂賤弄瓦 爲情踰拱壁
막 위 천 롱 와 위 정 유 공 벽

寢必待汝寢 食必待汝食
침 필 대 여 침 식 필 대 여 식

息息念念頃 如卵鳥覆翼
식 식 념 념 경 여 란 조 부 익

(…中略…)

同穴會有時　此行何時復
동혈회유시　차행하시복

孟冬風氣寒　日澹玄雲駁
맹동풍기한　일담현운박

群赴烏變響　長鳴馬爲跼
군부오변향　장명마위국

臨幸盡室泣　屨前手屢握
임행진실읍　누전수루악

歔欷氣慘沮　四隣看墻角
허희기참저　사린간장각

山長水悠悠　去去湖海曲
산장수유유　거거호해곡

計程日已半　愈益猿腸毒
계정일이반　유익원장독

家人欲慰我　拭案羅酒肉
가인욕위아　식안라주육

酒化蝦蟆蝕　肉亦牛羊蹙
주화하마식　육역우양축

衷腸日不寧　以淚爲沐浴
충장일불녕　이루위목욕

天或假持節　庶幾寅緣覿
천혹가지절　서기인연적

此計亦悠悠　悔不嫁隣屋
자계역유유　회불가인옥

* * *

신위申緯(1769~1847)는 조선 후기 최고의 시인이자 예술가였다. 시詩·서書·화畵 삼절三絶로 불리었으니, 시와 글씨와 그림에 모두 뛰어났다. 4천여 수의 시를 남겼고 산수화와 묵죽화墨竹畵에 뛰어났다. 그는 문명을 떨치고 많은 시인 화가들과 교유하며 영향을 미쳤으며, 조선 후기 예술사를 빛내었다. 그러므로 김택영 金澤榮(1850~1927)은 신위가 조선 500년의 문예를 집대성했다고 하였다.

신위의 문집에는 여성 관련 시문이 많이 있다. 조선시대 문집을 살펴보면 여성 관련 시문을 한 편도 남기지 않았거나 혹은 몇 편 남기었어도 여성에 대한 개인적 정감을 나타낸 시문은 거의 쓰지 않은 사대부들이 다수이다. 그런데 신위는 제법 많은 시문을 남겼는데, 그 대상은 정실正室·추실簉室·딸·친척 여인과 기녀·여사女史 등이고, 의고시擬古詩와 제화시題畵詩에서도 드러난다. 또한 그는 여사라 불린 여성 예술가와 교유하고 그들의 예술적 재능을 인정하였다.

위의 시는 신위가 1827년 10월에서 11월 사이에 쓴 시이다. 딸을 혼인시키고 데리고 살다가 어쩔 수 없이 시댁으로 보내게 되면서 느끼는 안타까운 심정을 담고 있다. 시가 몹시 길다. 제목에 80운韻으로 쓴다고 했는데, 이 시의 경우는 격구隔句 곧, 한 구절씩 건너 짝수 구마다 운자韻字를 넣어 총 160구절로 구성되었다. 할 말이 참으로 많았던 것이다. 위에 예로 든 것은 11~24구절과 137~160구절이다. 조금 길지만 시 전체의 4분의 1 정도를 실었다. 신위의 마음을 함께 느껴보고 싶었기 때문이다.

신위는 16세에 결혼했는데 부인과의 사이에 자녀가 없었다. 아예 자녀를 낳지 못한 것인지 낳은 아이들이 모두 일찍 죽은 것인지는 알 수 없다. 정실에게서 자녀가 없자 신위 나이 30 세경에 추실을 들였다. 추실은 소실을 말한다. 추실은 연달아 4 남 1녀를 낳았다. 그런데 신위가 추실을 들일 무렵에 정실도 딸 을 낳았다. 1800년이었다. 두 사람 사이의 유일한 자녀이자 신 위의 맏딸이었다.

정실과 신위는 결혼 16년 만에 얻은 딸을 애지중지 키웠 다. 1800년은 신위가 처음 벼슬길에 나아간 해이기도 했다. 그 야말로 복덩어리라 여기고, 새가 날개로 알을 품듯이 키웠다. 딸이 혼기에 다다르자 신위는 이런저런 생각 끝에 데릴사위를 고르기로 하였다. 몸이 야하다는 것을 핑계 삼았으나 진짜 이유 는 딸과 떨어져 살기 싫었던 것이다. 1817년 이인영李寅榮을 사 위로 삼았다. 이인영의 집안 조모祖母는 신위의 고모이고 신위 의 형수는 이인영의 집안 고모이며, 신위는 형수의 오라비와도 친한 사이였다. 결국 신위의 가문과 사위의 가문은 칡처럼 얽힌 가까운 인척이었다. 또한 사위의 집은 서울이 아니라 충청도 홍 성에 있었으며 무엇보다도 맏이가 아닌 둘째 아들이었다. 믿는 집안, 서울이 아닌 먼 시골, 둘째 아들이라는 데릴사위로서 완 벽한 조건을 충족시키는 인물이었다.

이처럼 신위의 딸이 한 혼인을 '남귀여가혼男歸女家婚'이라 고 한다. 이는 우리나라의 고유한 혼인제도로 혼인을 한 뒤 여 성이 친정에서 살다가 나중에 시집으로 가는 제도였다. 남성의 입장에서 보면 아내 집에 가서 혼례식을 치르고 살림을 시작하는 것이다. 장인丈人의 집[家]으로 들어가니 말 그대로 장가드는 [入丈] 행위이다. 이는 보다 활동적인 남성이 여성의 집안으로 감으로 인해 두 집안이 접촉할 기회가 많아지고 남성은 처가의 지원을 보장받는다는 의미이기도 했다. 그 근저에는 남녀에게 균등한 재산상속과 윤회봉사輪回奉祀가 자리하고 있었다.

고려 말에 성리학이 들어온 뒤로는 『주자가례朱子家禮』의 영향을 받아, 신랑이 신부 집으로 가서 혼례를 치르고 3일이 지나면 신부와 함께 자신의 집으로 돌아가는 친영親迎 방식이 도입되었다. 친영은 삼일우귀三日于歸 혹은 우귀于歸라고도 하였는데, 조선시대에 권장된 혼인제도였다. 그러나 실제로는 18세기까지도 왕실을 제외하면 친영이 거의 시행되지 않았다. 신부가 시댁으로 가는 것은[于歸] 아예 없거나 몇 년 뒤에나 행해지다가, 조선 후기가 되면 친정에 머무는 기간이 점점 짧아져 1, 2년 뒤에 우귀하는 것이 보편적이 되었다.

그러므로 신위의 딸 부부처럼 남귀여가혼은 19세기 초반까지도 사회적으로 무리 없이 받아들여지는 일이었다. 또한 이는 신위 집안이 서울에 살며 명망도 있고 어느 정도 경제력도 있었기에 가능한 일이기도 했다.

신위 부부는 딸과 사위의 방에 책을 넣어주고 사위의 글 읽는 소리에 귀를 기울이며 즐거운 나날을 보냈다. 1818년 신위

190

<신행新行>, ≪단원풍속도첩檀園風俗圖帖≫
김홍도, 국립중앙박물관 소장

가 춘천부사春川府使가 되었을 때도 딸 부부를 데려갔다. 그곳에서 앵두, 오이, 복숭아, 배를 먹고, 꿩, 자라, 잉어, 소고기도 굽고 회도 먹으며 즐겁게 지냈다. 그러다가 1819년 가을, 춘천부사에서 해직된 뒤 견책을 당해 10년간 어렵게 살게 되었다. 산골에 들어가 살기도 했는데, 집안에 온전한 치마 한 폭조차 없는 생활이 이어졌다. 그러한 시기에도 딸과 사위는 신위 부부의 곁을 지키며 위안이 되었다.

그런데 1827년 봄, 기나긴 궁핍한 생활 뒤에 부인이 사망했다. 어머니가 죽자 몸이 약한 딸은 울부짖다가 기절을 할 지경이 되었다. 애달프고 애달프다고 했다. 불행은 연이어 온다고 했던가. 부인이 사망한 뒤 대여섯 달 만에 이번에는 사위의 집안에 변고가 생겨 사위의 형과 부친이 연달아 세상을 뜨는 일이 발생했다. 사위에게도 불행이지만 신위에게도 청천벽력이었다. 사위가 가업을 잇기 위해 고향으로 돌아가야 했기 때문이다. 아내를 잃은 슬픔이 채 가시기도 전에 사랑하는 딸마저 먼 시골로 보내야 했던 것이다. 신위가 할 수 있는 일이란 탄식하고 안타까워하는 것뿐이었다. 한양에서 사위를 구하지 않은 것을 이제 와서 후회해도 소용이 없었다.

딸을 떠나보내면서 신위는 남의 집 며느리로서 갖추어야 할 몸가짐을 딸에게 일러주었다. 한양의 재상집 딸이라고 하인들에게 교만하게 굴지 말고, 농사를 가볍게 여기지 말고, 시어머니를 잘 받들고, 동서와 화목하게 지내고, 부엌일을 천하다 말고, 남편 공부를 방해 말며, 친정 생각에 우울한 모습을 보이지 말고, 말을 많이 하거나 가벼운 말을 하지 말라고 했다. '공경'과 '정성'과 '화목'과 '부지런함'을 통해 '아름다운 이름'을 얻고 잘 살라고 했다. 혹시라도 딸이 시댁 식구들과 잘 지내지 못할까 걱정하는 아버지의 마음이 담겨 있다.

신위에게 있어 딸을 시댁으로 보낸다는 사실은 아내를 잃은 것과 맞먹는 사건이었다. 정실부인이 남긴 단 한 점 혈육을 떠나보내며, 그는 다시는 딸을 못 볼지도 모른다는 생각에 절망했다. 나중에 자신이 죽으면 부인과는 같은 무덤에서 다시 만날 기약이나 있지만 딸은 그렇지 않다. 그래서 시 마지막 부분의 '이제 가면 언제 다시 보려나'라는 구절은 마치 살아 이별하는 것이 아니라 죽은 이를 보내는 애사哀詞처럼 들린다. 초겨울 바람은 차고 해는 구름에 서서히 가려지는데, 까마귀 떼는 까악까악 부고訃告 소리처럼 울어대고 수레를 끌 말은 어서 타라고 울며 몸을 구부린다. 신위의 마음은 새끼를 잃은 어미 원숭이의 창자가 끊어진 것보다도 더 독하게 아프다. 식구들이 위로하려고 차려준 술상을 앞에 놓고 두꺼비처럼 술을 마시고 안주를 먹는다. 그래서 날마다 속이 아프고 날마다 울어 눈물로 목욕을 할 지경이다. 옆에 두고자 고르고 고른 혼처가 결국에는 최악의 선택이 되었다. 그래서 오직 이웃에게 시집보내지 않은 것을 후회할 뿐이라고 탄식했다.

이렇게 떠나보낸 딸을 신위가 다시 만났다는 기록은 없다. 딸이 떠난 지 5년 뒤인 1832년 10월에 큰아들 신명준申命準(1803~1842)이 충청남도 청양에 가서 누나와 자형姊兄을 만났다. 홍성에 살던 딸은 청양으로 이주해 살고 있었다. 사위는 밭 갈고 딸은 들밥을 내가며 살고 있다는 소식을 듣고 신위는 비통해한다. 같은 해 11월에 신위는 평신첨사平薪僉使로 좌천되었다. 평신은 충청남도 서산시 대산읍에 있는 진鎭으로 신위에게는 유배나 마찬가지였다. 이곳으로 가는 도중 사위가 연곡鳶谷으로 찾아와 만났다. 그 후 1837년 5월에서 11월 사이에 사위가 예위시禮闈試 곧 회시會試를 보러 한양에 왔다. 그러나 합격을 하지는 못했다. 신위는 이를 위로했다. 또한 이보다 앞서 같은 해에 37살인 딸이 아들을 무사히 낳았으므로 신위는 사위에게 이를 축하하였다. 사위에게 위로와 축하를 함께 보내는 신위의 심정이 어떠했을까? 그 뒤 사위가 벼슬길에 나아갔는지 여부는 신위의 문집에 나타나지 않는다. 없는 것으로 보아 벼슬길에 나아가지 못한 것으로 추측된다. 딸의 고생이 더욱 심해졌으리라.

딸과 헤어지는 슬픔과 아픔을 신위처럼 절절하게 토로한 시는 다른 사대부의 시에서는 찾아보기 힘들다. 이 시에서 신위는 공적公的인 태도를 취하지 않았고 감정을 숨기지도 않았으며 사대부로서의 위신도 신경 쓰지 않았다. 이 시를 통해 우리는 비로소 조선 후기 결혼제도가 '딸'뿐만이 아니라 '부모'에게도 가혹한 형벌이자 굴레였음을 엿보게 된다. 이런 고통은 신위뿐만이 아니라 다른 아버지들도 똑같이 겪었을 터인데, 신위만이 솔직하게 토로했다.

08

어느 궁녀의
슬픈 비파 이야기

———————— ❊ ————————

굴 씨의 비파 소리를 듣고   신위

예전에 궁녀가 울며 동쪽 나라로 왔으니

무덤에 조문하며 학이 성에서 말하는 듯

말 위에서 타는 비파 소리 정睛이 홀로 아름다우니

상수湘水 남쪽 집에서 함께 살지 못함이 한스럽네.

떨어진 꽃 고국을 향한 혼은 길이 남아 있으니

향기로운 풀 서쪽 교외에서 뜻이 평안치 못하구나.

굴씨는 죽음에 이르자 곁사람에게 '나를 서쪽 교외의 길에 묻어 주오'라고 하였다.

네 번째 갑신년의 봄이 또 저물어가니

박달나무 비파 소리 끊어질 듯 숭정崇禎을 말하는구나.

聽彈屈氏琵琶
청 탄 굴 씨 비 파

當年紅袖泣東行 憑吊纍纍鶴語城
당 년 홍 수 읍 동 행 빙 조 루 루 학 어 성

馬上琵琶情獨麗 湘南家世恨俱生
마 상 비 파 정 독 려 상 남 가 세 한 구 생

殘花故國魂長住 芳草西郊意未平 屈氏臨死 語其人曰 葬我西郊路
잔 화 고 국 혼 장 주 방 초 서 교 의 미 평 굴 씨 임 사 이 기 인 왈 장 아 서 교 로

第四甲申春又暮 檀槽生澁話崇禎
제 사 갑 신 춘 우 모 단 조 생 삽 화 숭 정

신위가 춘천부사에서 해직된 뒤 가난한 생활을 이어가던 50대 중반에 비파 연주를 듣고 쓴 시다. 그 비파는 명나라 궁녀였던 굴 씨의 유물이었다. 굴 씨는 명나라 말기 때의 사람으로 소주蘇州 지방 양가집 여식이었다. 어려서 궁녀로 뽑혀 궁궐에 들어가 황후를 모셨는데, 그때 나이가 7살이라고도 하고 13살이라고도 한다. 명나라 마지막 황제인 숭정제崇禎帝(재위 1628~1644) 시기였다. 이자성李自成이 난을 일으켜 1644년 3월 말에 북경을 함락시키자 숭정제는 자살을 했고, 황후도 죽자 굴 씨는 민간으로 도망을 쳤다. 북경을 손에 넣은 이자성은 오래 버티지 못했다. 명나라의 오삼계吳三桂와 청나라의 연합군에게 패하게 되어 7월에

북경에서 도망을 쳤다. 이런 소용돌이 속에서 굴 씨는 청나라 구왕九王인 아이신기오로 도르곤愛新覺羅多爾袞(1612~1650)의 군대에게 사로잡혔다. 구왕은 청나라 황제 아이신기오로 누르하치愛新覺羅努爾哈赤(1559~1626)의 열네 번째 아들로, 많은 전쟁에서 공을 세우고 친왕親王, 섭정왕攝政王이 되어 실질적 권력을 행사했던 인물이다. 이자성이 난을 일으켰을 때도 오삼계와 청나라는 산해관山海關에서 대치하고 있었는데, 오삼계가 청나라에 투항을 하여 함께 북경으로 진군하게 되었다. 이 당시 청나라의 총사령관이 구왕이었다.

굴 씨는 그 후 얼마 안 되어 소현세자昭顯世子를 섬기게 되었다. 굴 씨가 소현세자를 만난 사정은 자료가 남아 있지 않다. 소현세자는 병자호란 뒤인 1637년에 청나라에 인질로 끌려가 심양瀋陽에서 지냈다. 병자호란 당시 우리나라를 침략한 청나라의 실세가 구왕이었으며, 이후 조선과 심양 양쪽에서 관리를 하며 우리나라에 많은 영향을 끼쳤다. 또한 구왕은 명나라와 전투를 할 때 소현세자를 끌고 다녔다. 주로 요동 벌판이었다. 그러므로 이때도 소현세자는 청나라에 끌려 다녔고, 청나라가 북경을 함락시키자 북경에 가게 된 것이다. 1644년 9월에 북경에 들어가 70여 일을 머물렀다. 구왕의 군대에게 사로잡힌 굴 씨가 소현세자에게 넘겨지게 된 것도 이 시기였다.

청나라의 군중에 잡혀 있던 굴 씨가 소현세자를 섬기게 된 사연은 알 수 없다. 그러나 굴 씨의 입장에서는 명나라를 망하게 한 청나라의 왕보다는 명나라와 우호적 관계에 있던 조선의 왕세자를 섬기는 것이 마음에 더 편했을 것이다. 소현세자 또한 굴 씨의 처지를 안타깝게 생각했는지, 귀국할 때 심양에 남겨두지 않고 데리고 왔다.

소현세자를 따라 1645년 2월에 한양에 도착한 굴 씨는 인조의 계비인 장렬왕후莊烈王后를 모시게 되었다. 소현세자가 귀국한 지 두 달 만에 사망하였기 때문이다. 또 다시 섬기는 사람이 바뀌게 된 것이다. 그러나 다행히도 굴 씨는 이곳에서 무리 없이 지냈던 것으로 보인다. 굴 씨의 다재다능함이 한몫했다. 굴 씨는 비파를 잘 탔고, 동물을 잘 길들이고 부렸으며, 다식多識했다. 비파는 흉노가 만든 악기인데 진한시대 때 중국으로 전래되었다. 굴 씨가 명나라에서 가져온 악기는 우리나라에서 당비파唐琵琶라고 부르는 4현 비파이다. 우리나라에는 고려시대부터 있었다. 굴 씨는 비파 타는 법과 동물 길들이는 법을 진춘進春이라는 제자에게 전해주었다.

또한 굴 씨는 소현세자를 따라서 향교鄕校에 머물면서 장악원掌樂院의 이름난 여러 무리들을 불러서 비파 타는 운지법을 알려주었다. 소현세자가 굴 씨를 통해, 명나라 궁중의 연주법을 조선 악사들에게 전수하고자 한 것이다. 이 운지법은 장악원 악사들을 통해 계속 이어져 19세기까지도 전해졌다. 강전악姜典樂

이라는 사람에게 전수되었는데, 전악은 장악원의 종5품 벼슬로 음악의 교육과 연주를 담당했다. 굴 씨를 통해 우리나라 궁중에서 명나라 궁중의 비파 타는 법이 전해지고 연주되었던 것이다.

또한 효종孝宗(재위 1649~1659)은 굴 씨에게 쪽머리 짓는 법[髻制]에 대해 자문을 구하였다. 당시 혼인한 여성들은 얹은머리를 하였고, 가체가 유행했다. 그런데 이 가체는 몹시 화려하여 집 여러 채 값에 해당하기도 했다. 머리에 화려한 장신구도 많이 꽂았다. 그러므로 나라에서는 이 사치한 풍조를 폐단으로 여기어 훗날 영·정조 시대에는 법으로 금지하기에 이르렀다. 효종은 굴 씨에게 명나라 궁궐 여성의 머리 모양에 대해 여러 가지로 물어보고, 우리나라 여성의 머리 모양에 대해 고민했던 것으로 보인다. 그리고 우리나라 여성의 머리가 얹은머리에서 쪽머리로 바뀌게 되는 데 굴 씨의 조언이 큰 역할을 했다. 윤봉구尹鳳九(1683~1767), 이덕무, 성해응成海應(1760~1839)의 기록에 의하면 송시열宋時烈(1607~1689)도 자기 집안 부녀자들에게 이 머리를 하도록 했다. 그래서 이를 '굴 씨의 쪽머리[屈髻]'라고 했고, 신위는 조선 후기 사대부 가문의 쪽머리는 굴 씨로부터 나온 것이라고 했다.

굴 씨는 이렇듯 조선의 궁중에서 입지를 세우며 70여 살까지 살았다. 1645년에 우리나라로 와서 인조·효종·현종을 거쳐 숙종 대까지 살았다. 오랜 세월 타향에 살면서 고향을 그리는 마음을 죽을 때까지 간직했다. 나라가 없어져 다시 돌아갈 수 없기에 늘 북쪽을 바라보며 눈물을 흘렸다. 마침내 죽음에 임박해서는 "바라노니 나를 서쪽 교외의 길에 묻어주오. 수구지심首丘之心을 잊지 않으리다"라고 하였다. 한양에서 육로를 통해 중국으로 가려면 서대문을 나가서 북서쪽으로 길을 잡아가야 한다. 그러므로 이곳을 서쪽 교외라고 한 것이다. 소원은 이루어져 고양시 덕양구 대자산에 묻혔으며 그 무덤은 현재도 남아 있다. 숙종은 후사가 없는 굴 씨를 위해, 광평전씨廣平田氏인 전회일田會一에게 명하여 제사를 주관하게 하고 해마다 제수를 내렸다. 이는 신위 시대에도 끊어지지 않고 지속되었나.

광평전씨는 명나라 말기에 조선으로 귀화한 집안이었다. 전회일의 부친인 전호겸田好謙이 인조 때 귀화하여 광평전씨의 시조가 되었다. 조부 전윤해田允諧는 이부시랑吏部侍郎, 증조부인 전응양田應揚은 병부상서兵部尙書를 지낸 명문벌열 출신이었다. 전호겸은 우리나라에서 벼슬을 했으며 인조의 총애를 받았고 그의 둘째 아들인 전회일도 벼슬을 하였다. 그러므로 이 집안은 우리나라에서 뿌리를 내리고 상층에 편입되었다. 이러한 전 씨 집안에게 굴 씨의 제사를 지내게 한 것은, 명나라 여인의 제사를 명나라 사람의 후손이 주관하게 한 것이다. 이처럼 명나라 말기에 조선으로 귀화한 사람들을 황명유민皇明遺民이라고 하였다.

굴 씨가 사망한 뒤 조선 후기 사대부들은 굴 씨에 대한 시문을 남겼다. 임경주任敬周, 이규상李奎象, 이덕무, 섞해웅 등이 대표적이다. 그런데 이들은 대체로 비슷하게 굴 씨의 충절을 강조했다. 줄거리는 대략 다음과 같다.

굴 씨는 황후의 총애를 받았고 이자성의 난이 일어나자 궁에서 나가는 황후가 따라올 필요가 없다고 했는데도 황후를 따라갔다. 구왕의 군대에 사로잡혀서는 그들을 '떠돌이 도적'이라고 욕했고 면사面紗를 드리우고 앉아있는 구왕을 보고는 남자가 한족漢族 여자 복식을 하고 있다 비웃으며 꾸짖었다. 우리나라에 와서는 항상 중국을 바라보며 황후의 덕을 칭송하며 눈물을 흘렸고, 이자성의 이야기에 이르면 반드시 분을 내어 욕을 하였다. 효종이 북벌을 논하는 것을 알고는 차마 죽지 않고 살아서 황가의 부흥을 보고자 하였다. 또한 임종할 때에 서교의 길가에 묻어달라고 한 것은 오랑캐가 멸하는 것을 보지 못했기에 죽어서라도 북벌하는 군사가 있다면 보고자 했기 때문이었다.

이들이 굴 씨를 보는 시각은 철저하게 명나라에 대한 충절을 지닌 인물이라는 점에 초점이 맞춰져 있다. 그러기에 왕후를 모신 궁녀였던 굴 씨가 효종이 북벌을 비밀스럽게 논하는 것을 알고 있었다고 하였다. 또한 쪽머리와 동물 길들이기에 관한 이야기는 있으나 비파에 대해서는 전혀 언급하지 않았다. 충절과 기개에 중점이 놓여 있는 것이다. 그런데 어린 궁녀였던 굴 씨가 구왕의 군대에 사로잡혀 그들을 욕하고 구왕을 면전에서 욕

했다면 살아남기 어려웠을 것이고, 소현세자를 따라 조선에 오는 일도 없었을 것이다. 그럼에도 이를 믿었고 강조하였다. 조선 후기 사대부들에게 있어 굴 씨는 충절과 기개를 지닌 황명유민의 대표였던 것이다.

그런데 1821년 2월에서 4월 사이에 신위가 쓴 「숭정 시기 궁녀 굴 씨의 비파 노래. 서문을 아우르다崇禎宮人屈氏琵琶歌 幷書」에서는 비파에 관한 이야기가 자세히 나타난다. 굴 씨가 1690년에서 1700년 사이에 사망하였기에 사망한 지 120년이 흐른 뒤였다. 이 글의 앞부분에서 설명한 비파 관련 이야기도 대부분 여기에 있는 내용이다. 그런데 세월이 흘러 굴 씨가 가고 없자 굴 씨의 비파도 영락의 세월을 겪었다. 원래 굴 씨의 비파는 박달나무로 만들었는데 나뭇결에는 넓고 좁은 나이테가 서려 있으며 표면은 빛이 나서 거울과 같아 머리카락이 비칠 정도였다. 그러나 굴 씨가 죽고 세월이 흐르자 비파도 이리저리 흘러 다녔다. 그러다가 비파줄이 끊어져 없어지고 그것이 악기인 줄 모르는 사람들의 손으로 들어가게 되었다. 사람들은 이를 우물을 치는 기구로 사용했다. 둥글고 타원형이면서 속이 빈 몸체가 물이나 흙을 뜨기에 편하다고 생각했던 것이다. 비파는 그렇게 석탄 헛간에서 굴욕의 세월을 보냈다.

그렇게 세월이 흐르다가 문인화가였던 강이오姜彛五(1788~?)가 우연히 왕족에게서 비파를 얻게 되었다. 강이오는 우물 치는

〈주상탄금도舟上彈琴圖〉
이경윤, 서울대박물관 소장 | 물 위에 띄운 배에서 당비파를 연주하는 선비의 모습. 당비파는 목
부분이 굽었으며 4현이다.

기구를 보고 이것이 비파라는 것을 알아보았던 것이다. 그는 비파의 몸체를 새롭게 하고 음을 찾아 조율하였다. 그랬더니 마치 천둥이 빠르게 치는 듯 소리가 아름다웠다. 신위가 강이오에게서 이 사건의 전말을 전해 듣고, 직접 비파 소리도 감상하고 감탄하였다. 그래서 굴 씨의 잃어버린 역사를 주워 갖추어 쓰고, 시를 지었다. 이 사건의 전말이 앞서 설명하듯이 1821년 2월에서 4월 사이의 일이고, 우리가 살피는 시 「굴 씨의 비파 소리를 듣고」는 다시 3년의 세월이 흘러 1824년 2월에서 4월 사이에 쓴 것이다.

예전에 궁녀가 울며 동쪽 나라로 왔다는 것은 굴 씨가 소현세자를 따라 우리나라로 온 것을 말한다. 무덤에 조문하며 학鶴이 성에서 말한다는 것은 『삽신후기搜神後記』에 있는, 한漢나라 정영위丁令威의 고사와 관련이 있다. 정영위는 요동 사람이었는데 영허산靈虛山에 들어가 신선이 되는 법을 배운 뒤 학으로 변하여 요동 성안에 있는 화표주華表柱에 앉아 있었다. 화표주란 성곽이나 묘지 앞에 세워둔 큰 기둥이다. 그런데 어떤 소년이 활로 쏘아 잡으려 하자, 공중으로 날아올라 "새가 된 정영위가 집 떠나 천년 만에 돌아왔더니 성곽은 예와 같으나 사람은 죽어버렸으니, 어찌 신선을 배우지 않아 무덤만 늘어섰는가"라고 말하고는 높이 날아가 버렸다. 그러므로 이는 굴 씨가 죽어 무덤만이 남아있음을 안타까워한 것이다.

비파는 앞서 설명했듯이 원래 흉노에서 만든 것이다. 유목

민이었던 흉노는 말 위에서 비파를 탔다. 상수 남쪽은 굴 씨의 고향인 소주를 의미한다. 그러므로 비파가 굴 씨와 함께 고향에서 지내지 못함이 한스러움을 말했다. 그런데 여기서 우리는 굴 씨의 성이 '굴'이란 점을 간과해서는 안 된다. 굴 씨 성을 가진 사람으로 중국에서 가장 유명한 인물은 굴원屈原이다. 초나라 충신이었던 굴원은 참소를 당해 강남으로 쫓겨나 멱라수에 몸을 던져 자살했고, 그 후 충절의 대표이자 비운의 시인으로 인식되었다. 그 멱라수가 상수의 지류이니 굴원과 그처럼 충절을 지닌 인물인 굴 씨가 여기서 또 한번 접점을 갖는 것이다.

떨어진 꽃은 굴 씨이기도 하고 명나라이기도 하다. 죽은 굴 씨의 혼은 망한 명나라를 그리워하며 남아 있다. 그러기에 그 영혼은 향기롭지만 서쪽 교외의 무덤에서 평안하게 있지 못하는 것이다.

신위가 이 시를 쓴 1824년 봄은 간지로는 갑신甲申년이었다. 이자성이 북경을 함락시키자 숭정제가 자살한 1644년 봄 또한 갑신년이었다. 180년 세월이 흐르면서 네 번째 갑신년이 되었다. 또한 망국의 계절이었던 봄도 저물어간다. 굴 씨가 죽은 뒤에도 오랜 세월 치욕을 견디며 홀로 남아 있던 비파는 단순한 비파가 아니라 굴 씨의 혼이 깃든 아름답고도 슬픈 존재로 다가온다. 그러므로 끊어질 듯 이어지는 비파 소리가 명의 마지막 황제인 숭정 시기를 그리며 목이 메어 우는 것처럼 들리는 것이다.

09

제주도에서 수선화를 보고
눈물 흘린 까닭은

❖

수선화   김정희

한 점 겨울 마음 줄기에서 둥글게 피어나

천품이 그윽하고 담백하여 시리도록 빼어나구나.

매화가 고상하나 뜰을 떠나지 못하는데

맑은 물에서 해탈한 신선을 참으로 보네.

水仙花
수 선 화

一點冬心朶朶圓 品於幽澹冷雋邊
일 점 동 심 타 타 원 품 어 유 담 랭 준 변
梅高猶未離庭砌 清水眞看解脫仙
매 고 유 미 리 정 체 청 수 진 간 해 탈 선

추사秋史 김정희金正喜(1786~1856)가 제주도 유배 시절에 쓴 수선화 예찬이다. 김정희가 살던 시절, 우리나라에는 수선화가 없었다. 아니 없다고 생각했을 것이다. 그런데 수선화를 키우는 것이 들불이 번지듯 유행이 되었다. 행세깨나 한다는 사람들은 너도나도 수선화 구근을 사들이게 되었다. 그러자 한양의 대부분 사람들이 유행을 따르게 되었다. 한양의 온갖 방 안에 수선화 화분이 들어앉게 된 것이다. 문제는 그 구근이 청나라에서 수입된다는 데에 있었다. 예전에 네덜란드에서 튤립 구근이 집 한 채 값을 웃돈 적이 있었다는데, 조선 땅에서는 수선화 구근 값이 천정부지로 치솟았다. 그래서 마침내 조정에서는 수선화 수입을 금지시켰다.

1830년 혹은 1831년경 김정희는 다산茶山 정약용丁若鏞(1762~1836)에게 수선화를 선물하였다. 평소 존경하던 마음을 담아 고려자기에 수선화를 심어 보냈고, 이를 받아본 정약용의 가족들은 처음 본 것이라 신기해하며 서로 다투어 들고 보고 하였다. 아직 꽃이 피지 않은 파란 줄기를 보고, 손자는 부추 같다고 하고 여종은 마늘 싹 같다고 하였다. 정약용은 신선 같고 옥 같은 자태를 지녔다고 하였다. 이름도 물신선꽃[水仙花]이 아니던가!

노년의 정약용에게 이 선물은 몹시 감동적이었던 것 같다. "선풍도골 같은 수선화가 30년이 지나 내 집에 왔구나!"라며 기뻐하였다. 왜 30년일까? 1800년 봄, 청나라에 사신으로 갔던 이기양李基讓(1744~1802)이 귀국하면서 사사로이 가져온 것이 수선화 한 뿌리였다. 개인적으로 다른 값진 물건은 가져오지 않았다고 한다. 아마도 당시 조선에서 수선화 관상이 유행하자 연경燕京에서 사온 것 같다. 이기양은 이를 화분[盆水]에 꽂아두었는데, 정약용과 벗들이 찾아가서 관상을 했었다.

그런데 정약용이 수선화를 직접 보기 전에, 이기양이 수선화를 사왔다는 소식을 듣고 이기양에게 보낸 편지가 있다. 그편지에서 "수선화는 유별난 풍미風味가 있어서 화식火食하는 사람이 감상할 꽃이 아니다"라고 하였다. 황정견黃庭堅이 시에서 썼듯이 '세파에 초연한 신선[凌波仙子]'이라는 것이다. 그러면서 이기양이 청나라에서 목화씨를 빼는 기구인 씨아[攪車]를 사온 뜻보다는 못하다고 했다. 씨아를 사용하면 하루에 2백 근斤을 앗을 수 있는데 이는 건강한 부녀자가 20일 동안 걸리는 일이며, 또한 씨를 빼서 목화가 가벼워지면 배나 말로 운반하는 비용이 4분의 3이나 줄어들 것이라 이익이 클 것이기 때문이었다. 가히 경세치용의 실학자다운 사고였다.

그 뒤 정약용은 이기양을 찾아가서 수선화를 보았고 그 깨끗한 모습을 칭찬했다. 그런데 참으로 운명은 아이러니한 것이라서 그해 6월에 정조가 승하하고, 1801년부터 18년간 긴 유배 생활을 하였다. 수선화며 씨아며 모두 정조 시절의 마지막을 장식하는 사물이었다. 이러한 일로 인해 정약용에게 수선화는 세상풍파에 물들지 않는 선비의 상징이었고, 좋았던 옛 시절을 떠올리는 추억 한 자락이 되었던 것이다.

정약용에게 수선화를 선물하고 10여 년이 흐른 뒤인 1840년에 김정희도 제주도로 유배를 갔다. 그런데 한양에서 가장 멀리 떨어진 척박한 유배지에, 그 귀하디 귀한 수선화가 지천으로 있었다. 정월 그믐부터 2월 초에 피기 시작하여 3월이 되면 집 돌담 옆에, 물가에, 산과 들에, 밭에 피어났다. 흰 구름처럼 흰 눈처럼 흐드러지게 피어 땅을 뒤덮었다. 한양에서는 비싼 돈을 주고 청나라에서 사들이느라 난리를 치렀는데, 정작 우리나라 남쪽 끝 제주도에는 넘쳐났던 것이다. 더구나 제주도 사람들은 아무짝에도 쓸모없는 꽃이라 여기며 말이나 소 먹이로 삼거나 짓밟아버렸다. 이 꽃은 보리밭에도 많이 나기에 보리 갈 때가 되면 호미로 파내어 버리는데 그래도 다시 자꾸 나기 때문에 원수 보듯이 했다는 것이다. 아무도 알아주는 이 없이 잡초처럼 대우받고 있었다. 제주도 사람들에게는 차라리 나물로도 먹고 기름도 짤 수 있는 유채꽃이 더 소중했을 것이다.

김정희는 이 아름다운 꽃을 함께 완상할 사람이 없음에 눈물을 흘렸다. '물物'이 제자리를 얻지 못함이 바로 이것이라고

210

<기명절지도器皿折枝圖>
장승업, 선문대박물관 소장 ｜ 〈기명절지도〉는 골
동 그릇과 꽃, 과일 등을 그린 그림으로 조선 후기
에 유행하였다. 이 그림에서는 수선화, 다리가 셋
인 청동 솥鼎, 벼루 등이 보인다.

하였다. 사람이건 사물이건 제자리에 있어야 존재 가치를 인정받을 수 있는 것이다.

겨울 마음冬心이란 겨울 날씨처럼 외롭고 차갑고 쓸쓸한 마음을 뜻한다. 한 점은 아주 작다. 작고 보잘것없는 점 하나 같은 존재가 제자리를 찾지 못해 추운 날들을 보내었다. 그러나 이 작은 점은 둥근 원을 피어내었다. 무수한 점이 모여야만 원하나를 이룰 수 있다. 수많은 외로움과 고통을 인내하며 겨울을 꽃으로 피어낸 것이다. 그러므로 수선화는 천품이 그윽하고 담백하다. 또한 차가운 듯 시리도록 빼어난 자태를 지녔다.

사람들이 군자라고 일컫는 매화는 담장 밖으로 나가지 않고 뜰 안에 산다. 고상한 존재로 살아왔기에 뜰을 떠나지 못하는 것이다. 그러나 수선화는 현무암 담장 밖이든, 돌이 많은 보리밭이든, 맑은 물가든 상관하지 않는다. 그저 조용히 담백하게 피어나 향기를 내뿜을 뿐이다. 세상일에 초연한 신선인 것이다.

제주도에서 만난 뜻밖의 수선화. 아무에게도 인정받지 못하고 잡초 취급을 받는 이 꽃에게서 유배객 김정희는 어떤 동질감을 느꼈을지도 모르겠다. 하여 기나긴 유배 세월 동안 수선화를 벗 삼아 마음을 다스렸을지도.

10

다음 생에는 남편과 아내 자리를
바꿔 태어나기를

───────────────── ✿ ─────────────────

죽은 아내를 그리며   김정희

어찌하면 월하노인에게 호소를 하여

다음 생에는 남편과 아내의 자리를 바꿔

나는 죽고 그대는 살아 천리 밖에 있어

내 이 마음의 슬픔을 그대가 알 수 있게 하리.

悼亡
도 망

那將月姥訟冥司　來世夫妻易地爲
나 장 월 모 송 명 사　내 세 부 처 역 지 위
我死君生千里外　使君知我此心悲
아 사 군 생 천 리 외　사 군 지 아 차 심 비

추사 김정희가 죽은 아내를 그리며 쓴 시다. 아내를 여의고 10여 년이 지난 뒤에 썼다. 김정희는 혼인을 두 번 하였다. 1800년에 혼인한 첫 부인은 5년 만에 세상을 떠났고, 삼년상을 치른 뒤인 1808년에 예안禮安이씨와 재혼하였는데 이 두 번째 부인이 김정희 인생의 반려자가 되어 30년 넘게 해로하였다.

김정희는 19세기 조선의 문예를 이끌어간 주역이다. 그는 금석학과 고증학의 최고 학자였고, 글씨와 그림에 일가를 이루었으며, 시와 문장에도 뛰어났다. 출신도 남달라 벌열閥閱인 경주김씨였다. 영조의 총애를 받던 화순和順옹주와 월성위 김한신金漢藎에게 후사가 없자 월성위 타계 후 조카였던 김이주金頤柱를 양자로 들였는데 그가 바로 김정희의 조부이다. 그러니 화순옹주와 월성위는 증조부모이고 영조는 고조할아버지가 된다. 영조는 사랑하던 딸의 양자인 김이주를 몹시 아꼈다. 월성위 가문의 위세가 더욱 높아질 수밖에 없었다. 또한 영조의 계비로 순조 때 수렴청정을 한 정순貞純왕후가 김정희의 12촌 대고모였다. 생부 김노경金魯敬은 김이주의 4남인데, 백부 김노영金魯永에게 후사가 없자 김정희는 8세에 백부의 양자가 되어 이 가문의 종손宗孫이 되었다. 옹주의 후손답게 조부와 생부, 양부 모두 벼슬이 높았으니 겹겹으로 권력을 지닌 막강한 양반 가문이었다.

김정희는 15세 무렵 박제가에게서 글을 배웠고 북학에 뜻을 두게 되었다. 1809년 24세에는 동지부사冬至副使인 생부 김노경을 따라 자제군관으로 연경에 다녀왔다. 청나라 대학자인 옹방강翁方綱(1733~1818)과 완원阮元(1764~1849)에게 신학문을 배우고 이후로도 계속 교류하였다. 벼슬길도 순탄하여 병조참판, 성균관대사성, 병조판서 등을 역임하였다. 집안 배경을 떠나서도 그는 학문적으로 뛰어났으며, 청나라의 문물을 받아들인 지식인이자 청나라 학문의 대가였다.

이렇듯 경주김씨 월성위 가문의 종손인 그의 삶은 순탄스러웠다. 어린 나이에 종손의 의무를 떠맡게 되어 심리적 부담감은 있었겠으나, 가족의 죽음 외에는 별다른 어려움이나 고통이 없었다. 훌륭한 스승들, 멋진 벗들, 수많은 제자들을 두었으며, 조선 후기 문예를 주도해 나갔다. 뛰어난 배경과 능력은 그를 자신만만하게 하였다. 후손 김승렬金承烈의 「완당 김정희 선생 묘비명墓碑銘」에서는 '무릇 의리義利냐 이욕利慾이냐 하는 데 이르러서는 그 논조가 우레나 창끝 같아서 감히 막을 사람이 없었다'고 하였다. 기품과 자신감과 자긍심을 지녔던 것이다. 때론 이러한 점이 사람들에게 오만하게 비치기도 했다.

그런데 당시 정국에서 경주김씨와 안동김씨는 반목을 하였고, 김정희는 안동김씨의 세도정치를 비판하였다. 헌종(재위

1834~1849) 재위 전반前半에 순조의 정비인 순원純元왕후가 수렴청청을 하였다. 순원왕후는 안동김씨 출신이라 정국은 안동김씨 손으로 넘어갔고, 중간에 풍양조씨가 권력을 잠시 잡았으나 안동김씨 세도정치는 지속되었다. 이러한 정국의 소용돌이 속에서 김정희는 결국 1840년에 55세 나이로 제주도 귀양길에 올랐다. 거의 죽임을 당할 것이었으나, 풍양조씨 세도의 중심 인물인 조인영趙寅永(1782~1850)의 상소 덕분에 겨우 목숨을 건진 것이었다. 조인영은 과거에 함께 급제한 동방同榜 벗이자 금석학자였다. 이 귀양살이는 1848년 63세까지 9년 동안 이어졌다.

제주도는 지금이야 아름다운 섬, 최고의 관광지라 불리지만 조선시대에는 한양에서 남쪽으로 가장 멀리 떨어져 있는 절해고도絶海孤島의 유배지였다. 김정희가 배를 타고 도착한 곳은 제주성에서 10리쯤 떨어진 화북진이었고 다시 80리 떨어진 대정으로 걸어갔다. 대정읍 안성리에 있는 군교 송계순宋啓純의 집을 배소配所로 삼아 그 집 바깥채를 사용했다. 김정희가 받은 형벌은 가시울타리를 둘러 도망가지 못하게 하는 위리안치圍籬安置였다. 그래도 출입까지는 막지 않아서 감독하는 사람이 출입을 할 수 있었다. 평생을 양반 중의 양반으로 살다가 한순간에 척박한 오지의 유배객이 되고 만 것이다.

9년간의 유배 생활 동안 김정희는 가족과 친지에게 많은 편지를 보냈다. 부인에게 보낸 한글 편지도 십여 통 남아 있다.

1840년 10월 1일 대정 배소에 도착한 뒤, 10월 5일 부인에게 보내는 첫 편지를 썼고 이는 부인이 사망한 1842년 11월까지 지속되었다. 당시 부인은 충청남도 예산의 향저鄕邸에 머물고 있었다. 예산 용궁리, 현재 추사 고택이 있는 이곳은 영조가 월성위에게 하사한 곳이자 김정희가 태어난 곳이다. 또한 김정희가 제주도로 유배가기 직전 낙향해 머물던 곳이었다. 그러므로 부인이 그곳에 있었다.

제주도와 예산은 오늘날에도 가까운 거리는 아니다. 그러니 탈 것과 도로가 발달하지 않았던 조선 후기에는 오죽했겠는가. 가는 데만 빠르면 두 달 늦으면 일곱 달이 걸렸다. 날씨와 도로와 바닷길의 사정에 따라 차이가 났다. 갑쇠·경득·경호 등을 포함한 여러 하인들이 왕복을 했고, 충청도 강경의 상인商人 양봉신梁鳳信이 편지와 물건을 자진해서 전해주기도 했다.

제주도 유배지에 도착해 부인에게 처음 쓴 편지에서는, 대정 배소에 대해 설명을 하면서 지낼만 하다고 했다. 또한 가져온 반찬이 있어 아직은 걱정할 것이 없다고 했다. 전복이 제주에서 나니 먹을 수 있을 것이고 쇠고기는 몹시 귀하지만 얻어먹을 수 있을 것 같다고 했다. 거주와 음식에 걱정이 없다고 하며, 아직 정신이 없는 상황이지만 부인을 안심시키려 하였다.

하지만 같은 날 쓴 것으로 추정되는 또 다른 편지와 그 후에 쓴 편지들에는 음식과 의복에 대한 하소연이 드러난다. 같은 날 쓴 편지에는 김치, 새우젓, 젓국 등을 못 먹는 것을 말하고 젓무우나 젓국을 보내달라고 했다. 또한 봄옷을 미리 만들어 보내주어야만 봄에 입을 수 있다고 했다.

1841년 윤3월 20일에 쓴 편지에는 부친의 제사 이야기를 하고, 자신은 원통하여 살아있다 할 길이 없다고 했다. 별다른 병에 걸리지는 않았으나 참고 지내기가 견디기 힘들다고도 했다. 예산의 부인이 애를 써서 보내준 음식들은 마른 것 외에는 상하여 먹을 길이 없었다. 약식, 인절미, 새우젓 등이 변했는데 이상하게도 조개젓과 장복기(볶은 고추장)는 변하지 않았고, 김치는 소금을 워낙 많이 뿌렸기에 맛은 변했으나 김치에 굶주렸던 터라 먹을 만하다고 했다. 그러면서 도무지 저자가 없어서 매매가 없으니 음식들이 있어도 모르고 얻어먹기도 힘들다고 했다. 또한 입고 있는 저고리가 너무 더럽고 헤져 입기 힘들지만 견디지 않을 수 없었다. 그리고 겨울옷을 미리 보내지 않으면 한 겨울이 왔을 때 입을 옷이 없을까 걱정이 된다며 미리 보내달라고 했다.

귀족 집안에서 평생을 귀하게 살다가 55세 나이에 멀고 먼 섬에 홀로 떨어져 살아가기란 힘들었다. 외롭기도 했거니와 지역이 다르니 토산물도 다르고, 번화하지 않았으니 시장이 없어 음식 재료를 살 길도 없었다. 그러기에 부인에게 이것저것 보내달라고 부탁했다. 그러나 부인이 정성들여 만들어 보내준 음식들은 여러 달이 지나 도착하기에 대부분 상했다. 입을 옷도 여유가 없으니, 여름에는 겨울옷을 걱정하고 겨울에는 여름에 입을 옷을 걱정했다.

또한 풍토가 다른 곳에서 고생을 하다 보니 병에도 잘 걸렸다. 부인에게 보낸 편지를 보면 학질에 걸렸고(1841.6.22), 학질이 석 달을 갔고(1841.7.12), 이가 좋지 않아 씹기 힘들고(1841.10.1), 피부병인 피풍皮風에 걸렸다(1842.10.3). 다른 사람들에게 보낸 편지를 보면, 기침 가래에 혈담이 나오고 혓바늘이 돋고 코에 종기가 났으며 눈이 침침해지고 눈앞에 무늬가 어른거리는 안화眼花가 생겼다. 이에 대해 김정희는, 오십여 년 동안 앓아보지 못한 병을 다 앓느라고 겪는 일이니 어쩔 수 없다고 했다.

편지에는 그 외에도 많은 사연이 담겨 있다. 종손의 의무를 게을리 하지 않으며 챙기는 모습을 보였다. 집안, 친척의 일에 많은 관심을 보이며 부인에게 집안의 여러 대소사를 잘 챙기라고 하였다. 제사, 생일, 양자 맞는 일, 며느리 교육하는 일, 친척의 죽음 등이 대표적이다.

이로 볼 때 부인은 홀로 예산에 있으면서 종부의 소임을 다하였다. 집안 대소사를 챙기고, 양자를 맞이하고 며느리를 들이고 교육했다. 또한 무엇보다도 천 리 밖 유배지에 있는 남편을 위해서 음식과 옷가지를 조달하였다. 일인 다역을 수행했던 것이다. 그러니 몸 고생, 마음고생이 심했을 것임은 누구라도 짐작할 수 있다.

김정희는 그런 부인을 걱정했다. 부인이 늘 괜찮다고 하
는 것도 믿지 못하겠다며, 미령한 몸으로 집안일을 건사하는 것
이 걱정이었다(1841.10.1). 부인이 편치 않게 지내는 것을 알게 되
자 나았는가 걱정을 하였으며(1842.1.10), 큰 병을 앓고 난 뒤 건
강이 어떠한지, 늙고 약해진 나이에 병이 들어 완전히 낫지 못
할까 걱정스럽다며 부인의 몸은 부인만의 몸이 아니니 멀리 바
다 밖에 있는 자신을 생각해서라도 빨리 낫기 바란다고 했다
(1842.3.4).

그러나 부인의 건강은 날로 나빠졌다. 1842년 10월 3일 편
지를 보면 부인이 이틀거리[二日瘧]에 걸린 것을 알게 된 김정희
가 몹시 염려하고 있다. 이틀거리는 학질의 한 종류인데, 학질
증상이 이틀 걸러 발작을 해서 붙여진 이름이다. 추위에 떨고
높은 열이 나며 땀을 흘리면서 열이 내렸다가 이틀 뒤에 다시
발작하는 증상이었다. 떨치고 일어나기 어려운 병이었기에 부
인의 상태가 어떤지 알 길이 없어 애가 탔다.

그 뒤로 부인에게서는 소식이 없었다. 이에 11월 14일과 18
일 연달아 부인에게 보내는 편지를 썼다. 인편을 통해 한꺼번에
보냈는데, 두 편지 모두에 부인이 학질에 걸린 지 석 달이 넘었
는데 무슨 약을 먹었으며 아주 몸져누워서 지내는 것은 아닌지
애태우며 마음을 졸이는 심정을 나타냈다.

220

<자화상自畫像>

김정희, 선문대박물관 소장 | 과천에 살던 시기의 초상화로 자화상이라고 추정된다. 평상복을 입고 탕건을 썼으며, 언뜻 보기에 60대 후반 노인의 마른 모습이지만 자세히 바라보면 눈매가 살아있고 눈빛이 예사롭지 않게 느껴진다. 그림 윗부분의 글은 다음과 같다. "나라고 해도 옳고 내가 아니라 해도 옳다. 나라고 해도 나이고 내가 아니라 해도 나이다. 나이다 아니다라는 사이에 나라고 이를 것도 없다. 조화 구슬 겹겹인데 누가 큰 여의주 속에서 형상에 집착할 수 있겠는가? 하하! 과천 노인 스스로 짓다."

염려는 맞아떨어져 부인은 1842년 11월 13일에 사망하였다. 이를 모르고 14일과 18일에 편지를 써서 예산으로 보냈던 것이다. 부인의 사망 소식은 12월 15일에야 김정희에게 전해졌다. 이는 청천벽력이었다. 이때의 심정이 「부인 예안이씨 애서문夫人禮安李氏哀逝文」에 표현되어 있다. 김정희는 신위神位를 설치하고 곡을 하였다. 살아 이별도 원통한데 죽어 이별은 더욱 비참하다. 영영 다시 만날 수 없기 때문이다. 바다 멀리 귀양을 온 것보다 부인의 죽음이 더욱 놀랍고 속이 울렁거리고 얼이 빠지는 것 같았다. 다른 사람은 다 죽어도 부인만은 죽으면 안 되며 죽는다 해도 자신보다 늦게 죽었어야 했다. 그런데 이제 부인이 먼저 죽어 자신으로 하여금 두 눈 뜬 채 잠 못 이루고 홀로 살게 하였으니, 자신의 한은 끝이 없다고 했다.

김정희와 부인은 원래부터 사이가 좋았지만, 제주도로 유배를 간 뒤에 두 사람 사이는 더욱 애틋해졌다. 김정희에게 있어 부인은 고향이자 마음의 안식처이기도 했던 것이다. 김정희는 부인이 죽은 뒤에도 7년의 세월을 더 귀양살이로 보냈다. 1848년 12월 6일에야 귀양살이에서 석방하라는 헌종의 명이 떨어졌고, 이 소식은 12월 19일 유배지에 전해졌으며, 마침내 1849년 1월 7일 김정희는 유배지를 떠났다. 예산 향저에 가서 몇 개월을 머물렀다. 그때야 비로소 부인의 묘소를 찾을 수 있었으리라. 그 후 예산을 떠나 한양으로 갔는데, 1851년에 다시 함경도 북청으로 귀양을 갔다. 1년 만에 귀양에서 풀려난 뒤 1852년부터 1856년 사망할 때까지 경기도 과천에서 살았다.

위의 시는 과천에 살던 시기에 지은 작품이다. 부인이 사망한 지 10여 년이 흐른 뒤였으며, 김정희의 나이 67세 이후의 작품인 것이다. 구구절절 긴 말을 하지 않았다. 7언 절구 28자에 자신의 심정을 담담하게 담았다. 사람의 인연을 맺어주는 월하노인에게 호소를 하여 다음 생에는 부인과 자신이 남편과 아내의 위치를 바꿔 태어나고 싶다고 하였다. 그래서 자신은 죽고 아내는 살아서 아내를 잃은 자기 마음이 얼마나 절절하고 한스러운지 부디 알게 하고 싶다고 하였나. 세월은 김정희의 슬픔을 아랑곳하지 않고 무상하게 흘러 벌써 10년도 더 되었지만 아내를 향한 그리움은 전혀 무뎌지지 않았다. 오히려 더 사무칠 뿐이다. 담담하고 간결한 언어 뒤에 파도처럼 출렁이는 슬픔이 느껴지는 사랑시다.

11

1899년 서울을 보며
나라를 근심하다

❀

서울에 와서 · 황현

십 년 만에 한양성에 다시 오니

오직 남산만이 예전처럼 푸르구나.

길 따라 유리문 안에는 서양 촛불 걸려 있고

하늘을 가로지른 쇠줄에서는 전차가 울어대네.

멀리 바다 건너 모두 새로운 것들이 왔고

황제의 수레와 깃발은 오랜 세월 비로소 이름 크게 떨치리.

우습구나, 기나라 사람 어리석음이 가득함이

저 하늘이 어찌 갑자기 기울어지겠는가.

入京師
입 경 사

十年重到漢陽城 惟有南山認舊靑
십 년 중 도 한 양 성　유 유 남 산 인 구 청

夾道琉璃洋燭上 橫空鐵索電車鳴
협 도 유 리 양 촉 상　횡 공 철 색 전 차 명

梯航萬里皆新禮 屋矗千秋始大名
제 항 만 리 개 신 례　옥 촉 천 추 시 대 명

却笑杞人痴滿腹 彼天安有驀然傾
각 소 기 인 치 만 복　피 천 안 유 맥 연 경

✳

대학 시절, 여름방학이 끝나고 국문학사 첫 수업시간이었다. 마
르고 꼿꼿하지만 인자했던 노老 교수님이 오늘이 무슨 날인지
아느냐고 물으셨다. 아무도 대답을 못했다. 창 밖에는 녹음이
우거질 대로 우거지고 몹시 더웠던 걸로 기억이 난다. 교수님은
오늘은 국치일國恥日이라고 알려주셨다. 그날은 8월 29일이었다.
1910년 8월 29일(음력 7월 25일) 경술庚戌 국치일. 그 뒤로 국치일
이 언제인가를 잊지 않게 되었다. 그 후 강단에 서게 되자 나도
학생들에게 국치일이 언제인가를 묻게 되었다.

　국치일하면 떠오르는 인물이 매천梅泉 황현黃玹(1855~1910)
이다. 「절명시絶命詩」를 남기고 순절하였다. 대한제국이 망했다

는 소식은 구례에 있던 황현에게 9월 6일 전해졌다. 9월 9일 아편을 술에 타 마셨고 10일에 사망하였다.

황현에 대해서는 국치를 당해 순절한 애국지사라는 정도로만 알고 있었다. 그러다 강의를 위해 '서울'과 관련된 자료를 모으다가 「서울에 와서」를 읽게 되었다.

황현은 세종 때 유명했던 황희黃喜 정승의 15대 후손이다. 그러나 병자호란 이후 집안이 몰락하여 조선 후기에는 명색만 양반을 겨우 유지하게 되었다. 몰락한 이유는 무엇보다도 과거 급제자를 내지 못했기 때문인 것으로 보인다. 관직에 오르는 길이 막혀 버리니 집안도 경제력도 모두 내세울 바 없는 처지가 되었다. 그러다 조부가 상업에 힘써 경제적으로 성공을 하게 되었다. 조선 후기 가난한 양반 집에서 선택할 수 있는 생존 대안이었다. 이러한 사례는 야담집에도 여럿 나타난다. 경제적으로 부유해진 뒤 조부는 전라남도 광양에 터를 잡게 되었다. 그러나 조부는 황현이 태어난 다음해에 사망했다. 그 뒤 부친 황시묵黃時默은 황현의 교육에 힘을 썼다. 집에 천 권의 책을 구비했다고 하니, 조부가 이룬 부富가 바탕이 되었다. 이제 부친은 자식들을 교육시켜 과거를 보게 하고 그들이 관직에 올라 다시 어엿한 사대부의 지위에 오르는 것을 보기를 열망했다.

황현은 11세 때 구례에 살던 유학자 왕석보王錫輔(1816~1868)에게 사사했는데, 14세 때부터 호남 신동으로 불렸다. 왕석

보의 다른 제자로는 을사오적乙巳五賊을 주살하려 한 이기
李沂(1848~1909), 단군을 숭배하는 대종교를 창단한 나철羅喆
(1863~1916)이 있다. 왕석보의 학맥에서 애국지사들이 나왔던 것
이다.

신동으로 이름을 날린 황현은 당대의 문인 학자들을 소개
받게 되었고, 이들을 만나기 위해 1878년부터 몇 차례 한양을
오가게 되었다. 1878년에는 강위姜瑋(1820~1884)를 소개받고 한
양에 가서 몇 달 머물렀다. 1880년에는 이건창李建昌(1852~1898)
을 만나려 했으나 못 만나고 금강산 유람을 갔다가 개성에서 김
택영金澤榮(1850~1927)을 만났다. 이건창은 1881년에 만났다. 강
위는 조선 후기 시인이자 개화사상가이고, 이건창과 김택영은
조선 후기 한문학사에서 중요한 대문장가大文章家이자 학자이다.
황현은 이들과 교류를 하였고 특히 이건창·김택영과는 절친한
벗이 되었다.

그런데 황현은 과거와는 거리가 멀었다. 이는 실력과는
상관없는 일이었다. 오히려 과거의 부정부패 때문이었다. 1883
년에 별시 문과에 응시하여 1등을 하였으나 졸지에 2등으로 바
뀌었고 마지막 시험에서는 떨어졌다. 황당한 일을 당한 것이
다. 이는 노론 명문 출신 시관試官인 한장석韓章錫이 황현이 뒷배
가 없는 시골 출신인 것을 알고 그렇게 한 것이었다. 이로 인해
황현은 과거에 대한 뜻을 접었다. 그러나 부친의 소망 때문에

다시 과거를 보게 되었다. 5년 뒤인 1888년 식년시를 치러 생원시에서 1등에 입격을 하였다. 이때는 다행히 예전과 같은 일을 당하지 않았다. 이는 시관인 정범조鄭範朝(1833~1897)가 황현의 재능을 알고 있었기 때문이다. 그러나 황현은 대과에는 응시하지 않고 낙향하였다. 생원이 되어 부친의 소원을 들어드렸고 양반가의 명맥을 유지하게 되었으니, 부친과 가문을 위한 결실을 어느 정도는 이루었다고 생각한 것이다. 그 뒤 은거하면서 제자를 양성하고 벗들과 교류하며 지냈다. 그가 키운 문인은 대략 50명 정도이다. 또한 1894년 갑오농민운동 이후 저술활동을 하여 『오하기문梧下記聞』, 『매천야록梅泉野錄』 등의 역사서를 남기게 되었다.

조선 후기에서 대한제국으로 이어지는 이 시기가 어렵고 힘든 때였음은 누구나 다 아는 사실이다. 국사시간에 배운 굵직한 사건만 해도 병인양요(1866), 강화도조약(1876), 임오군란(1882), 갑오농민운동(1894), 청일전쟁(1894~1895), 을미사변(1895), 아관파천(1896) 등이 있다. 이 시기 많은 사람들이 각자의 길을 갔다. 부패한 관리, 제 부귀영화만 챙기는 자, 외세에 결탁한 자들이 있었다. 백성은 수탈에 시달렸고, 항거했다. 이 소용돌이 속에 황현은 고향에서 후학을 양성하며 역사를 기록했다. 이건창은 강직한 암행어사이자 관리가 되어 백성의 편에 섰으나 몇 번의 유배를 당한 뒤 낙향하여 저술을 하였다.

고향에서 지내던 황현이 다시 한양에 가게 된 것은 절친한 벗인 이건창의 사망 때문이었다. 이건창은 1898년 6월 18일 강화에서 사망했다. 황현은 6월 20일 이후 길을 나섰다가 우연히 이 소식을 듣게 되었다. 또한 이건창의 집에서 보낸 부고는 9월에야 도착했다. 이건창을 만난 것은 5년 전이었다. 보성으로 유배를 갔던 이건창을 1893년에 만났고, 이건창이 유배에서 풀려 강화로 돌아간 뒤 서신만을 주고받고 있었다. 그래서 황현은 이건창을 조문하러 강화로 가게 되었다. 구례를 떠난 것은 다음해인 1899년 3월로 벗인 윤태경尹泰卿·윤윤백尹允伯·최형국崔亨國과 함께 갔다. 이는 1899년의 시를 모은 『기해고己亥稿』에 자세히 나타난다. 이들은 남원, 전주, 연산, 계룡산, 금강, 마곡사를 지나 한양에 도착했다. 그때의 심정을 나타낸 것이 위의 시 「서울에 와서」이다.

1888년 과거를 보고 고향에 들어가 은거한 뒤 10년 만에 다시 한양에 왔다. 그 세월 동안 세상은 많이 변해 있었고 한양은 더욱 그러했다. 전라도에서 충청도 경기도를 거쳐 한강을 건너고 한양으로 들어가는 문이 남대문이다. 그 남대문을 향해 가는 길에 펼쳐진 풍경은 예전과는 너무도 달라져 있었다. 한강을 건너니 용산 삼각지의 변한 모습이 눈에 들어왔다. 멀리 마포도 달라졌다. 한강에는 철로를 위한 다리 건설이 한창이었다. 눈에 익은 것은 오직 남산뿐이었다. 그러므로 한양에서 10년 전과 같은 모습을 지닌 것은 오직 푸른 남산뿐이라고 하였다.

남대문 주변에는 서양식 건물과 일본식 건물들이 들어서고, 창호지를 바르던 문과 창문에는 유리를 끼웠다. 그리고 그 안에는 등잔불과 촛불 대신, 서양 촛불인 전등이 빛나고 있었다. 우리나라에서 전등을 처음 켠 곳은 경복궁이다. 1887년 3월이었다. 그 뒤로 한양에는 전기가 공급되고 전등이 밝혀지게 되었다. 황현은 전등으로 인해 세상의 변화를 다시 한번 느꼈다. 등잔불이나 촛불과는 비교할 수 없이 밝은 전등은 난생 처음 보는 신기한 물건이었다. 더욱 놀라운 것은 전차였다. 우리나라에서 전차가 처음 운행된 것은 1899년 5월 20일이었다. 황현이 본 전차는 한양에서도 운행이 시작된 지 얼마 안 된 그야말로 바다 건너 온 신문물이었다. 전차는 노면에 철로를 깔고, 양쪽에 전봇대를 세운 뒤 거기에 전깃줄을 연결시켜, 공중에 연결된 전깃줄에 전차의 펜터그래프Pantagraph를 연결하여 전력을 공급받아 움직인다. 그러니 하늘을 가로지른 쇠줄에서 전차가 울어댄다고 표현했다. 서대문을 지나 한양의 중심가인 종로를 지나 동대문을 향해 전차는 땡땡 소리를 내며 달려갔다.

앞에서 언급했듯이 외세 때문에 굵직한 사건들이 발생했다. 외국의 실체는 우방이 아니었다. 우리나라에서 이익을 얻으려고만 했고 끝내 수탈을 자행했다. 황현은 저들의 본질과 침략 의도를 파악하고 있었다. 그러나 한양 거리에는 여러 나라의 외

국인이 넘쳐났다. 그들을 따라 바다를 건너온 것들은 새로운 문
물이었고 새로운 삶의 방식을 만들었다. 고향에 있으면서 인편
이나 편지 혹은 신문으로 소식을 전해 듣던 것과 직접 눈으로
보는 것은 충격의 파장이 달랐다.

착잡한 마음이었으리라. 그럼에도 황제의 수레와 깃발은
오랜 세월 지나 비로소 이름을 크게 떨치게 되리라고 했다. '황
제의 수레와 깃발'은 연원이 있다. 시 원문에서는 '옥독屋纛'이라
되어 있는데, 황옥좌독黃屋左纛을 줄인 말이다. 황옥은 '누런 집'
으로 황제의 수레를 말한다. 예전 중국에서 황제가 타는 수레의
안쪽을 누런 비단으로 장식했다. 좌독은 수레 왼쪽에 꽂은 깃발
이란 뜻인데, 새의 깃털이나 소꼬리로 장식했다. 그러므로 옥독
은 황제가 타는 수레와 깃발로 황제의 수레를 나타내며 결국 황
제를 뜻한다.

그런데 이 '옥독'은 단순히 황제를 가리키는 것이 아니다.
청일전쟁 이후 1896년 2월에 고종은 아관파천을 하였다. 1896
년 7월에는 서재필徐載弼을 중심으로 독립협회가 발족되었다. 그
런데 조선시대 서대문 밖에는 중국 사신을 접대하던 모화관慕
華館이 있었다. 청일전쟁에서 청나라가 패한 이후 모화관은 폐
지되었다. 독립협회는 독립문獨立門을 건설하고자 하였다. 모화
관의 정문인 영은문迎恩門을 허물고 그 자리에 독립문을 세웠다.
고종의 동의를 얻고 모금을 해서 1896년 11월 정초식을 거행하

전차 사진

서울역사박물관 소장 | 1911년 『조선풍경인속 사진첩朝鮮風景人俗寫眞帖』에 수록된 사진으로, 동대문 문루에서 종로 안쪽을 찍은 사진. 길 가운데 이어진 선로로 전차가 달려가고 길 옆으로 전신주가 서 있다. 오른쪽 앞 건물에는 유리창이 선명하고, 뒤쪽 멀리로 서양식 2층 건물들이 보인다.

고 1897년 11월에 완공했다. 고종은 1897년 2월 러시아 공사관에서 환궁하였으며 10월 대한제국大韓帝國의 수립을 선포하고 황제에 올랐으며 연호를 광무光武라 하였다. 그러므로 '옥독'은 고종이 대한제국의 황제가 된 것을 의미하기도 하며, 독립문이 세워진 것을 의미하기도 한다. 독립문은 대한제국의 독립과 자주성을 알리는 상징이었다.

그래서 한가닥 희망을 지니고 말한다. 옛날 기杞나라 사람이 하늘이 무너질까 걱정했듯이 자신이 나라 걱정을 하는 것은 어리석다고. 자신이 걱정이 많은 것은 어리석은 기나라 사람 같기 때문이기를 바란 것이다. 자신이 어리석은 기나라 사람이 되어도 좋으니 하늘은 무너지지 않기를 바란 것이다. 그러므로 저 하늘이 어찌 갑자기 기울어지겠느냐고 했다. 그러나 참담하게도 황현이 한양에 도착한 1899년 봄 혹은 여름에 독립협회도 황제도 제대로 서 있지 못했다. 황현의 바람과는 달리 나라는 계속 기울고 있었다.

황현이 한강을 건너 한양으로 들어가는 경로를 상상해 본다. 그의 시선을 따라가 본다. 파노라마처럼 당시 모습이 펼쳐진다. 길 양쪽 옆으로 늘어선 서양식 건물, 유리창, 서양 촛불, 전깃줄, 철로, 전차를 바라본다. 남대문을 바라보고 남산을 올려 본다. 서대문 쪽으로 발걸음을 옮겨 홀로 서 있는 독립문을 바라 본다. 황현의 심정은 어떠하였을까.

12

나에게 길흉화복이 무슨 소용이랴

떡시루 등

황현

한 아름 큰 시루에 떡이 한 자 두께
뜨끈뜨끈 쪄내니 향기로운 김이 모락모락.
잔뜩 올려놓은 팥이 쌀가루와 함께 익으니
난도鸞刀로 잘라서 열 십十 자 모양으로 가르네.
가운데에 주발 모양 등잔 하나 높이 올리니
용들이 뿜은 불꽃 푸른 하늘로 번져가네.
온 집안 사내들 어른 아이 모두
한 사람이 심지 하나씩 밤이 다하도록 사르네.
불빛 밝기로 길흉을 점치는데
초공焦貢의 역림易林은 원래 알지 못하네.

대청마루가 밝고 밝아 대낮 같은데

밤 고요하고 바람 없으니 불꽃이 창 모양이네.

늙은이야 밝거나 말거나 구속될 것 없으니

일어나 등잔으로 가서 떡을 잘라 먹네.

餠甑燈
병 증 등

大甑一圍餠一尺 대 증 일 위 병 일 척	饙餾烘烘香霧滴 분 류 홍 홍 향 무 적
紫荳磊落粉齊熟 자 두 뢰 락 분 제 숙	鸞刀副之十字拆 난 도 복 지 십 자 탁
當中高擎一椀燈 당 중 고 경 일 완 등	羣龍吐火浸空碧 군 룡 토 화 침 공 벽
全家男口無老少 전 가 남 구 무 로 소	一人一炷燃終夕 일 인 일 주 연 종 석
逝以明暗占休咎 서 이 명 암 점 휴 구	生來不識焦貢易 생 래 불 식 초 공 역
中堂晃晃疑白晝 중 당 황 황 의 백 주	夜靜無風焰如戟 야 정 무 풍 염 여 극
老人不管明不明 노 인 불 관 명 불 명	自起就燈割餠喫 자 기 취 등 할 병 끽

이 시를 처음 보았을 때 제목으로 쓴 '병증등餠甑燈'이라는 말이

참 낯설었다. 떡시루로 등을 만들었는가 하는 생각이 들었다.

그러다 시를 읽어보니 떡시루 위에 올려놓은 등잔불을 말하는 것이었다. 들어보지 못한 풍속이었다. 110여 년 전 일인데 전혀 감을 잡을 수 없었다.

시에서는 아무 걱정 없이 행복한 제야除夜의 모습이 펼쳐진다. 한아름 되는 커다란 시루에 쌀가루와 팥으로 시루떡을 안쳤다. 한 자라고 했으니 두께가 30센티쯤 된다. 팥시루떡은 예나 지금이나 고사를 지내거나 복을 빌 때에 많이 사용한다.

그런데 이곳의 풍속이 특이하다. 김이 모락모락 나며 좋은 냄새를 풍기면서 떡이 익어가자, 난도로 떡을 십 자 모양으로 자른다. 난도는 고대부터 사용한 제례용 칼이다. 종묘宗廟에서 희생犧牲을 잡을 때 사용했다. 이 칼에는 방울이 다섯 개 달렸는데 칼등에 두 개 손잡이에 세 개가 있다. 칼등에 있는 것은 난령鸞鈴, 손잡이에 있는 것은 화령和鈴이라고 하는데 난령은 궁宮, 상商에 화령은 각角, 치徵, 우羽에 음音이 맞춰져 있다. 음이 조화를 이루어 소리를 내는 칼로 희생을 자르면 복되다고 여겼다. 나라의 공식적 행사에 사용되던 난도가 어느 때부터 민간에서 사용되었는지는 알 수 없으나, 전라도 산골에서도 사용했던 것으로 보아 조선 후기에는 이미 보편적인 일이었다.

난도로 십 자 모양으로 떡을 가르고 그 가운데에 주발로 만든 등잔을 높이 올린다고 했다. 그러자 마치 용이 뿜는 것처럼 불꽃이 공중으로 번져간다. 이때 온 집안의 남자들이 늙었거

236

나 어리거나 나이를 불문하고 심지 하나씩을 잡고 불을 붙여 사른다. 밤이 다하도록 한다고 했으니 심지가 몹시 길었을 것이다. 이 심지가 타면서 내는 불빛이 밝은지 밝지 않은지에 따라 새해의 길흉화복을 점쳤다. 그러면서 초공의 역림은 알지 못한다고 했다. 초공은 서한西漢시대 역학자인 초연수焦延壽이고, 역림은 그의 저서 『초씨역림焦氏易林』인데, 주역을 응용한 점서이다. 오래되었을 뿐만 아니라 민간에 많이 알려진 역서였다. 그런데 초공이 만든 역학에 대해서는 알지 못한다고 했으니, 길흉화복을 점치는 이 행위가 민속적 차원임을 나타낸다. 역학에 의거한 의미 있는 행사가 아니라 세야에 의례적으로 행하는 즐거운 풍속이었다. 마치 정월 대보름이면 으레 오곡밥과 부럼을 먹어야 하는 것과 같은 일이었으리라.

　제야의 밤이 흘러갔다. 사람들이 저마다 불을 붙인 심지들로 인해 대청마루는 대낮처럼 밝았다. 밤은 고요했고 바람도 불지 않았다. 그러자 심지도 조용히 타올랐다. 그 모양을 창[戟] 같다고 표현했다. 요즘 흔히 켜는 향초를 떠올리면 쉽게 이해가 된다. 바람이 불지 않으면 심지는 조용히 반듯하게 위로 불꽃을 내민다. 가운데가 볼록하고 끝이 날카롭다. 그러한 모습을 창끝의 뾰족한 모습에 비유했다. 붓 모양이라 해도 될 것을 창이라고 하였다. 고요한 적막을 뚫고 창끝이 불쑥 솟는 모습이 상상된다.

<황현 초상 및 사진>
채용신, 매천사 소장 ㅣ 1909년 황현이 천연당天然堂에서 찍은 사진을 바탕으로 1911년 채용신이 그린 초상화. 황현의 참된 모습을 담아낸 문화재이다.

이 시는 1901년 제야에 지은 것이다. 당시 황현의 나이 47세였다. 황현은 1883년 과거에 떨어진 뒤 은둔을 결심했다. 그래서 1886년 전라남도 구례로 이사를 했고, 1890년 서재를 지어 구안실苟安室이라고 하였다. '구안'은 구차하지만 편안하다, 그럭저럭 편안하다는 뜻이다. 이곳에서 황현은 제자를 키우고 벗들과 교류했다. 1898년 이건창이 사망하자 1899년 한양을 다녀왔다. 또한 같은 해에 「국사에 관한 상소, 남을 대신하여 짓다言事疏代人」를 지었다. 여기에는 9개의 시무책이 담겨 있는데 이를 '개화의 근본'으로 삼고자 하였다. 물론 이 상소가 황제에게 전달되지는 못하였다. 그러므로 황현의 마음에는 나라와 백성을 생각하느라 온갖 근심이 가득했다.

또 한 해가 지고 있다. 사람들은 새해의 길흉을 점치느라 떠들썩하다. 이 해의 마지막 밤은 고요하고 바람도 불지 않는다. 그러나 타오르는 불꽃은 뾰족한 창처럼 보인다. 내일이 되면 무슨 일이 벌어질지 예측할 수가 없다. 태풍이 불기 직전의 고요함이다. 지금 세상 바깥에서 어떤 일이 다가오고 있는지 모르는데, 길흉화복을 점쳐서 무엇 하겠는가. 반백 년 가까이 살아온 나이에 내 한 몸의 안위에 상관해서 무엇하겠는가. 그래서 떡이나 잘라 먹는다고 했다.

3장

새장 속 학鶴이 하늘을 노래하네

상처받은 삶이 피워낸 여성 시인의 시들

01

온 세상에
나를 알아주는 사람 없어

생각을 풀어내며 　　　　　　　　　　허난설헌

오동나무 역양산에서 살면서

여러 해를 추위와 그늘에 굴하지 않았네.

다행히 세상에 드문 장인을 만나

베어져 거문고로 만들어졌네.

거문고 완성되어 한 곡조를 타는데

온 세상에 알아주는 사람 없네.

광릉산 곡조가

영원히 사라지고 말겠구나.

신선이 아름다운 빛의 봉황새를 타고

밤에 조원궁에 내려오셨네.

붉은 깃발은 바다 구름을 떨치고

〈예상우의곡霓裳羽衣曲〉은 봄바람에 울리네.

나를 요지의 봉우리에 맞이해

유하주를 따라주고

푸른 옥 지팡이를 빌려주어

부용봉에 오르게 하네.

遣興
견 흥

梧桐生嶧陽 幾年傲寒陰
오 동 생 역 양 기 년 오 한 음

幸遇稀代工 劚取爲鳴琴
행 우 희 대 공 촉 취 위 명 금

琴成彈一曲 擧世無知音
금 성 탄 일 곡 거 세 무 지 음

所以廣陵散 終古聲埋沈
소 이 광 릉 산 종 고 성 인 침

仙人騎綵鳳 夜下朝元宮
선 인 기 채 봉 야 하 조 원 궁

絳幡拂海雲 霓衣鳴春風
강 번 불 해 운 예 의 명 춘 풍

邀我瑤池岑 飮我流霞鐘
요 아 요 지 잠 음 아 류 하 종

借我綠玉杖 登我芙蓉峯
차 아 록 옥 장 등 아 부 용 봉

가끔 조선시대 남성의 삶, 여성의 삶을 생각해 본다. 우리가 아는 것은 그다지 많지 않다. 기록과 글을 통해 아는 것이 전부이기 때문이다. 그래서 글은 매우 중요한 단서가 되기도 하지만 반대로 우리의 생각을 틀에 가두어 버리는 경우도 많다. 글로써 그 시대 그 사람의 삶을 알고 또 글 때문에 그를 오해할 수도 있으니, 글을 읽고 연구하는 사람에게 이것처럼 다루기 조심스러운 것이 없다.

16세기 조선인의 삶은 어떠했을까? 조선이 건국한지 200년이 되어가는 시기이고 임진왜란이 일어나기 직전이다. 임진왜란 이후 조선은 사회·문화적으로 격변의 시대를 맞이했고, 조선 후기에는 내면적 변화의 파장이 더욱 커진다. 물론 지금도 두 시대를 충분히 알고 이해할 수 있는 것은 아니지만 그래도 임진왜란 이전 시기보다는 남은 자료가 많기에 퍼즐을 맞출 재료도 더 풍부하다. 그에 비해 16세기 조선은 당시 사람들의 삶과 생각을 읽을 수 있는 자료가 한정되어 있어, 그들이 어떻게 살아갔을까 여간 궁금한 게 아니다.

그 시기를 살아간 대표적 여성 작가 가운데 한 명이 허난설헌許蘭雪軒(1563~1589)이다. 난설헌의 집안은 조상 대대로 벼슬을 살았던 소위 명문가였고 혼인관계를 맺은 집안 또한 그에 걸맞은 집안들이었다. 아버지 허엽許曄은 대사성大司成을 지냈고, 큰오빠 허성許筬은 이조판서에 올랐으며, 형부인 우성전禹性傳도 대사성이 되었다.

허엽은 두 번 혼인하였는데 첫 부인 청주한씨에게서 3남매, 재취 부인인 강릉김씨에게서 3남매를 두었다. 이 집안은 남녀차별을 하지 않았다. 아들과 딸이 모두 출중했다. 그중 허봉許篈(1551~1588)과 난설헌 그리고 허균許筠(1569~1618)이 강릉김씨의 소생이며, 이들은 특히 문학적으로 뛰어났다.

난설헌은 어려서부터 신동이라는 평을 들었다. 작은오빠인 허봉에게서 글을 배우고, 허봉의 친구인 이달李達(1539~1612)에게 남동생인 허균과 함께 시를 배웠다. 그런데 이달은 능력은 뛰어났으나 신분적으로 서얼이었다. 불우한 천재 시인이었던 것이다. 그는 최경창崔慶昌(1539~1583), 백광훈白光勳(1537~1582)과 함께 당시唐詩에 뛰어나 삼당 시인三唐詩人이라 불린다. 허봉은 이달의 능력을 잘 알았으며, 이달과 친분이 두터웠기에 두 동생의 스승을 삼았다. 이로 인해 이달의 시와 세계관은 난설헌과 허균에게 영향을 미쳤다. 이들은 뛰어난 이달이 불우하게 사는 것을 보며 신분제의 불합리와 사회의 부조리에 대해 눈뜨게 되었다. 난설헌은 삼당 시인이 제대로 쓰이지 못하는 것을 시로 읊었다. 허균 또한 세상의 불합리에 대한 시문을 남기었음은 세상이 다

아는 사실이다. 부귀와 권력을 가진 집안, 화목한 분위기, 학문과 시문에의 열정, 사람 됨됨이를 중시하는 개방성, 이러한 것들이 난설헌이 자란 가정환경이었다. 곧, 난설헌은 유복한 집안에서 부모 형제들로부터 사랑을 듬뿍 받고 자라며 금상첨화로 교육까지 잘 받은 총명한 소녀였다.

그러다가 난설헌도 당시 여느 여인들처럼 혼인을 하게 되었다. 피할 수 없는 일이었다. 혼인을 한 나이는 정확하지 않지만 1577년에서 1580년 사이였다. 1577년이면 우리 나이로 15살이다. 남편은 안동김씨 명문가 출신인 김성립金誠立(1562~1593)으로, 난설헌보다 한 살 위였다. 그의 집안은 5대를 문과에 급제한 문벌이었다. 난설헌과 김성립의 집안이 엇비슷했으니 부모들은 맞춤한 혼사라 생각했을 것이다.

하지만 김성립은 난설헌을 마주할 위인이 못 되었다. 이미 어린 나이에 시를 잘 짓기로 이름이 났던 난설헌과 달리 재주가 떨어졌다. 허균은 자형인 김성립이 문리文理가 모자란다고 했다. 경전이나 역사책을 제대로 읽지 못했다. 그나마 과거科擧 문장은 요점을 잘 맞추어 논論과 책策이 여러 번 등수에 들었다. 김성립 입장에서 문벌 집안의 기대에 부응하는 실력을 갖추지 못했다는 것은 괴로운 일이었다. 거기다 혼인한 아내마저 자기보다 출중했다. 자괴감과 열등감에 빠져들었다. 그러니 애정도 없었다. 맞춤한 집안이었으나 맞춤한 짝은 결코 아니었다.

둘의 결혼 생활은 순탄하지 못했다. 김성립은 결혼 초부터 공부를 한다고 밖에서 살았다. 신흠申欽(1566~1628)을 포함한 다른 벗들과 집을 얻어서 과거 공부를 했다. 신흠은 조선 중기 한문학의 대문장가로 일컬어지는 인물이다. 김성립과 신흠은 어머니들이 자매인 이종사촌이었다. 외할아버지는 이조판서를 지낸 송기수宋麒壽(1507~1581)였다. 외가 역시 권력을 지닌 문벌이었던 것이다. 사촌동생인 신흠은 1585년 진사시와 생원시에 합격하고 1586년 문과에 합격했지만 김성립은 1589년에야 문과에 합격했으니 상대적 박탈감은 더 했을 것이다. 또한 1589년은 난설헌이 사망한 뒤니, 결국 결혼 생활 내내 김성립은 과거 공부를 한다고 밖으로 나돈 셈이다.

남편은 공부한다고 밖으로 돌며 기방을 드나들고, 시어머니는 아들보다 뛰어난 며느리를 달가워하지 않으니, 난설헌은 시댁 별당에서 이방인처럼 살았으며 결혼 생활 내내 외로웠다. 이런 상황에서 그녀가 할 수 있는 일이란 글을 읽고 시를 쓰고 그림을 그리는 일이었다. 작은오빠인 허봉은 누이의 처지를 안타까워하였다. 난설헌에게 좋은 붓을 선물로 보내며, 달빛도 그려보고 물고기도 그려보라고 했다. 또한 1582년에는 『두율杜律』을 선물로 보냈다. 『두율』은 당나라 시인 두보杜甫의 율시를 가려 뽑아 편찬한 책이다. 허봉이 1574년 중국 사신으로 갔다가 선물로 받았는데, 이를 보물로 간직하다가 누이동생에게 보낸 것이다. 그러면서 '희미해져 가는 두보의 소리가 누이의 손에서 다시 나오게' 하라고 했다. 누이동생의 능력을 인정했기에 가능했다. 또한 오라비의 누이동생에 대한 애잔한 마음을 알 수 있다.

위의 시는 난설헌이 제목을 '견흥遣興'이라고 했다. 직역을 하면 '흥을 보내며'이다. 그러나 여기서 말하는 흥은 우리가 보통 '흥이 난다, 흥취가 난다' 할 때의 기분 좋은 상태가 아니다. 한시의 전통에서 이는 오히려 서정적으로 정情과 회포懷抱를 나타내어 고민이나 심란한 마음을 풀어내는 것을 말한다. 그래서 시 제목을 '생각을 풀어내며'로 해석했다. 모두 8수로 이루어졌는데 위 시는 1수와 6수이다.

난설헌은 자신을 거문고에 비유했다. 이 거문고는 누구나 만들 수 있고 누구나 가질 수 있는 평범한 거문고가 아니다. 중국 역산嶧山 남쪽에서 자란 오동나무로 만든 거문고이다. 이는 『서경書經』「우공禹貢」의 '역양고동嶧陽孤桐'에서 유래한다. 중국 연주兗州 추현鄒縣에는 역산이 있고, 이 산의 남쪽 언덕에는 특이한 오동나무가 자란다. 우뚝 자라는 이 오동나무로 거문고를 만들면 훌륭한 소리가 난다. 그래서 예로부터 이를 특산물로 조공했다. 세상에서 하나뿐인 역산, 그 산의 남쪽에서만 자라는 좋은 재질의 나무, 그 나무로 만든 거문고, 그 거문고에서 울려 퍼지는 소리! 이는 뛰어난 가문, 훌륭한 부모 밑에서 천부적 재능을 받고 태어나 좋은 교육을 받고 출중한 문재文才를 지니게 된 난

⟨요지연도瑤池宴圖⟩
미상, 경기도박물관 소장 | 서왕모가 곤륜산 요지에서 잔치를 벌이는 모습을 그린 8폭 병풍.
4폭에는 서왕모, 5폭에는 주나라 목왕穆王이 있으며, 여러 신선들이 학, 사슴, 청우 등을 타고 하늘을 날거
나 산을 넘거나 바다를 건너 연회장으로 오고 있다. 잔치는 성대하고 요지에는 상서로운 기운이 가득하다.

설헌과 그녀의 시들을 떠오르게 한다.

그러나 세상에는 자신을 알아주는 사람이 없다. 여기에 등
장하는 '온 세상에 알아주는 사람 없네[擧世無知音]'라는 시구는
신라 말 최치원崔致遠의 시구를 의고擬古한 것이다. 우리나라의
한시 역사를 연 최치원은 뛰어난 능력을 지닌 문사였다. 그러나
그는 6두품 출신이었다. 당시 골품骨品 제도로 인해 6두품은 관
직이 한정되어 있었다. 위로 올라갈 수 없었다. 그래서 새 길을
모색하고자 당나라에 유학하여 빈공과賓貢科에 합격했지만, 능
력을 발휘할 기회를 얻지 못한 것은 그곳에서도 마찬가지였다.
그래서 울분을 안고 살다가 마침내 가야산에 들어가 신선이 되
었다고 전해진다. 그는 「비 내리는 가을밤에秋夜雨中」에서 '온 세
상에 알아주는 벗 거의 없네[擧世少知音]'라고 하였다. 난설헌은
최치원의 이 시구에서 '거의 없다少'를 '아예 없다無'로 바꾸었
다. 최치원에게 신라시대 골품제가 자신을 가두는 족쇄였다면,
700년 세월이 흐른 뒤 조선에서 태어난 그녀를 가두는 족쇄는
여성이라는 성별이었다.

난설헌은 자신이 타는 곡조를 '광릉산廣陵散'이라 했다. 광
릉산은 중국 고대의 거문고 곡조이다. 진나라 때 죽림칠현이었
던 혜강嵇康(223~262)이 신선으로부터 전해 받은 곡조인데, 혜강
이 죽을 때 곡을 탄 뒤 '이제 광릉산은 끊어진다'고 하였다. 혜
강은 죽림칠현 가운데서도 뛰어나다는 평가를 받았으며 신선

이 되고자 했다. 그러므로 광릉산 곡조도 신선에게서 받았다고 전해지는 것이다.

여기서 우리는 난설헌이 최치원과 혜강을 의고한 이유를 알 수 있다. 난설헌은 자신을 알아주지 않는 이 세상을 벗어나 신선의 세계를 꿈꾸었던 것이다. 왜냐하면 이 세상에서는 오동나무에 봉황이 아니라 올빼미와 솔개만 깃들기 때문이다. 남편 김성립, 시집 식구들, 여성이라고 무시하는 세상 법도와 사람들, 그 모든 것이 봉황과는 어울리지 않는다. 봉황은 오히려 최치원과 혜강을 따라서 신선의 세계로 가야 한다.

난설헌의 시들을 살펴보면 신선과 신선세계에 대한 시들의 비중이 압도적이다. 위의 두 번째 시는 「생각을 풀어내며」의 6수이다. 신선이 아름다운 빛의 봉황새를 타고 밤에 신선의 궁궐인 조원궁에 내려왔다. 밤에 내려 왔다는 것은 난설헌이 꿈속에서 체험했음을 뜻한다. 신선이 하늘을 날아올 때 붉은 깃발은 바다 구름 위에서 휘날리고 〈예상우의곡霓裳羽衣曲〉은 봄바람을 타며 울려 퍼진다. 〈예상우의곡〉은 신선의 음악이다. 전설에 의하면 당唐 현종玄宗 때 나공원羅公遠이 현종과 월궁月宮에 가서 수백 명의 선녀仙女들이 연주하는 〈예상우의곡〉을 관람하고 돌아왔다. 어떤 기록에서는 현종이 꿈에 갔다고도 한다. 곧 난설헌을 위해 신선이 봉황새를 타고 깃발을 휘날리며 음악을 연주하며 온 것이다. 그리고는 곤륜산 꼭대기의 요지로 데려갔다. 그곳은 서왕모西王母가 사는 곳이니, 난설헌을 맞이하러 온 신선은 서왕모이다. 그곳에서 난설헌은 신선들이 마시는 술인 유하주를 대접받았다. 또한 서왕모는 난설헌에게 옥지팡이를 빌려주어 그것을 짚고 부용봉에 오르게 했다. 이는 서왕모와 신선들이 난설헌을 보통 사람이 아니라 선녀로 인식했기에 가능했다. 다시 말하면 난설헌은 자신이 선녀이기를 바란 것이다. 알아주는 사람 없는 이곳이 아니라, 알아주는 사람이 있는 곳, 그곳은 꿈에서나 갈 수 있는 신선의 세계였다. 그래서 난설헌은 늘 먼 곳을 꿈꾸었다. 지금 이곳을 벗어난 곳, 바로 신선의 세상이었다. 그곳은 현실에서 평화를 얻지 못한 그녀가 찾을 수 있던 유일한 안식처였던 것이다.

254

그래서 난설헌은 저 유명한 이야기를 남겼다. '조선에서, 여성으로 태어나, 김성립의 아내가 된 것이 세 가지 한'이라고.

02

어여쁜 두 아이를
땅에 묻고 울다

죽은 아이를 곡함   허난설헌

지난해에는 사랑하는 딸을 잃더니

올해는 사랑하는 아들을 잃었네.

슬프고 슬픈 광릉 땅

두 무덤 마주하고 솟았네.

쓸쓸히 백양나무 바람 불고

귀신불은 소나무와 가래나무 사이서 빛나네.

종이돈 살라 네 혼을 부르고

맑은 물을 네 무덤에 제수로 올리네.

응당 오누이 혼을 알아보고

밤마다 서로 좇아 노닐겠지.

비록 뱃속에 아이 있다 해도

어찌 장성하기 바라리.

헛되이 황대사 읊으며

피눈물 흘리며 슬피 소리 삼키네.

哭子
곡 자

去年喪愛女 今年喪愛子
거 년 상 애 녀　금 년 상 애 자

哀哀廣陵土 雙墳相對起
애 애 광 릉 토　쌍 분 상 대 기

蕭蕭白楊風 鬼火明松楸
소 소 백 양 풍　귀 화 명 송 추

紙錢招汝魄 玄酒奠汝丘
지 전 초 여 백　현 주 전 여 구

應知弟兄魂 夜夜相追遊
응 지 제 형 혼　야 야 상 추 유

縱有腹中孩 安可冀長成
종 유 복 중 해　안 가 기 장 성

浪吟黃臺詞 血泣悲吞聲
낭 음 황 대 사　혈 읍 비 탄 성

난설헌은 남편인 김성립에 대한 애정이 처음부터 없지는 않았

다. 부모의 품을 떠난 소녀가 시댁에서 의지할 사람이라고는 남

편뿐이었을 테니까. 그러나 김성립의 마음은 난설헌과 같지 않았다. 이것이 난설헌을 점점 외롭게 했다.

　난설헌은 시에서 홀로 있는 외로움을 자주 노래했다. 길 떠나는 임과 슬픈 이별을 했다. 찬 이불 속에서 밤새 뒤척이며 잠을 못 이뤘고, 임을 그리며 피눈물을 흘렸다. 그러니 임이 멀리서라도 자신을 생각해 주기를 바랐다. 그러나 임은 자신을 돌아보지 않았다. 슬픈 이별은 자신만의 몫이었다. 임에게서 편지라도 받고 싶었으나, 편지는 오지 않았다. 오직 잉어 뱃속에 편지가 들어있고 이를 받으니 눈물이 난다고 했다. 옛이야기에 빗대어 편지라도 받는 상상을 했던 것이다. 그럼에도 불구하고 난설헌은 남편을 위해 노력했다. 밤을 새워 옷을 짓고 노리개를 만들었다. 임은 이를 기뻐하는 것 같지 않았다. 그러니 자신이 정표로 주는 비단을 다른 여인에게 주지 말라, 자신이 만들어 준 노리개를 길가에 버려도 되지만 다른 여인에게는 주지 말라고 했다. 그러나 남편은 다른 여인을 찾았다. 기방 출입이 잦았다.

　김성립이 난설헌을 아주 내버려둔 것은 아니었다. 난설헌을 찾아오기도 했다. 이는 문벌 안동김씨 가문의 후사가 필요했기 때문일 수도 있다. 어쨌거나 난설헌은 마침내 딸을 낳았다. 이제 이방인처럼 소외되어 외롭게 지내던 시집에서 마음 붙일 대상이 생겼다. 또한 아이가 있음으로 해서 남편 그리고 시집 식구들과의 사이가 가까워질 가능성도 생긴 것이다. 그런데 그 딸이 사망을 했다. 다음해에는 아들마저 사망했다. 둘 다 유아 사망이었다. 두 아이를 경기도 광주군 초월면 경수산 안동김씨 선영에 묻었다.

예로부터 애기무덤은 봉분을 하지 않았다. 돌로 쌓았다. 어려서 죽은 것도 서러운데 무덤조차 제 모습을 갖추기 어렵다. 아마 나중에 돌보아 줄 후손이 없기 때문에 그렇게 한 것이 아닌가 모르겠다. 그나마 난설헌의 아이들 무덤은 봉분으로 했던 것 같다. 무덤에서 초혼을 하고 제사를 지냈다. 보통 초혼은 사람이 죽으면 그 사람이 입던 옷을 가지고 지붕에 올라가 흔들면서 그 사람의 이름을 부르는 행위를 말한다. 그런데 여기서는 종이돈을 살라 날리며 아이의 이름을 불렀다. 저승노자로 쓰게 하였던 것이다. 그리고 현주玄酒라 하여 맑은 물을 제주로 올렸다. 아이에게 술을 올릴 수는 없기 때문이다.

두 아이를 가까이 묻어 서로 바라보게 했다. 두 오누이가 서로의 혼을 알아보고 외롭지 않게 지내리라 생각했다. 난설헌은 그것으로 위안을 삼으려 했다. 그러나 사실 아무 것도 위로가 되지는 않는다. 아이를 잃은 어미에게 이 세상에 위안이란 존재할 수가 없다. 앞으로 아이를 다시 뱃속에 품게 된다 하더라도 그 아이가 장성하리라는 희망도 없다. 그러기에 '황대사'를 부르며 피눈물을 흘린다고 했다.

'황대사'는 '황대과사黃臺瓜詞'를 말한다. 당나라 고종高宗에게 아들이 8명 있었는데 4명이 측천무후則天武后 소생이었다. 측천무후가 자신의 친아들인 태자 홍弘을 독살하자 이어서 태자가 된 현賢이 노래를 지었다. 오이 넝쿨에서 오이를 하나씩 따는 것을 형제들이 죽어나가는 것에 비유했는데, 결국 현도 죽임을 당했다. 원래는 고종과 측천무후를 깨우치게 할 의도로 지은 시이지만 후에는 형제들의 죽음을 비유하는 의미로 사용되었다. 난설헌도 오이가 넝쿨에서 떨어져 나간다는 것을 자신의 아이들이 연달아 죽어 자신에게서 사라진다는 의미로 비유한 것이다.

이제 난설헌에게는 더 이상 희망이 없었다. 이전보다 더욱 깊은 외로움과 고통에 빠지게 되었다. 그래서 난설헌은 27살의 나이로 세상을 하직했다. 아무 병도 없었는데 어느 날 죽어버린 것이다. 그녀가 23살 때 꿈에 신선의 땅 광상산広桑山에 노닐다가 지었다는 시의 구절, '연꽃 스물일곱 송이, 차가운 달빛 서리 위에 붉게 떨어지네芙蓉三九朶 紅墮月霜寒'는 시참詩讖이 되어버렸다. 그녀는 자신의 운명을 예감했던 것일까?

그녀는 죽어 아이들 무덤 곁에 묻혔다. 세 모자가 죽은 뒤에 재회하였으니 외로운 세 영혼은 더 이상 피눈물을 흘리지 않았을지도 모른다.

난설헌은 평생 많은 글을 지었지만, 죽은 뒤에 유언에 따라 불태워버렸다. 다행히 허균이 베껴 적어 놓은 것이 남아 있

었다. 이를 난설헌이 죽은 다음 해인 1590년에 『난설헌고蘭雪軒
藁』로 엮고 같은 해 11월 서애西厓 유성룡柳成龍(1542~1607)에게 발
문跋文을 받았다.

1597년 정유재란 때 우리나라에 온 명나라 군대에 오명제
吳明濟라는 문인이 있었는데 그는 당시 병조좌랑이었던 허균의
집에 머물렀다. 그런데 조선의 시에 관심이 많아 허균에게서 시
를 받게 되었다. 이를 바탕으로 1598년 『조선시선朝鮮詩選』을 편
집하였고 1560년 중국에서 간행하였다. 이 책에 난설헌의 시 58
수가 실려 있다. 이 책은 중국에 우리나라 시를 알리는 기폭제
역할을 하였고 난설헌도 중국에서 명성을 얻게 되었다.

260

1605년 11월 명나라에서 황손皇孫이 태어나자, 명나라는 조
선에 사신을 보내어 이 경사를 반포하기로 결정하였는데 사신은
다음해 2월에 명나라를 떠날 예정이었다. 이 소식이 12월에 우리
조정에 전하여졌고, 조정에서는 부랴부랴 사신을 맞을 준비에 들
어가 원접사遠接使를 꾸렸는데, 허균이 종사관이 되었다. 원접사
는 의주로 가서 사신을 맞이하여 한양으로 수행하여 왔다가 다시
의주까지 가서 배웅하는 직임이었다. 사신의 왕로를 책임질 뿐
아니라 잔치를 베풀고 시문을 주고받는 일이 주된 임무였다.

원접사는 다음해 1월 21일 한양을 출발하여 2월 15일 의주
에 도착하여 사신이 오기를 기다렸다. 마침내 3월 23일 정사 주지
번朱之蕃(?~1624)과 부사 양유년梁有年을 위시한 사신이 강을 건너

왔다.

서화가書畫家로 유명한 주지번은 조선의 시와 그림에 많은 관심을 보였다. 특히 3월 28일에는 허균에게 신라 때부터 지금까지의 시가詩歌 중에 가장 좋은 것을 낱낱이 써서 가지고 오라고 하였다. 그 후 4월 6일에 주지번은 허균을 불러 최치원을 위시한 시인들의 시를 평하였고, 조선의 시는 대체로 음향이 밝아 매우 좋다고 하였다.

사신은 4월 10일 한양에 도착하였고 20일에 떠났는데, 벽제관에서 묵은 저녁에 『양천세고陽川世藁』의 서문과 난설헌의 시인詩引을 지어 주었다. 『양천세고』는 양천허씨의 시문집이고, 시인은 시집의 소인小引을 말하는데 짧은 서문이라고 하겠다. 그런데 여기서 우리가 주목할 점은, 허균이 주지번에게 난설헌의 시집을 보여주었다는 점이다. 그 시기는 3월 28일 주지번의 요청을 받은 직후였을 것이다. 조선의 시를 원하는 주지번에게 양천허씨 집안의 시문집뿐 아니라 난설헌의 시들을 내놓았다는 것은 가문과 누나에 대한 긍지를 나타낸다. 그 작품들을 명나라의 유명한 서화가인 주지번에게 당당하게 보인 것이고, 주지번은 난설헌 시의 빼어남을 칭찬하였다.

허균이 유성룡, 오명제, 주지번에게 보여 준 시집은 필사본이었다. 그런데 주지번의 소인에 양유년의 제사題辭(머리말)를 더하여, 1606년 중국에서 『난설헌집蘭雪軒集』이 간행되었다. 사신이 강을 건너 돌아간 날짜가 5월 2일이니, 주지번과 양유년은 돌아간 직후 책을 간행한 것이다. 우리나라에서는 1608년 허균에 의해 목판본이 출간되었다. 또한 1711년에는 일본 교토의 출판사에서 일본인에 의해 간행되었다. 산 넘고 바다 건너 난설헌의 명성이 날로 높아갔음을 알 수 있다. 난설헌의 세 가지 한限 가운데 조선에서 태어난 한은 조금이나마 풀렸는지도 모르겠다.

떨어진 연꽃은 시라는 씨앗을 통해 싹을 틔워 영원히 피게 되었다.

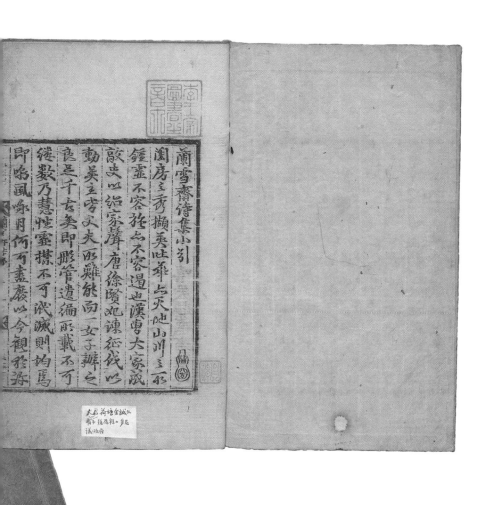

蘭雪齋詩集小引

閨房之秀擷英吐華上炙陸山川之不
鍾靈不容祕亦不容過此漢曹大家成
敬史以紹家聲唐徐賢妃諫征伐以
勤美主考文夫所難能而一女子辦之
良足千古矣即彤管遺編所載不可
縷數乃慧性靈擬不可泯滅則均焉
即喁喁風咏月何可盡廢以今觀於沵

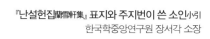

『난설헌집蘭雪軒集』 표지와 주지번이 쓴 소인小引
한국학중앙연구원 장서각 소장

03

새장에 한번 갇혀
돌아갈 길 막혔구나

❋

새장의 학 이매창

새장에 한번 갇혀 돌아갈 길 막혔으니
곤륜산 낭풍은 어디에 높이 있나.
푸른 들에 해 지고 하늘은 끊어져
구령산에 달 밝을 때 꿈에서 수고롭구나.
야윈 모습 짝 없이 근심스레 홀로 서 있는데
어리석은 까마귀들 우쭐거리며 수풀 가득 떠들썩하다.
긴 털 날개 병들어 다할 때 재촉하니
슬피 울며 해마다 깊고 먼 늪 그리워하네.

籠鶴
농 학

一鎖樊籠歸路隔　崑崙何處閬風高
일 쇄 번 롱 귀 로 격　곤 륜 하 처 랑 풍 고

靑田日暮蒼空斷　緱嶺月明魂夢勞
청 전 일 모 창 공 단　구 령 월 명 혼 몽 로

瘦影無儔愁獨立　昏鴉自得滿林噪
수 영 무 주 수 독 립　혼 아 자 득 만 림 조

長毛病翼摧零盡　哀唳年年憶九皐
장 모 병 익 최 령 진　애 려 연 년 억 구 고

"이화우梨花雨 흩날릴 제 울며 잡고 이별한 임"이라는 구절로 시
작하는 유명한 시조를 지은 이매창李梅窓(1573~1610)의 시다. '매
창'은 매화 핀 창문이라는 뜻이다. 정원에 핀 매화가 어른거리
는 창문, 또는 정원의 매화 향기가 들어오는 창문이다. 전라북도
부안에서 현리縣吏의 딸로 태어난 그녀는 기녀가 되었다. 현리란
지방 관청에 근무하는 아전으로 이를 외아전外衙前이라고 했다.
이방吏房, 형방刑房, 예방禮房 등이 대표적으로 신분으로는 중인이
며 대체로 세습되었다. 그런데 아전의 딸이 기녀가 된 것은 어
머니의 신분이 낮았기 때문이다. 관에 딸린 기녀이거나 노비였
을 것이다. 그러므로 그녀는 태어나는 순간부터 관비官婢였다.

매창은 시와 거문고에 뛰어났다. 자신의 생각과 감정을 표현하는 데 뛰어났던 것이다. 시와 음악은 지으면 지을수록 연주하면 연주할수록 깊이가 더해진다. 한 개인의 정신세계가 한 걸음 한 걸음 겹치고 겹쳐져 수만 겹을 이루게 된다. 글을 모르고 음악을 모르던 예전의 자신으로는 다시금 돌아갈 수 없으며 정신은 높은 곳을 향하게 된다. 그러므로 그녀는 자신을 학에 비유했다. 학의 고향은 신선의 땅인 곤륜산의 낭풍 봉우리. 높고 푸른 하늘을 날며 신선의 벗이 되는 새이기에 지상에는 발을 붙이고 살 수 없는 고결한 존재인 것이다.

시를 잘 지었던 매창은 당대의 유명한 시인들과 교유했다. 유희경劉希慶(1545~1636), 허균, 권필權韠(1569~1612), 임서林㥠(1570~1624) 등이 대표적이다. 이 만남은 모두 매창이 살던 부안과 그 일대의 지역에서 이루어졌다. 전라도로 벼슬살이 혹은 유람을 하러 온 이들이 매창을 찾아오거나 잔치에 초대했다. 이러한 자리에서 매창은 시를 지어 보이거나, 차운시次韻詩를 주고받거나, 거문고를 탔다. 이들은 특히 매창의 시적 능력을 인정하고 칭찬했다. 그런데 관계는 단지 거기서 그치지 않았다. 유희경과는 연인이 되었으며 허균과는 정신적 벗이 되었다. 이로 인해 그녀는 유명세를 탔으며, 살아있을 때나 죽은 뒤에나 많은 사람의 호기심을 자극하고 이런저런 뒷말을 듣게 되었다.

매창을 힘들게 한 가장 큰 요인은 관기官妓라는 신분이었

다. 관에 예속되어 팔천八賤의 신분인 기녀로 사는 그녀에게 세
상은 갖가지 규범으로 예속시켰다. 관에 소속된 노비이기에 부
안을 떠날 수 없었고, 사랑하는 유희경이 한양으로 간 뒤 오래
도록 만날 수 없었으며, 전쟁은 삶을 흔들고 인연을 갈라놓았으
며, 뜬소문은 염문을 만들고 괴롭혔다. 매창은 이런 자신이 새
장 속에 갇힌 새와 같다고 느꼈다. 새장에 갇혀 자신이 살던 곳
으로 돌아가지 못하는 학. 게다가 지금은 푸른 들에 해가 져 깜
깜하여 하늘조차 끊어져 분간할 수 없다.

그러나 저 하늘 위 구령緱嶺에는 달이 밝게 빛나고 있다. 구
령은 구씨산緱氏山이라고도 하는데 신선이 사는 곳이다. 현실은
막혀 있지만 매창은 꿈에서 신선이 되면 날아갈 수 있다는 그
곳, 밤에도 달이 밝게 떠 있는 곳을 찾아간다. 꿈에서나마 그곳
을 가려한다. 그러니 꿈도 괴롭다.

그런데 속 모르는 까마귀들은 숲 속에서 시끄럽게 지저권
다. 저 어리석고 음흉한 까마귀들이 우쭐거리며 숲 속을 마음
대로 날면서, 새장에 갇힌 학을 조롱한다. 세상에는 자신의 능
력을 알아보지 못하며 자신을 비웃는 까마귀 같은 존재가 가득
하다. 그러니 세상에 부딪히고 부딪혀 빛나던 모습은 시들어갔
다. 긴 털을 자랑하던 아름다운 흰 날개는 병들었다. 갈수록 빠
져 없어져 버린다. 이러한 심정을 「앓는 중에 수심 겨워病中愁思」
에서도 볼 수 있다. 그녀는 빈 방에서 혼자 울며 본분을 지키고,

<농학籠鶴>
육치, 베이징 고궁박물원 소장

굶주림과 추위 속에서 40년을 살며, 근심으로 울지 않은 날이 없었다[空閨養拙病餘身 長任飢寒四十春 借問人生能幾許 胸懷無日不沾巾]고 했다. 세상의 거센 풍파 같은 족쇄 속에서 어쩌지 못하는 힘없는 여인의 슬픈 심정이 보인다.

그래서 그녀는 죽을 날을 기다렸다. 죽을지언정 어리석은 까마귀가 되고자 하지는 않았다. 죽은 다음에야 이 새장에서 벗어날 수 있었다. 죽어서 영혼이나마 구고九皐에 가고자 하였던 것이다. 그곳은 학이 한번 울면 그 울음소리가 멀리 멀리 아름답게 울려퍼진다는 곳이다. 곧, 이 세상의 고통과 속박에서 벗어나는 길은 오직 죽음뿐이고 자신의 영혼은 새장을 벗어나 신선의 세계로 날아갈 수 있었다.

그렇다면 그녀는 죽어서 신선의 세계로 날아갔을까. 그녀가 지은 수백 편의 시는 당시에 사람들에게 회자되었다. 또한 그녀가 죽고 나서 58년이 흐른 뒤인 1668년 12월에 부안의 아전들이 개암사開巖寺에서 그녀의 시집을 엮어 내었다. 왜 아전들이 그녀의 시집을 냈을까? 아전은 세습직이기에 매창의 시집을 간행한 아전들이 매창의 혈족이었을 가능성도 있고, 다른 한편으로는 부안의 아전들에게 아전의 딸이었던 매창은 자긍심의 대상이었을 수도 있다. 또한 허균을 비롯한 여러 시인들은 그녀를 자신의 시문에서 소개했다. 시를 매개로 하여 10년간 이어진 매창과 허균의 정신적 우정은 오늘날까지 전해지며 부러움을 산다. 이로 인해 17세기부터 현재에 이르기까지 그녀의 시는 사람들 사이에 살아남았다. 지금도 우리는 그녀를 알 수 있고, 그녀가 뛰어났다는 점도 증언이 되었다. 그러니 매창이 그리워하던 낭풍과 구령산과 구고, 곧 신선의 땅은 '책 속에, 사람들의 기억 속'에 있는 것이다. 아마도 그녀는 이를 만족스럽게 바라보며 다른 세계로 훨훨 날아갔으리라. 그녀는 죽어서야 마침내 소원을 이룬 것 같다.

04

하룻밤 근심에
머리가 반이나 세었네

여인의 서러움 　　　　　　　　　　　　이매창

이별 한에 서러워 중문 닫고 있으려니
비단 적삼 향기 없고 눈물 자국뿐.
홀로 깊은 규방에 있어 인적 없고
마당의 가랑비는 황혼 빛을 가리네.

그리는 심정 도무지 말로 할 수 없으니
하룻밤 근심에 머리가 반이나 세었네.
나의 그리워하는 괴로움을 알려거든
금가락지 헐렁임을 시험해 보시오.

閨怨
규 원

離恨悄悄掩中門 羅袖無香滴淚痕
이 한 초 초 엄 중 문　나 수 무 향 적 루 흔

獨處深閨人寂寂 一庭微雨鎖黃昏
독 처 심 규 인 적 적　일 정 미 우 쇄 황 혼

相思都在不言裏 一夜心懷鬢半絲
상 사 도 재 불 언 리　일 야 심 회 빈 반 사

欲知是妾相思苦 須試金環減舊圍
욕 지 시 첩 상 사 고　수 시 금 환 감 구 위

272

오래전부터 1학년 교양 수업이나 혹은 국문과 전공 수업에서 학생들에게 이 시를 읽고 감상하는 시간을 갖게 했다. 주제는 고전 한시와 현대시를 함께 읽으면서 시가 무엇인가를 생각하고 논의해 보는 것이었는데, 이 시는 대체로 최성대崔成大(1691~1762)가 쓴 「두 줄기 눈물 노래淚線雙條詞」*와 짝을 이뤄 읽어보곤 하였다. 최성대의 시도 공들여 쓴 아름다운 시어가 돋보이는 작품으로 애절한 내용을 담고 있다. 취지는 여성이 쓴 시와 남성이 쓴 여성정감女性情感의 시를 비교해 보게 하는 것이었다. 학생들에게 작가에 대해 미리 설명하지 않았음은 물론이다.

그런데 학생들은 열이면 여섯 일곱이 매창의 시가 더 마음에 와 닿고 진짜 여성이 쓴 시 같다고 했다. 자신의 감정을 솔직하고도 절절하게 드러냈고, 조용한 곳에 홀로 앉아 오로지 그 사람만을 생각하는 모습이며 그 그리움이 지나쳐 자신의 몸에 그리움의 흔적이 나타나는 것들이, 작품의 완결성 여부를 떠나 공감의 측면에서 정말로 겪어 본 사람만이 표현할 수 있는 애틋한 심정을 전달하고 있는 것 같다고 하였다. 학생들이 시의 정감을 정확히 느꼈다고 생각한다.

매창은 천민 출신의 시인인 유희경과 사랑하는 사이였다. 스무 살 무렵에 부안으로 놀러온 유희경과 만났다. 당시 매창은 부안에서 시를 잘 짓는 기녀로 유명했고, 유희경은 한양에서 이름난 시인이었다. 이들은 만나자마자 서로 시를 주고받았는데, 이를 통해 상대를 알아보았고 사랑에 빠졌다. 28살이라는 나이 차는 두 사람의 정신적 교류와 사랑에 전혀 문제가 되지 않았다.

그러나 얼마 뒤 이들은 헤어지게 되었다. 임진왜란이 일어났기 때문이었다. 한양으로 떠난 유희경은 의병활동을 하여 마침내 천민에서 벗어났고, 벼슬길에도 올랐다. 전란은 길었고, 그 전란이 끝난 뒤에도 유희경은 소식이 없었다. 벼슬을 사느라 부안을 돌아볼 여유가 없었던 것이다.

매창은 이별의 상처를 견뎌내기 어려웠다. 잠시만 떨어져 있을 거라 믿었던 사람은 세월이 흘러도 다시 돌아오지 않았다.

뿐만 아니라 소식마저 끊어졌다. 편지를 보냈으나 답장이 없으니 그 편지를 받았는지 읽었는지도 알 수가 없었다. 절망에 빠진 매창은 중문을 닫아버렸다. 중문이란 여성들의 삶의 공간인 안채로 들어가는 문이다. 집의 대문을 지나 사랑 마당을 지나 중문을 지나야만 안채로 들어갈 수 있다. 중문을 지나 안채로 들어올 임이 없기에 그 문을 닫은 것이다. 그리고는 방안에 틀어박혀 앉아 소리를 죽이고 운다. 울음소리는 밖으로 새어나가지 않았으나 눈물이 멈추지 않았다. 기녀의 고운 비단 적삼은 눈물로 얼룩져 향기가 사라졌다. 자신이 처한 상황을 기가 막히게 표현한 구절이다.

274

울다 바라보니 저녁인데 가랑비가 내린다. 부슬부슬 내리는 모습이 숨죽이고 우는 자신을 닮았다. 차라리 소낙비처럼 한번 울고 난다면 속이라도 시원할 텐데 그러지도 못한다. 이런 상태로 밤을 새고 났더니 머리가 반이나 세어졌다고 했다. 그만큼 마음의 고통이 컸다는 뜻이다. 거기서 더 나아가 여인은 결정적 한 마디를 한다. 그리워하는 괴로움에 몸이 여위어 손가락의 가락지가 헐렁해졌다는 것이다. 경험해 본 사람만이 이해할 수 있는 말이다. 사랑하는 사람이 정표로 준 가락지였으리라. 나날이 수척해져 손가락마저 마르니 가락지가 빠져나갈 지경이다. 사랑도 어느 순간 이렇게 빠져나가는 것은 아닐까 불길한 예감마저 든다.

매창은 언제 이 상태에서 벗어나 중문을 열 수 있었을까. 오지 않는 임을 기다리다 차라리 서울로 직접 달려가고 싶지는 않았을까? 왜 그렇지 않았겠는가. 하지만 끝내 그럴 수 없었다. 관의 허락 없이는 부안을 벗어날 수 없는 처지였기 때문이다.

매창이 유희경을 다시 만난 것은 15년 뒤인 1607년이었다. 30대 중반의 기녀와 환갑을 넘긴 시인이 다시 만났다. 참으로 긴 세월을 그리움 속에서 살았다. 그러나 어쩌면 그리움은 매창만의 것이고, 유희경에게 있어 매창은 그저 추억이었는지도 모른다. 물론 유희경이 매창을 그리워하며 쓴 시가 남아 있기는 하다. 매창은 부안에 있고 자신은 한양에 있어 오동나무에 비 내리는 밤 창자가 끊어질 듯이 괴롭다고 했다. 그렇지만 그는 15년 동안 매창을 찾지 않았고, 1607년의 만남도 그리 오래 가지는 않았다. 그러나 개인적으로는 승승장구했다. 천민 시인으로 유명했던 그는 임란 이후 천민에서 벗어났고, 상례喪禮에 밝아 나라나 사대부 가문의 상례를 지도했으며, 벼슬길에 나아가 정3품 통정대부通政大夫, 종2품 가의대부嘉義大夫의 품계를 받았고, 도봉서원을 실질적으로 관리했다. 매창과의 사랑보다는 자신의 삶이 더 소중했는지도 모르겠다.

오히려 1601년에 만나 '함께 이야기를 나눌만한' 벗, 곧 지음知音이 되었던 허균이 그녀의 말년에 정신적 버팀이 되었다. 허균은 자신과 매창이 연인 관계로 나아가지 않았기에 오히려

<안릉신영도安陵新迎圖>
김홍도, 국립중앙박물관 소장 | 1785년 황해도 안릉의 신임 현감이 부임하는 모습을 그린 행렬도의 일부인데,
말을 탄 여성들은 비기婢妓, 동기童妓, 기妓라고 적혀 있다. 기녀들이 행사에 동원되었음을 알 수 있다.

오래 친하게 지낼 수 있었다고 했다. 매창이 1610년에 죽었을 때 그를 진심으로 애도한 이도 허균이었다. 또한 시사詩史적 성격을 띠는 비평서인 『성수시화惺叟詩話』에도 매창을 실었다. '시에 솜씨가 있고 노래와 거문고에도 뛰어났다'고 하여 우리나라의 역대 이름난 시인들과 당당하게 어깨를 견주게 하였다. 매창의 다음 순서에는 유희경을 실었다.

---

*

淚線雙條紅脂乾	두 줄기 눈물 흘러내리고 분홍 연지는 말랐구나.
翠鞅軋軋綠芳歇	남빛 재갈 말에 씌워 풀내음 가득한 들로 나갔네.
暮雨岡頭望不歸	저문 비 내리는 언덕 위에 돌아오지 않는 님 그리는데
江波不盡南雲滅	강 물결은 자지 않고 남녘 하늘로 구름은 사라지네.
幽香水底生裊裊	물 아래 그윽한 향기는 간들간들 피어오르고
浦花笑春紅蘭發	부들꽃은 봄빛에 웃고 붉은 난초도 피었네.
爲君化爲野棠花	그대 위해 찔레꽃이 되어
千年露泣如點血	천년토록 이슬방울을 피눈물처럼 떨구리.

05

진흙 속 구슬은
언제 세상 밖으로 나오나

❀

낭군님이 서울에서 해 넘도록 돌아오지 않으므로
내가 시를 지어 회포를 펴다 4수 　　　　　김삼의당

어젯밤에 가을바람 불더니
우물가에 오동잎 떨어졌네.
가인佳人은 동방洞房에서
천리 밖 그대를 그리네.
기다리는 맘 그대는 아시는지
부모님께 영화 드리자는 약속했었네.
그대는 이 마음을 가련히 여겨
서울에 오래도록 머물지 마오.

夫子自京經年未歸 余題詩以伸情私 四首
부 자 자 경 경 년 미 귀 여 제 시 이 신 정 사 사 수

昨夜西風起 井上梧桐落
작 야 서 풍 기 　 정 상 오 동 락

佳人在洞房 千里長相憶
가 인 재 동 방 　 천 리 장 상 억

待君君知否 榮親早有約
대 군 군 지 부 　 영 친 조 유 약

願君憐此心 無久留京洛
원 군 련 차 심 　 무 구 류 경 락

❈

남원 하면 사람들은 가장 먼저 춘향을 떠올린다. 아마 우리 문학사에서 가장 유명한 남원 여성일 것이다. 그러나 춘향은 문학 속의 인물이다. 실재했던 여성 가운데 문학사적으로 가장 뛰어난 작품을 남긴 남원 출신 문인은 김삼의당金三宜堂(1769~1823)이다.

삼의당은 많은 시문을 남겼다. 이는 고전 여성 작가와 작품이 그다지 많이 남아 있지 않은 우리 문학사에서 중요하다. 필사본으로 전해지던 유고는 1930년에 『삼의당 김 부인 유고三宜堂金夫人遺稿』로 출간되었는데 상당히 많은 작품을 수록하고 있다. 시가 112제題 274수 있는데 그의 남편인 담락당湛樂堂 하립河湜(1769~?)의 작품을 제외하면 253수이다. 또한 서간 6편(남편의

답장 4편 첨부), 서序 7편, 제문祭文 3편, 잡록 6편 등이 수록되어 있다. 분량도 상당하거니와 작품의 완성도 또한 매우 뛰어나다.

삼의당은 남원에서 김일손金馹孫의 후손으로 태어났다. 김일손은 김종직金宗直의 문하이며 무오사화 때 죽임을 당했다가 중종반정 이후 복권된 유학자이다. 그러나 삼의당의 아버지 김인혁金仁赫 대에는 이미 벼슬이 끊어진 지 오래였다. 남편인 하립은 세종조에 영의정을 지낸 하연河演의 후손이다. 경기도 안산에 살면서 대대로 벼슬을 지낸 집안이었으나 어떤 이유에서인지 선조先祖 대에 남원으로 이주하였고 벼슬이 없이 살았다. 곧 삼의당의 친가와 시가 모두 명색만 유지하고 있던 시골의 몰락 양반 가문이었다.

김일손의 후손이라는 점은 가문 전체에 흐르는 자부심이었다. 언젠가는 다시 선조의 영광에 다가가겠다는 희망을 지니게 했다. 조선 후기 사회에서 영광에 다가가는 길은 학문의 정진으로부터 시작했다. 과거 공부를 하고 시험을 봐서 급제를 하여 벼슬에 나아가는 것이 유일한 희망이었다. 그러므로 두 집안 모두 학문의 끈을 놓지 않았다.

삼의당의 집안은 남녀를 구별하지 않고 글을 가르쳤다. 삼의당에게는 2살 터울의 언니가 있었다. 두 딸은 어려서부터 사대부 가문의 교육을 받았다. 언문과 한문을 모두 배웠다. 시를 읊었으며, 언문으로 된 『소학』, 한문으로 된 『내칙』·『논어』·

『시경』·『서경』 등을 읽었다. 삼의당은 시란 마음에서 우러나는 것이기에 시를 저절로 쓰게 되며, 그러므로 시를 보면 사람을 알 수 있다고 했다. 그러므로 많은 시를 짓고 남길 수 있었던 것은 바로 자신의 마음에서 우러나는 대로 했기 때문이라고 했다. 또한 세상에 '어진 이가 쓰이지 않고, 자기 몸만 돌보는 사람이 많은 것'을 한탄하며, 독서를 통해 언젠가는 '진흙에 묻혀 있던 밝은 구슬이, 알아주는 사람을 만나게 되리라'는 점을 기대하였다. 이는 가문의 부흥을 위한 노력과 연결되었다.

그런데 밝은 진주가 알아주는 사람을 만나 세상에 쓰이는 일은, 당시에는 남성이어야 가능했다. 여성의 경우는 혼인을 통해 성취할 수 있었다. 그러므로 삼의당의 부모는 이를 실현할 가능성이 있는 사람을 찾아 사위로 삼았다. 이 결과 삼의당은 18세인 1786년 하립과 혼인을 하였다. 하립은 여섯 형제 가운데 셋째였는데 풍채가 준수하며 재주가 통달하고 민첩하였다. 삼의당의 부모는 중매쟁이를 통해 정혼을 하고 혼인을 시켰다. 또한 두 사람은 같은 마을에 살며 같은 해, 같은 달, 같은 날(1769.10.13)에 태어났다. 천생연분이라 생각했다. 삼의당과 부모 모두 이 혼인에 만족했다.

이제 삼의당은 자신의 이상을 남편을 통해 이루고자 했다. 이는 혼인식을 한 첫날밤에 남편에게 당부를 하면서 시작되었다. 두 사람은 시를 주고받으며 가문을 일으킬 것을 다짐했다. 삼의당은 하립에게 밖에서 부지런히 공부해서 과거에 급제하여 벼슬길에 나아가라 했다. 이를 위해 자신은 집에서 늙으신 부모님 모시는 일을 맡아 하겠다고 했다. 이는 세속의 부부와는 같지 않은 것인데, 세상의 남편들은 사랑에만 빠져서 의리를 돌보지 않으며 아내들은 정에 지나쳐서 분별을 알지 못하니, 이른바 '어리석은 남편에 어리석은 아내'였다. 그러므로 자신은 이런 것을 매우 부끄럽게 여긴다며, 하립에게 어진 남편이 되어달라고 당부했다.

사실 친정이나 시가나 모두 한미했으며, 가난한 시골 몰락 양반 가문이었다. 가문이라고 내세울 것도 거의 남아 있지 않았다. 이에 가문을 일으켜야 했고 그 방법이라고는 남편이 과거에 급제하는 길뿐이었다. 그러므로 정에 빠져 사는 어리석은 부부가 아니라, 남편은 입신양명을 하고 아내는 집안을 돌보며 남편을 돕는 어진 부부가 되자고 서로 독려했다. 또한 두 사람은 그렇게 할 수 있다고 믿었다.

그 후 하립은 과거 준비에 들어갔고 삼의당은 집안을 책임지며 살았다. 하립의 큰형인 이락당二樂堂 하호河灝도 일찍이 과거 공부를 그만두고 농사를 지었다. 이는 형제 가운데 가장 똑똑한 셋째에게 모든 힘을 쏟아 집안을 일으킬 가능성을 조금이라도 높이고자 했던 것이다.

하립은 처음에는 산사로 독서를 하러 갔다. 그 뒤 2년쯤 지나 20세가 되자 서울로 갔다. 이 시는 남편이 서울로 간 지 1년이 지난 뒤에 삼의당이 쓴 건데, 위에 소개한 것은 전체 4수 중 셋째 수다. 두 사람은 신혼 초부터 떨어져 지냈다. 이별의 세월은 3년이 넘었다. 아무리 성공을 위한 희생이요 인내라고 하지만, 그리움과 외로움은 어쩔 수 없었다. 더구나 가을밤은 외로운 심정을 더욱 커지게 한다. 조용한 밤 커다란 오동잎이 바람에 날리며 땅에 떨어지는 소리는 마치 심장이 내려앉는 소리 같았다. 이제 가을도 저물어가고 겨울이 다가올 것이다. 동방洞房은 이미 오랫동안 빈방이 되어버렸다. 동방이란 신방新房을 말한다. 이 방의 반쪽을 채워줄 사람은 저 멀리 서울에 있다. 그러니 마음은 더욱 서글퍼지고 바람이 휭하니 지나가는 것이다.

이처럼 삼의당이 하립에게 빨리 돌아오기를 바란다고 하고, 자신의 외로움을 토로하기도 하는 내용은 주로 초기에 지은 시에 집중된다. 특히 삼의당은 하립이 서울로 간 뒤 1년은 금의환향에 대한 기대가 컸다. 과거 급제에 대한 희망 혹은 믿음이 있었기 때문이다. 시에서 자신을 가인佳人이라고 했는데 가인은 주로 재자가인才子佳人으로 함께 쓰여 재주 있는 남자와 아름다운 여자로 풀이되며 능력과 외모를 모두 갖춘 사람을 뜻한다. 곧 하립은 가인의 짝인 재자이니 머지않아 급제하여 돌아오리라 기대했던 것이다. 그러나 하립은 여느 시골 몰락 양반과 마찬가지로 과거에 급제하지 못했다. 계속해서 산사, 서울 등을 왕복하며 과거 준비를 했다. 이는 자그마치 16년 동안 이어졌다. 금의환향 소식은 끝내 없었다.

또한 하립은 객지에 홀로 떨어져 공부하는 생활을 힘들어했다. 삼의당에게 편지며 시를 보내었다. 입신양명을 하여 부모님께 영화를 드리겠다는 다짐도 많았지만, 삼의당을 그리워하는 내용도 많았다. 고향의 아내 곁으로 돌아오고 싶은 마음을 내비추었다.

그러나 삼의당은 이를 거부하고 독려하고 채찍질하였다. 자신도 홀로 사는 삶이 외롭고 힘들긴 마찬가지였으나, 가문을 일으켜야 하는 의무감을 저버릴 수는 없었다. 그러므로 남편에게 쓴 시들이 점점 더 이별의 아픔을 말하기 보다는 공부를 권면하는 내용이 강해졌다. 삼의당은 각자가 할 일이 있다고 확실하게 역설했다. 보통 여자들은 유약하여 상사相思의 정을 쉽게 토로하지만 밖에 있는 남자는 머리를 돌려 규방을 생각해서는 안 된다, 애정 어린 편지나 보고 싶다는 말도 규방의 여자나 쓰는 것이다, 한 걸음 더 나아가 '외롭다'는 말은 이제 하지도 말라고 했다. 자신도 상사의 정을 주고받거나 표현하지 않을 것이니, 이러한 감정에 휘둘리지 말고 과거 급제나 힘쓰라는 통첩이었다.

또한 삼의당은 시부모의 존재를 계속 부각하는 방법도 썼다. 부모님이 걱정하고 계시다, 부모님께 영화를 드려야만 한다고 했다. 하립의 과거 급제는 개인의 영광이 아니라 부모님을 위한 것, 집안을 위한 것이며 나아가 마을에 자랑하기 위한 것이었다. 마을에는 자신과 하립의 가족과 친척이 살았다. 그러므로 하립이 힘써 해야 할 일은 공부이자 과거 급제이고 이는 곧 금의환향이었다. 그런데 사실 이는 무엇보다도 삼의당을 위한 것이었다. 하립에게 계속 학업에 힘쓰고 과거에 급제하라고 한 것은, '자신의 소망'이고 '자신을 즐겁게 해 주는 일'이라고 강조했다. 하립을 통해서야 자신이 진흙에서 벗어나 밝은 구슬이 될 수 있었기 때문이었다.

삼의당은 1786년 동갑내기인 남편과 18살에 결혼을 하여, 16년이란 세월을 생이별을 하며 남편의 과거 공부를 도왔다. 가난한 집안을 책임지며 과거 급제에 대한 희망의 끈을 놓지 못하였다. 그러나 머리카락을 잘라 팔고 비녀를 팔면서 뒷바라지를 했지만 끝내 희망은 이루어지지 않았다.

마침내 이 기나긴 여정에 마침표를 찍기로 마음먹은 사람은 하립이었다. 과거를 포기하고 농사를 짓기로 했다. 그런데 남원은 땅값이며 곡식값이 비싸 농사를 짓고 싶어도 불가능했다. 그래서 농토가 넉넉한 진안으로 이사를 하자고 했다. 삼의당도 이에 동의하였다. 결국 1801년 진안 마령 방화리로 이사를 하고 다음해부터 집도 짓고 농사도 지었다.

삼의당과 하립은 이 생활을 평화롭게 묘사했다. 그러나 이는 욕망과 좌절의 굴레에서 잠시 벗어나 마음을 내려놓은 사람의 평화였다. 눈앞에 펼쳐진 자연 풍경, 나무와 산과 바람과 물의 모습과 소리 등에서 느껴지는 일시적 위안이었다. 양쪽 가문의 희망을 어깨에 짊어지고 살아온 부부의 고생이 물거품이 된 뒤 농사를 짓게 된 것이 진정 즐거웠을 것이라고 누군들 생각할 수 있겠는가. 그러나 현실을 긍정적으로 받아들이려는 노력은 했다. 이제 막다른 골목으로 몰려 농사를 짓게 되었는데 이를 받아들이지 않는다면 여기서 다시 시작하고자 않는다면, 살아갈 희망이 없었기 때문이다.

그러므로 이 가족은 모두 농사에 힘썼다. 부부는 새벽부터 헤질 때까지 밭에서 살았다. 해가 뜨면 밭으로 나가고 해가 지면 들어왔다. 뜨거운 햇볕 아래 땀 흘리며 밭을 매었다. 시어머니와 시누이도 새벽부터 일어나 부엌일을 하고 들밥을 내왔다. 온 가족이 농사꾼이 된 것이다. 노동으로 고단한 생활이었으나, 원망을 하지는 않았다. 먹고살자면 열심히 일해야 했던 것이다. 삼의당은 가족들 특히 남편과 함께 있고 밥을 굶지 않는다는 점에 대해 만족하였다.

이처럼 진안으로 이사를 해서 농사를 지었으나 상황은 별반 나아지지 않았다. 5년 사이에 맏딸, 조카딸, 시아버지 그리고 넷째 동서가 사망을 하였다. 희망으로 버텨 왔으나 좌절되자 연달아 세상을 뜬 것이다. 시아버지의 상을 당했을 때는 돈

<삼일유가三日遊街>, 《모당 홍이상공 평생도慕堂 洪履祥公 平生圖》
김홍도, 국립중앙박물관 소장 ┃ 과거에 급제한 사람이 사흘 동안 친지들을 방문하는 행렬을
그린 그림. 흥겨움이 넘쳐난다.

이 없어서 빚을 내어 겨우 장례를 치렀다. 그러나 빚을 갚을 기일이 되었지만 온 살림을 다 털어도 방법이 없자, 하립은 다시 외지로 돈을 구하러 가야 했다. 삼의당은 터진 베적삼에 가시 비녀를 꽂고 있는 아낙네의 행색을 하게 되었지만, 현실은 나아지지 않았다.

그렇기 때문에, 혹은 그럼에도 불구하고, 사대부 신분을 포기하지 못했다. 이들은 농사를 지으며 공부를 했다. 시문을 게을리하지 않았을 뿐만 아니라 과거 준비도 놓아버리지 못했다. 아이조차 아침저녁 채소에 물을 주고 돌아오면 성현의 글을 읽는 생활을 했다. 이른바 주경야독晝耕夜讀의 삶이었다. 풍상을 겪었으나 뿌리만은 단단해지는 삶이라 자신을 다독였고, 결국 진안으로 이사한 지 10년이 되던 1810년 9월에 하립은 향시鄕試에 합격했다. 그리고 회시會試를 보기 위해 서울로 또 한번 발걸음을 옮겼다. 40이 넘은 나이였다. 마지막 기회였다. 그러나 끝내 급제 소식은 없었다. 그 후 삼의당과 그 가족이 어떻게 살았는지는 알 수가 없다. 회시를 보러 한양으로 떠나는 남편을 전송하는 시가 문집에서 가장 마지막 시기의 작품이기 때문이다.

삼의당은 최선을 다해 살았다. 한시도 쉬지 않았고 늘 바쁘게 집안일을 하였다. 그러한 와중에서도 시문을 멀리하지 않았다. 어떻게든 시간을 내어 시를 쓰고 글을 읽고 아이들을 가르쳤다. 시문은 삶을 지탱하는 혹은 자신의 존재를 증명하는 보루였다. 다만 조선 후기 정치·사회·경제적으로 혼란한 시기에 시골의 몰락 양반 가문에서 태어났다는 점이 문제였나. 가혹한 현실이었다.

06

딸아, 너는 나보다는 행복했으면

둘째 딸을 시집보내며

김삼의당

딸이 시집가는 날
아직 봄도 오지 않아서
하인이 새 가마 메자
진눈깨비 흩뿌리며 날리네.
몸종이 길 인도하며 떠나니
막냇동생 울며 헤어지네.
문에 서서 한 마디 주니
살림 잘하고 금실 좋게 살아라.

嫁二女
가 이 녀

之子于歸日　未及桃夭節
지 자 우 귀 일 　 미 급 도 요 절

僕夫駕新轎　飄飄飛雨雪
복 부 가 신 교 　 표 표 비 우 설

侍婢行前導　季妹泣相別
시 비 행 전 도 　 계 매 읍 상 별

臨門贈一語　宜家又宜室
임 문 증 일 어 　 의 가 우 의 실

김삼의당이 1807년 둘째 딸을 시집보내며 쓴 시이다. 1807년이
면 남편인 하립이 16년 세월 동안 이어진 과거 준비를 포기하고
진안으로 이사한 지 6년이 된 시기였다. 문집을 통해 거론된 딸
의 혼인은 둘째 딸이 유일하다. 그녀에게는 딸이 최소한 넷 있
었고 아들도 한 명 있었는데, 첫째 딸은 18살에 셋째 딸은 두 살
에 죽었다.

　　몰락 양반의 후손이다 보니 삼의당의 자녀들도 궁핍의 굴
레에서 자유로울 수 없었다. 맏딸의 경우가 특히 그 실상을 잘
보여준다. 맏딸은 과거 공부를 하느라 오래도록 집을 떠나 있는
아버지를 대신해 홀로 고생하는 젊은 어머니 곁을 지켰다. 줄줄

이 있는 어린 동생들을 건사하느라 철이 일찍 들었다. 밥 짓고 길쌈하는 일을 맡아 했고, 진안으로 이사한 뒤에는 부모를 도와 집안일에 농사일까지 했으리라는 것을 짐작할 수 있다.

그런데 진안으로 이사한 지 1년 뒤인 1802년에 서울에서 호남에 이르기까지 홍역이 유행을 하여 수많은 사람이 죽었다. 그 여파가 진안에까지 미쳐 1803년 1월에 삼의당의 세 딸들이 전염되었다. 막내인 아들은 아직 태어나기 전이었다. 삼의당은 맏딸이 당연히 회복하리라 생각했기에 보다 어린 둘째 딸과 넷째 딸을 돌보느라 맏이를 제대로 챙기지도 못했고, 결국 맏딸은 약 한번 제대로 써보지도 못하고 죽었다. 나이가 어려도 나이가 들어도, 늘 부모를 돕고 동생들을 돌보느라 뒤로 밀린 맏이의 운명이었다.

맏딸이 죽은 지 한 달 뒤에 서울에서 청혼서가 왔다. 딸로서도 슬픈 삶이었으나 어머니로서도 억장이 무너지는 일이었다. 삼의당은 딸이 열여덟 살 꽃다운 나이에 생을 마친 것은 자신이 어머니로서의 도리를 못했기 때문이라고 자책했고, 마침내 혼절을 하고 말았다.

맏딸이 사망한 뒤 그 역할은 둘째 딸에게로 넘겨졌고, 그러다가 4년 뒤인 1807년에 혼인을 시키게 되었다. 사위 될 사람은 전주 사람 송도환宋道煥이었다. 시의 첫 구절을 '시집가는 날'이라고 번역하였는데 한문으로는 '우귀于歸'라고 되어 있다. 이는 '삼일우귀三日于歸'를 줄인 말이다. 문자 그대로 해석하면 '셋째 날 돌아가다'라는 뜻이다. 이는 우리 고유의 혼인제도가 아니었다. 고려 말에 성리학이 도입된 이후 『주자가례朱子家禮』의 영향을 받아 도입된 친영親迎의 형태였다. '친영'이란 '몸소 맞이한다'는 뜻이다. 신랑이 신부 집으로 가서 혼례를 치르고 3일이 되면 신부와 함께 자신의 집으로 돌아가는 혼인 형식이었다. 요즘 우리가 알고 있는 혼례의 기원이라고 하겠다.

이와는 달리 우리의 고유 혼인은 남귀여가혼男歸女家婚이었다. '남자가 여성의 집으로 가서 사는 혼인'이었다. 곧, 여성들이 혼인을 하고도 친정에서 계속 살거나, 나중에 시집으로 가는 제도였다. 이 제도는 조선 후기까지 이어졌으니, 우귀와 남귀여가혼이 오래도록 혼재되어 있었다.

둘째 딸의 혼사지만 맏딸이 일찍 죽었으므로 삼의당에게는 딸을 처음으로 시집보내는 일이었다. 막내인 아들을 1809년에 낳았으니 이때는 아들도 낳기 전이라 삼의당의 집에는 딸들만 있었다. 그러므로 삼의당의 집에 필요한 혼인은 '우귀'가 아니라 '남귀여가혼'이었다. 그러나 가난한 몰락 양반의 집으로 들어와 살고자 하는 사위는 없었다. 권력과 경제력이 어느 정도는 뒷받침되어야 가능한 일이었다.

딸이 시댁으로 떠나가는데 날이 춥다. 아직 봄이 되지 않아 춥지만, 진눈깨비까지 흩날린다. 날씨마저 궂으니 이별을 앞

<나물 캐는 여인>
윤두서, 해남 종가 소장

둔 가족의 마음이 더욱 슬프다. 막냇동생이 울면서 언니를 떠나보낸다. 사실 가장 울고 싶은 사람은 삼의당 자신이었다. 생이별에 목 놓아 울고 싶지만 차마 그러지 못하는 자신의 감정을 막내딸에 빗대어 표현했다. 그러면서 어머니로서 할 수 있는 일이란 시댁에 가서 살림 잘하고 남편과 사이좋게 지내라는 당부를 하는 일뿐이었다.

이 당부에 대해서는 삼의당의 또 다른 글인「둘째 딸을 시댁으로 보내는 서문送二女于歸序」을 보면 더 자세히 알 수 있다. 삼의당은 딸에게 시댁을 '너의 집'이라고 하였다. '너의 집'은 태조 이성계의 선조가 살았던 곳이며 풍속이 교화된 땅인 전주에 있는 어진 가문[賢門]이다. 그러므로 '너의 집'에 가서 반드시 공경하고 반드시 순종하며 남편을 거스르지 말라고 당부하였다. 또한 조부모님과 부모님을 공경하고 정성을 다하여 게으르지 말라고 하였다. 시부모를 섬길 때는 '공경'이 '사랑'을 넘어서야 한다며 공경을 강조했다. 또한 '우리 가문'은 '공경'을 집안 대대로 가르쳐 왔다며 자신의 시댁이자 딸의 친정이 훌륭한 가문임을 내세운다. 그래서 여름에 여자 스승에게 부탁해서『내칙』을 주고, 부모 섬기고 어른 섬기는 도를 가르치도록 했다고 하였다. 이는 딸이 '어진 가문'인 시댁에 어울리는 며느리가 되도록 교육하였음을 내세운 것이다. 이를 통해 삼의당은 사돈의 가문도 훌륭하고, 그에 어울리게 자신의 가문도 훌륭하다는 사실을 강조하였다. 이는 대외적으로 가문의 위상을 세우고 딸이 한 집안의 며느리로서 의연하게 살 수 있기를 바라는 마음에서 나온 행동이었다. 딸을 떠나보내는 슬픔보다는 딸이 시댁에 가서 사랑받으며 잘 살기를 바라는 마음이 더 앞섰던 것이다.

이 딸이 그 뒤 어떻게 살았는지, 삼의당은 다시 딸을 만났는지 우리는 알 수 없다. 이와 관련된 시문이 남아 있지 않기 때문이다. 그러나 딸이 어머니보다는 좀 더 나은 삶을 살았기를 바란다. 어머니에게서 딸에게로 다시 그 딸에게로, 실의와 아픔이 반복되는 것은 너무도 슬픈 일이기에.

지는 매화를 부러워하다

지는 매화   김운초

옥 같은 모습 얼음 같은 살결 점점 여위더니

봄바람에 열매 맺고 푸른 가지 돋았네.

얽히어 끊어지지 않는 봄소식은

사람들 한스런 이별보다 오히려 낫구나.

落梅
낙매

玉貌氷肌冉冉衰 東風結子綠生枝
옥 모 빙 기 염 염 쇠   동 풍 결 자 록 생 지
纏綿不斷春消息 猶勝人間恨別離
전 면 부 단 춘 소 식   유 승 인 간 한 별 리

김운초金雲楚는 평안남도 성천成川에서 가난한 향족의 딸로 태어
났다. 생몰연대는 정확하지 않지만 1800년대 초에 태어나 1850
년 이후 사망한 것으로 추정된다. 아버지가 일찍 돌아가시어 중
부仲父의 슬하에서 자랐는데, 운초가 회상하는 아버지는 가난을
근심하지 않고 서적을 사 모았으며 경서經書의 이치를 몸소 닦
았다. 중부 또한 30년 동안 책을 보아 제자백가諸子百家며 의학,
기술서에 이르기까지 방대한 지식을 쌓았으며 시문에 뛰어났
다. 가난해도 세상에 굴하거나 물들지 않고 학문을 면면히 이
어온, 책의 향기[書香] 가득한 선비들이었다. 자신이 이러한 집안
출신이라는 것을 밝히는 운초에게서 자긍심이 읽힌다.

　　그러나 운초는 기녀가 되었다. 여기서 의문이 든다. 그토
록 힘써 주장한 유학하는 선비 집안의 딸이 무슨 이유로 기적妓
籍에 이름을 올리게 되었단 말인가? 물론 가난이 가장 큰 이유
였을 것이다. 하지만 사대부 집안의 딸이 단지 가난해서 기녀
가 되는 것은 그리 흔한 일이 아니었다. 또 다른 이유로 신분적
문제를 들 수 있다. 집안은 사대부 가문이었으나 그녀가 서녀로
태어났던 것이다. 아니면 그녀의 집안이 이미 서얼 가계였을 수
도 있다. 이쯤 되면 그녀가 학문하는 집안으로서의 위상을 그토

록 강조했던 것도 이해가 된다. 신분상의 열세를 학문으로 만회하려 했던 것이다. 뿌리는 사대부였으나 곁가지에서 자라난 서녀의 운명. 당시 서녀가 선택할 수 있는 길이란 서얼의 아내가 되거나 기녀가 되거나 사대부의 소실이 되는 것이 일반적이었다. 그녀는 기녀의 길을 선택했다.

운초는 기녀가 되면서 부용芙蓉이라는 새 이름을 갖게 되었고, 시를 잘 짓는 시기詩妓로 명성을 얻었다. 그녀는 중부의 가르침 덕분에 어린 나이부터 시를 잘 짓게 되었다고 했다. 기녀가 시를 잘한다는 것은 많은 잔치 자리에 소환되어 시를 지어야 한다는 것을 의미했다. 그녀의 시를 보면 잔치에 불려가면서 어디를 지나가다가, 혹은 어느 명승지에서, 아니면 명승지에서 벌어진 잔치 자리에서 쓴 작품들이 많다. 나름 피곤한 행보였다.

젊은 시절 그녀가 주로 불려다닌 잔치는 성천과 평양에서 열리는 잔치였다. 그녀의 출신지인 성천에는 동명관東明館이라는 객사客舍가 있었다. 객사란 외지로 가는 관리나 사신이 머무르는 거처이다. 고려 말에 지어진 동명관은 조선시대 가장 크고 아름다운 객사 가운데 하나였다. 중국 사신이 오고가는 위치에 있었으니 중요했다. 6·25 때 불에 타버려 현재는 남아 있지 않지만, 사진을 보면 몹시 웅장하고 화려한 건물이었다. 대동강의 지류인 비류강 변에 위치하여 건물이 강물에 비추었으며, 부속 누대인 강선루降仙樓는 '신선이 내려온다'는 이름에 걸맞게 관서

팔경의 하나였다.

또한 평양에는 금수산錦繡山이 있고 그곳에 면한 대동강 변에는 아름다운 누정들이 많이 있었다. 부벽루浮碧樓와 연광정練光亭이 대표적이다. 부벽루는 모란봉牧丹峰 절벽에 있다. 원래 영명사永明寺의 부속 건물로 영명루永明樓라고 했는데, 마치 푸른 강물 위에 떠 있는 것 같다 하여 '뜰 부浮, 푸를 벽碧'을 써서 부벽루라고 고쳤다. 연광정 역시 대동강 절벽 위에 있는데 명나라 사신 주지번이 '천하제일강산天下第一江山'이라는 현판을 남길 정도로 풍광이 뛰어났다. 역시 관서팔경의 하나였다.

사실 동명관은 고구려 동명왕의 이름을 따서 지은 곳이고, 영명사는 동명왕의 구제궁九梯宮 터에 세워졌다는 전설이 전한다. 근방에는 동명왕이 말을 기르던 기린굴麒麟窟, 말을 타고 하늘에 조회하던 조천석朝天石이 있다. 곧 동명관과 부벽루 그리고 연광정은 동명왕의 신화가 가득한 곳이다. 그러므로 나라가 어지러울 때 우국충정을 지닌 시인들은 부벽루에 올라 고구려의 영화가 다시 오기를 바라는 시를 쓰기도 했다.

그러나 운초가 살았던 당시, 동명관과 부벽루 그리고 연광정은 잔치를 벌이는 곳이었다. 주로 중국 사신들이 오면 머물게 하고 잔치를 벌였다. 중국으로 사신을 가는 우리나라 관원이나 평안도 혹은 함경도로 관직을 살러가는 관리, 유람을 떠난 사대부들이 머물기도 하였다. 아름다운 경치와 명성 때

<부벽루연회도 浮碧樓宴會圖>, ≪평양감사 향연도 平壤監司饗宴圖≫
김홍도, 국립중앙박물관 소장

문이었다. 조선 후기 김홍도金弘道(1745~1816 이후?)가 그린 ≪평양감사 향연도平壤監司饗宴圖≫를 보면 당시 잔치가 얼마나 성대했는지를 알 수 있다. 이 그림은 〈부벽루연회도浮碧樓宴會圖〉, 〈월야선유도月夜船遊圖〉, 〈연광정연회도練光亭宴會圖〉로 구성되었는데, 〈부벽루연회도〉에는 50명이 넘는 기녀가 동원되어 노래하고 춤추고 시중을 들고 있다. 더 자세히 들여다보면, 부벽루 앞마당에 기녀 24명이 앉아서 노래하고 있고, 20여 명의 기녀는 처용무와 북춤, 칼춤 등을 동시에 추고 있다. 〈월야선유도〉는 평양감사의 밤 뱃놀이를 그린 그림인데, 평양감사의 배와 그 뒤에 따라오는 배에 타고 있는 기녀가 20명이 넘는다. 〈연광정연회도〉에서는 연광정에 올라 평안감사 앞에서 노래하고 춤추는 기녀가 20명 정도 된다. 이 그림이 언제 그려졌는지는 밝혀지지 않았으나 운초와 김홍도의 시기가 어느 정도 겹치기에 그림 속 어딘가에 운초가 앉아 있을지도 모를 일이다.

이런 큰 연회 외에도 운초는 크고 작은 잔치와 모임, 혹은 시회詩會에 이리저리 불려 다녔다. 피곤한 일이었지만 관에 속한 노비였기에 어쩔 수 없었다. 1814년에는 갈촌葛村을 지나는데 술에 취한 여러 소년들이 운초가 탄 말을 붙잡고 시운詩韻을 부르며 시를 지으라고 했다. 기세가 급박했다고 했으니, 길을 막고 시를 지으라고 희롱을 당했던 것이다. 그래서 입에서 나오는 대로 불러주고 벗어났다고 했다. 잔치 자리에서 일어난 일은 아니지만 당시 그녀가 처했던 위치를 잘 보여준다.

위의 시는 1830년 이후에 쓴 것이다. 그녀의 나이 20대 후반에서 30대 초반이었고, 기녀 생활도 15년에서 20년 가까이 하였던 시점이었다. 지금이야 젊은 청춘이지만 당시 기녀로서는 늙은 나이였다.

봄날 바람에 날리는 매화 꽃비 아래에 서 있었던 모양이다. 옥 같은 모습에 얼음 같은 피부를 지니고 환하게 피어난 꽃잎들은 시간이 지나면 점점 기운을 잃고 나무를 떠나게 된다. 얇고 하얗고 투명하기까지 한 꽃잎들이 부드럽게 날린다. 손바닥을 펼쳐 그 위에 내려앉기를 바라도 손을 스치고 지나가 버린다. 아무런 미련이 없는 것인가? 그렇게 꽃잎이 홀홀 떠나간 자리에 새잎이 나고 열매를 맺는다. 떠남 속에 만남이 있었던 것이다. 결국 꽃은 자신의 분신을 남겼다. 자신이 누구였는지 왜 왔는지 정확히 알고 있었기에 그토록 부드럽게 미련 없이 갈 수 있었는지도 모른다. 그러므로 얽히어 끊어지지 않는다고 했다.

꽃잎이 날리는 매화를 보며 운초는 자신을 돌아보았다. 젊음의 끝자락에서 자기도 지는 매화와 같다고 여겼을 것이다. 하지만 다른 점이 있다면 매화는 떠난 자리에 푸른 잎과 열매를 남기지만, 자신은 아무것도 맺지 못한다는 것. 이리저리 부평초처럼 버들개지처럼 불려다니는 삶이었다. 그 사이에 또 얼마나 많은 이별이 있었겠는가. 자유가 없는 기녀이기에 가족도 친구도 쉽게 만나기 어려웠다. 헤어진 기녀 동무를 그리워하다가 20년 만에야 다시 만나기도 했다. 보통의 여자들처럼 혼인을 하여 자식을 얻는 것도 하지 못했다. 그러니 아름답던 꽃잎이 쇠락하여 떨어져도 열매가 생겨나고 푸른 잎이 돋아나는 매화가 사람보다 낫다고 했다. 모양은 바뀌어도 존재는 계속 이어져 가는 것이다.

　나무 아래 서서 떨어져 날리는 꽃잎을 바라보는 운초의 모습이 그려진다. 서글픈 그림이다. 그래도 우리는 안다. 운초에게는 시가 남겨져 있다. 그것이 그의 분신이자 삶이다. 누군가는 그 시를 읽으며 그의 삶을 생각하고 또 누군가는 그의 마음을 느끼며 함께 울어준다. 그러니 운초가 너무 허무해하지 않았으면 좋겠다.

08

귀밑머리 희어져
다시 만난 친구에게

옛 친구 죽군과 헤어지면서　　　　　　　　김운초

강선루 아래 바로 내 고향에서

그대는 관서의 시 잘 짓는 기녀였지.

노래하고 춤추던 땅에서 그림자와 메아리처럼 함께 지내니

아름답게 피는 비단옷 향기 구별 안 되었네.

봄꽃 시절 잠깐 헤어지더니 소식이 끊겼졌다가

갈대밭에서 다시 만나니 귀밑머리 희어졌구려.

어찌하면 강가에서 이웃하여 살며

여생을 물고기 낚으며 즐거이 지내리.

물가에 핀 꽃 꺾으며 떠나갈 배 멈춰 놓고

흰 이슬 내리는 모래펄에서 그대와 헤어지네.

취하여 미친 노래 부르는 것은 지나치니

맑은 가을에 다시 만나자고 달 보며 약속하네.

푸른 바다 가까워 넓게 밀려온 강물 위에

높은 누대 그림자는 밤낮으로 떠 있네.

경치 좋은 곳에 아름다이 노닐어 정신이 길러지니

죽군이여, 조금 더 머물지 않겠는가.

贈別竹君故友
증별죽군고우

降仙樓下卽吾鄕　君是關西故杜娘
강선루하즉오향　군시관서고두랑

影響相隨歌舞地　氛氳不辨綺羅香
영향상수가무지　분온불변기라향

烟花小別音塵隔　葭蘆重逢鬢髮蒼
연화소별음진격　가로중봉빈발창

安得隣居江上岸　餘生漁釣好翺翔
안득린거강상안　여생어조호고상

汀花採採爲停舟　乍別伊人白露洲
정화채채위정주　사별이인백로주

酒後狂歌猶過境　月中佳約又淸秋
주후광가유과경　월중가약우청추

歸潮浩蕩滄溟近　高閣虛明日夜浮
귀조호탕창명근　고각허명일야부

勝地奇遊神所保　竹君何不少淹留
승지기유신소보　죽군하불소엄류

기녀는 기안妓案에 올라 관리되었고 50세까지 신역身役의 의무가 있었다. 앞서 살핀 대로 이런저런 자리에 불려 다니며 춤, 노래, 시, 그림 그리고 수청의 의무를 다해야 했다. 10대부터 이런 생활을 시작해 30세 전후가 되면 늙은 기녀 취급을 받게 되었다. 그래서 기녀들은 가난하고 비참한 노년을 맞지 않게 되기를 염원했다. 그중 한 방법은 잘 사는 사대부의 소실이 되는 것이었다. 현재의 시각으로 보자면 황당하고 슬픈 바람이지만 이는 당시 기녀들이 상상할 수 있는 최선의 선택이었다. 더구나 기녀가 기적妓籍에서 벗어나 사대부의 소실이 되는 것은 쉬운 일이 아니었다. 사대부가 사사로이 관기官妓를 소실로 삼는 것은 국법으로 금해져 있었다. 관의 허락을 받고 속량贖良도 해야 했다. 속량이란 돈을 내고 기녀 신분에서 벗어나게 해주는 일이었다.

운초도 어느 시점부터 기적에서 벗어날 준비를 하였다. 이를 위해 선택한 사람이 연천淵泉 김이양金履陽(1755~1845)이었다. 김이양은 안동김씨로 함경도관찰사, 이조판서, 예조판서, 호조판서, 홍문관제학, 판의금부사, 좌참찬을 지냈다. 또한 손자가 순조의 부마였다. 부와 명예와 권력을 다 지닌 인물이었다. 김이양은 운초보다 45살가량 많았다.

운초가 김이양을 언제 처음 만났는지는 확실하지 않다. 1811년 12월 홍경래 난이 일어나자 1812년 김이양은 함경도관찰사로 되어 파견되었고, 1815년 1월까지 머물렀다. 이 시기 운초는 이미 시기로 이름이 났으니, 운초와 김이양이 시회詩會나 연회宴會 등의 자리에서 만났을 가능성이 크다. 운초의 시집을 살펴보면 1825년 이전에 김이양의 시에 차운하거나 김이양에게 보낸 시들이 있다. 또한 운초는 한양에 갔다가 1825년에 성천으로 돌아갔다. 언제 한양으로 갔는지는 정확하지 않으나, 한양에 다녀오니 이도사李都事란 노인이 사망하고 없었다고 한 것으로 보아 한양에서 오래 머물렀던 것으로 보인다. 그런데 당시 관기는 자신이 소속된 지역을 자의로 벗어날 수 없었다. 평안도 관기였던 운초의 경우 관의 허락 없이 한양으로 가는 것은 불가능했다. 운초가 한양에 무슨 이유로 갔는지는 밝혀지지 않았으나 관의 허락을 받고 갔을 것이며, 한양에서 김이양을 만났으리란 점은 쉽게 추측할 수 있다. 또한 김이양은 성천으로 부임하는 손자를 통해 운초에게 시를 보내기도 했다.

그 후 김이양은 1826년 72세에 벼슬을 그만두고 관서 지방을 여행했다. 이때에 두 사람이 다시 만났을 가능성이 크다. 운초는 또 자신의 중부가 말년에 김이양을 만났으니 비로소 능력을 알아주는 이를 만나게 되었다고도 했다. 향리의 이름 없는 사대부였던 중부가 운초의 소개로 김이양을 만나게 된 것임을 알 수 있다.

마침내 운초는 1831년 김이양의 소실이 되어, 1832년 그를 따라 한양으로 갔다. 참으로 오랜 세월 노력하며 기다린 결과였다. 김이양은 77세 운초는 30대 초반이었다. 45살의 나이 차를 뛰어넘는 이 관계에서 그녀가 원한 것은 패트론 혹은 멘토였다.

운초를 비롯한 기녀들이 사대부의 소실이 될 수 있었던 데는 이유가 있었다. 모든 기녀가 소실이 되기는 어려웠다. 시 또는 그림에 재주가 뛰어나야 했고, 운초처럼 오랜 시간 공을 들여야 했다. 그렇다면 이 경우 사대부와 기녀는 서로의 필요에 의해 맺어졌다고 할 수 있다. 나이 많으며 권력이 있는 사대부는 시詩·서書·화畵에 능한 소실이 필요했고, 기녀는 자신의 능력을 알아주면서 자신의 신세를 편하게 해 줄 사대부가 필요했다. 그러므로 이는 애정에 기반하기보다는 예藝의 공유 혹은 이를 통한 사회적 명성에 기반했다. 실제로 사대부들은 자신들의 시회에 소실들을 동반하여 시를 짓거나 소실들이 주관하는 시회에 참석하였다.

한양에서 그녀는 김이양의 소실로서 집안의 눈엣가시가 되지 않기 위해 바짝 엎드리고 살았다. 그런데 김이양의 정실은 운초가 소실이 되기 3년 전에 사망했다. 김이양이 정실의 3년 상을 치른 뒤에 운초를 소실로 데려간 것이다. 그러므로 운초라는 소실의 존재는 가족들의 비위에 거슬리지는 않았다. 오히려 운초는 김이양의 집 안이 아니라 집 밖에서 거하는 날이 더 많았다. 주로 김이양의 별장이랄 수 있는 한강 변의 누정樓亭에서였다. 또한 운초는 김이양과 함께 사대부들의 시회에 참석했다. 이 시회는 사대부들의 누정에서 열리거나 혹은 이러저러한 잔치 자리에서 열렸다. 그녀의 시 잘 짓는 능력은 여기서도 빛을 내었다.

위의 「옛 친구 죽군과 헤어지면서」는 운초가 한강 가의 누정에서 죽군과 만났다가 헤어지며 쓴 시이다. 운초의 친구인 죽군은 죽향竹香이라고도 하는데 평양 기녀였다. 시의 내용을 따라 읽으면 운초의 고향인 평안도 지역에서 죽향은 시를 잘 짓는 기녀였다. 노래하고 춤추며 기녀 생활을 할 때 두 사람은 그림자와 메아리처럼 서로를 따르고 아끼는 벗이었다. 두 사람의 능력은 마치 비단 옷에서 나는 향기가 섞여 공기 중에 가득 피어오르는 것 같아 구별이 안 되었다.

그러나 두 사람은 젊은 날 이별을 하게 되었다. 잠깐 이별일 것이라고 생각했으나 긴 세월 동안 만나지 못했다. 무엇 때문에 이별했는지는 확실하지 않지만 한 가지는 유추할 수 있다. 운초가 김이양의 소실이 되어 한양으로 간 것은 1832년이었는데, 죽향은 그보다 한참 전에 먼저 평양부윤平壤府尹이었던 이두포李荳圃의 소실이 되어 한양으로 갔다. 하지만 운초가 한양에 갔을 때 죽향은 이미 이두포와 헤어지고 다른 사람과 인연을 맺었다. 헤어진 이유는 알 수 없으나 기녀 출신 소실이었던 죽향의 의사는 아니었을 것이다.

운초와 죽향은 1832년 이후 어느 시점에 재회했다. 30살이 훌쩍 지나 있었다. 봄 같은 시절에 헤어져 귀밑머리 희어져 한양에서 다시 만났으니 그 반가움이야 말로 표현하기 어려웠다. 그래서 헤어지지 않고 이웃에서 함께 살면 얼마나 좋을까 생각했다. 이들은 기적妓籍에서 벗어나기 위해, 퇴기退妓가 되어 노년을 비참하게 살지 않기 위해, 소실이 되었다. 그래서 신세는 편해졌으나 고향을 멀리 떠나야 했다. 그러니 가족과 고향이 늘 그리웠다. 그러므로 동향 출신으로 같은 처지인 벗을 만난다는 것은 만남 그 자체로 서로에게 위안이 되었다. 외로운 타향살이에서 속마음을 편하게 나눌 수 있었다.

죽향에 대해서는 한재락韓在洛의 『녹파잡기綠波雜記』를 통해서도 알 수 있다. 한재락은 인삼밭을 소유한 개성상인이었는데 평양에 가서 만난 기녀들에 대해 『녹파잡기』를 통해 기록했다. 이 책은 1830년 이전에 쓴 것인데, 여기에 죽향에 대한 이야기도 짧게 나온다. 한재락은 노래를 잘하는 기녀인 죽엽竹葉을 만났는데, 그녀에게는 죽향이라는 동생이 있었다. 자매가 모두 기녀가 되었던 것이다. 죽엽은 한재락에게 죽향이 재색이 뛰어나다고 자랑을 하며 죽향이 그린 대나무를 보여주었는데 정취가 가득했다고 했다. 그래서 죽향을 만나보지 못한 것을 애석하게 여기다가 평양의 장경문長慶門 밖에서 우연히 마주쳤다. 죽향은 말을 타고 붉은 치마에 비취빛 저고리를 입고 있었는데 옷차림새가 나풀나풀 경쾌했다. 객客을 보자 말에서 내렸는데 모습이 아리땁고도 뛰어나 보였다.

여기서 우리는 죽향이 대나무 그림으로 유명했다는 사실을 알 수 있다. 죽향은 시도 뛰어났지만 묵죽墨竹도 잘 그렸다. 묵죽이란 윤곽선을 따로 그리지 않고, 필선 자체로 대나무의 줄기나 잎의 모양을 나타내며 그리는 대나무 그림이다. 조선 후기에는 시·서·화 삼절로 유명한 신위申緯가 묵죽화에 뛰어났다. 그는 시에도 뛰어났지만 문인 묵죽화의 전통을 이어받은 대표적인 사대부 화가였다. 그러므로 많은 문인과 화가들이 신위에게 작품을 보이거나 사사하고 싶어했으나 누구나 원하는 바를 얻기는 힘들었고, 중간에 줄 놓아줄 사람이 없으면 그마저도 쉬운 일이 아니었다.

그런데 1832년 가을에 이두포가 죽향의 묵죽 횡간자橫看子를 가지고 신위를 찾아왔다. 횡간자는 화축畵軸, 권축卷軸, 행간자行看子, 화권畵卷이라고도 하는데 표장한 그림 두루마리를 말한다. 그림을 이어 붙이고 그림에 대한 감상을 쓴 시도 이어 붙이기 때문에 길이는 점점 길어지고 평소에는 두루마리처럼 말아 보관했다. 이두포는 신위에게 사연을 설명했다. 죽향도 대나무 그림을 좋아했기 때문에 신위를 만나 그림을 보이고 평가를 받고

싫어했다. 그러나 신위가 한양을 떠나 있었기 때문에 만나지 못했다. 비록 지금은 헤어지기는 했으나 자신이 이를 보물로 여긴다면서 신위에게 한 말씀해 달라고 부탁을 하였다. 신위가 죽향의 묵죽 횡간자를 보니, 두루마리에는 이미 청나라 죽계竹溪 여원余垣이 쓴 시가 적혀 있었다. 여원은 화훼花卉와 영모翎毛 그림에 뛰어났으며, 가경제嘉慶帝(재위 1796~1820) 때는 화학박사畫學博士를 역임했고, 후에는 지현知縣(현의 관장) 벼슬을 살았다. 청나라로 사신을 가는 누군가가 죽향의 묵죽 횡간자를 가지고 가서 여원에게 보이고 시를 받아왔음을 알 수 있으니, 그렇다면 죽향의 묵죽 그림은 이미 조선의 사대부뿐만 아니라 중국 선비들 사이에서도 인정을 받았던 것이다. 신위는 이 묵죽 횡간자가 후세에 전할 만하다고 하고, 여원의 시에 차운하여 시를 적어 주었다.

운초가 한양으로 와 죽향과 재회한 후인 1843년, 이번에는 운초가 죽향의 묵죽첩墨竹帖을 김이양에게 부탁하여 신위에게 보이고 그 뒤에 시를 써달라고 청하였다. 묵죽첩은 묵죽 화첩畫帖인데 책으로 엮은 화집을 말한다. 이 또한 김이양과 신위가 친분이 있었기에 가능한 일이었고, 김이양도 죽향의 그림이 뛰어나다고 인정했기에 운초의 부탁을 들어준 것이다. 죽향의 묵죽 화첩을 본 신위는 화첩 뒷부분에 시를 써주었다. 신위는 운초와 죽향이 시와 그림으로 사람을 감동시켰다고 하였다. 그들의 시는 마치 입 안에서 구슬과 옥이 울리는 것 같고, 그들의 그림은

粉紅花放
滿枝吞繡
毛衆香迂
雨新喘
鳥一聲雍
倪曉隔窓
催起逝
眉人

＜모란과 새＞, ≪화조화훼초충첩花鳥花卉草蟲帖≫
죽향, 국립중앙박물관 소장 | 이 화첩은 19세기 여성 화가의 대표적 작품이라는 의의가 있다. 각 그림마다 꽃과 새 또는 꽃과 곤충을 함께 그렸는데, 원추리 장미 패랭이 모란 연꽃 등의 꽃과, 새, 나비, 사마귀 등이 짝을 이루었다. 또한 죽향은 그림에 대한 느낌과 생동감을 시를 통해 표현했다.

이슬이 눈물 흘리듯 안개가 우는 듯한 모습으로 성정性情을 나타낸다고 했다. 또한 운초를 덕 있는 인물이라 하고 죽향은 묵죽을 완성한 소식蘇軾 일파一派에 비유하며 칭찬을 했다. 자신은 그들의 작품이 뛰어난 것에 놀란다며, 기녀 출신 소실이라는 신분 때문에 능력을 깎아 논하지 말아야 한다고 했다. 죽향의 희망이 마침내 이루어진 것이다. 운초와 죽향의 우정은 이처럼 죽향이 예술가로 인정받는 데도 기여했으며, 둘은 서로를 이끌어주며 명망 있고 영향력 있는 사대부를 통해 자신들의 시화詩畵 명성을 굳혀 나갔다.

당시 한양에는 이들과 비슷한 처지의 소실들이 더 있었다. 그래서 이들도 함께 모이게 되었다. 자주 모인 이들은 경산瓊山, 금원錦園(1817~?), 경춘瓊春, 죽서竹西(1820?~1850?) 등이었다. 경산, 금원, 경춘은 기녀 출신이었고, 죽서는 서얼 출신이었다. 경산은 이정신李鼎臣, 금원은 김덕희金德熙, 죽서는 서기보徐箕輔의 소실이었다. 또한 경산은 운초·죽향과 동향 출신이었다. 금원과 경춘은 자매지간으로 죽서와 더불어 원주 출신이었다.

경산과 운초와 죽향은 1830년대에 한양에서 살며 교류하고 있었고, 10여 년이 지나 금원·경춘·죽서 등 젊은 소실들이 합류하였는데, 구성원들의 나이 차이는 많게는 스무 살까지 났으니 어찌 보면 세대를 뛰어넘은 모임이었다. 이들은 오강루五江樓, 일벽정一碧亭, 흔연정欣然亭, 삼호정三湖亭 등에서 모임을 가졌고, 운초와 죽향이 주로 만난 곳은 오강루와 일벽정이었다. 모두 한상에 있는 누정으로, 오강루·흔연정은 김이양의 별장이었고, 일벽정은 이정신의 별장이었으며 삼호정은 김덕희의 별장이었다. 금원이 모임에 합류하면서 삼호정이 모임 장소로 추가되었던 것이다. 만나면 이야기도 하고 시도 짓고 그림도 그리고 노래도 부르고 거문고도 연주하였는데, 특히 시를 지었기 때문에 이들의 모임을 시사詩社라고 하게 되었다. 기존 연구에서는 이 모임의 이름을 '삼호정 시사'라고 했는데, 이는 금원의 『호동서락기湖東西洛記』를 근거로 하였기 때문이다. 그러나 이는 운초를 중심으로 모임이 10여 년간 이어진 사실을 간과한 것이다. 운초와 금원의 입장에서는 지금 우리가 자신들의 모임을 어떻게 부르든 별 상관은 없겠지만 말이다.

이들이 모인 이유는 무엇이었을까? 무엇보다도 처지가 같았기 때문이었다. 이들은 모두 사대부 소실들로 기녀 출신이 대부분이었고 서얼 출신도 있었다. 또한 운초, 죽향, 경산은 고향이 같았고, 금원과 경춘, 죽서도 고향이 같았다. 앞서 말한 대로 금원과 경춘은 자매이기까지 했다. 고향을 떠나 한양이라는 타지에서 살았으나 여전히 소외되어 있었다. 더하여 이들에게는 자녀가 없었다. 나이 많은 사대부의 소실이 되었기에 아이를 낳지 않았다. 자녀가 없다는 사실은 자신들의 노후를 돌보아 줄 사람이 없다는 뜻이기도 했다. 또한 노인인 남편이 언제 죽을지도 몰랐다. 이래저래 뿌리 내리기 힘든 현실이었다. 그러므로 이들에게는 벗만이 마음을 의지할 대상이었다. 비슷한 처지, 동향 출신이라는 공통점은 이들을 결속시키는 연결고리가 되었다.

그러나 보고 싶다고 해서 언제나 볼 수 있는 처지는 아니었다. 남편을 따라 얼마간 지방에서 지내거나 병간호를 할 수도, 혹은 당사자가 병이 나 한참을 못 보게 될 수도 있었다. 서로를 살붙이처럼 아꼈기에 헤어짐은 언제나 아쉬웠다. 그래서 위의 시 2연에서 보듯이, 헤어지는 순간 무슨 핑계를 대서라도 이별을 늦추고자 하였다. 강가에 핀 꽃을 꺾는 척하며 벗이 타고 떠날 배를 묶어두고, 다시 또 꼭 만나자고 약속을 거듭하였다. 그래서 다른 날 누정에서 모임이 있을 때 죽향에게 어서 오라고 편지를 보내려는데, 죽향이 먼저 찾아오자 기쁨은 말로 형용하기 어려웠다.

이들이 만나 이야기하고 시 짓고 그림 그리고 노래 부르고 거문고 연주하고 술도 마시는 것을, 운초는 '취하여 미친 노래[狂歌] 부른다'고 했다. 여기서 미친 노래란 슬퍼서 미친 듯이 부르는 노래이다. 한시 전통에서 많은 시인들이 광가狂歌를 불렀다. 세상에 쓰이지 못해 한탄하고 멱라수에 빠져 죽은 굴원屈原, 궁핍한 삶과 전란으로 인한 피난길의 고통을 노래한 두보杜甫가 대표적이다. 장자莊子는 아내가 죽었을 때 곡을 하지 않고 생사生死에 달관한 태도를 보이며 동이를 두드리면서 노래하였다. 그러므로 오랜 세월 동안 '광가'는 젊은이들이 세상일에 연연하지 않고 호기롭게 부르는 노래, 세상일을 근심하여 부르는 노래, 소년 시절 호기로웠으나 세상 풍파를 겪고 나이 들어 달관하여 부르는 노래, 세상에 대한 근심 잊어버리고 산수에서 노니는 노래라는 의미가 되었다.

운초가 벗들과 모여 부른 노래도 다르지 않다. 신분으로 자신들을 얽어맨 세상의 불합리에 슬퍼하는 노래, 세상 풍파를 겪고 울분을 삭이는 노래, 모든 것을 잊고 자연 속에서 소일하고자 하는 노래였다. '광가'는 이들의 처지를 잘 나타내고 이들의 심정을 대변했다. 이들은 시와 그림과 음악에 뛰어났지만 이 능력은 세상에 쓰일 곳이 없었다. 그러니 서로의 능력을 알아주는 이들은 더욱 유대를 단단히 했다.

이들이 자주 모인 누정들은 한강 언덕 위에 있었다. 주로 별장이었다. 이는 이들이 사대문 안 사대부의 저택에서는 살지 못했다는 의미이기도 하다. 그래도 이 누정들은 한강 언덕 위에 높이 세워져 있었다. 운초가 시에서 노래했듯이 마치 강물에 떠 있는 듯했다. 누정에 서서 저 멀리 펼쳐진 하늘과 강물 그리고 주변의 아름다운 경치를 바라보고 있으면, 마치 새가 되어 이 세상을 떨치고 날 수도 있을 것 같았으리라. 그러니 좋은 벗과 이곳에 조금이라도 더 머물고 싶어했다.

09

내 삶의 반은 바느질,
나머지 반은 시詩라

병을 앓고 나서   박죽서

앓고 나니 살구꽃 시절 이미 지나

마음은 흔들흔들 매이지 않은 배와 같네.

일 없으니 다만 초목과 같을 뿐

그윽하게 살지만 신선을 배우려는 것 아니네.

상자 속 시들 누구와 화답하리.

거울 속 파리한 모습 스스로 불쌍하구나.

스물세 해 동안 무엇을 했는가.

반은 바느질, 반은 시 짓기로 보냈네.

病後
병후

病餘已度杏花天 心似搖搖不繫船
병여이도행화천 심사요요불계선

無事只應同草木 幽居不是學神仙
무사지응동초목 유거불시학신선

篋中短句誰相和 鏡裏癯容却自憐
협중단구수상화 경리구용각자련

二十三年何所業 半消針線半詩篇
이십삼년하소업 반소침선반시편

박죽서朴竹西(1825?~1850?)는 앞서 말한 운초와 소실들이 모여 만든 시사詩社의 일원이었다. 원주 출신으로 부친인 박종언朴宗彦은 사인士人이라 불리었으니 벼슬하지 않은 선비였다. 그러므로 죽서는 한미한 가문 선비의 측실側室(소실이란 뜻)에게서 태어난 서녀였다. 어려서부터 시에, 글에, 학문에 흥미를 보이니 부친도 서녀인 그녀를 아끼며 글을 가르쳤고 그녀는 하루하루 영민함을 더해갔다. 하지만 지방 한미한 가문의 서녀로 태어나 할 수 있는 일이란 별로 없었다. 서얼의 부인이 되거나, 사대부의 소실이 되거나, 기녀가 되거나. 결국 그녀는 서기보徐箕輔(1812~?)의 소실이 되었다.

서기보에 대해서는 알려진 것이 없었다. 그래서 여기저기 자료를 검색하다 보니 『조선왕조실록』과 『승정원일기』 그리고 『진신보搢紳譜』에서 단편적인 기록을 찾을 수 있었다. 그는 1847년 3월에 강서현령江西縣令에 임용되었고, 1850년 3월에 파직되었다. 1864년부터 1867년 사이에는 대흥군수大興郡守, 교하군수交河郡守, 영월부사寧越府使, 장악원정掌樂院正 등을 지냈다. 강서현은 평안남도에 위치하는데 서기보는 이곳에서 3년을 근무했다. 죽서는 서기보를 따라 강서에 가서 살다가 한양으로 돌아갔다가 다시 강서로 갔다. 정실이 아니라 소실이기에 지방의 부임지에 따라가는 것이 가능했다. 이러한 사실은 『죽서시집竹西詩集』에 실린 「군사성에서 한가로이 읊다. 강서 관아 안에 있다君子亭閒咏 在江西衙內」, 「강서에서江西卽事」, 「강서 관아에서 홀로 지내며西衙獨居」, 「다시 강서로 가며再作江西行」, 「관아에서 적막함을 없애려縣齋消寂」 등의 시를 통해 확인할 수 있다. 또한, 만약 『죽서시집』의 시들이, 일반적 사대부의 문집처럼 창작 연대순으로 편찬된 것이면 위의 시 「병을 앓고 나서」는 강서에 살 때 혹은 서기보가 강서현령일 때에 지은 것으로 추정된다. 이 시 앞뒤로 강서에 관한 시들이 다수 있기 때문이다.

어쨌거나 죽서는 그녀의 벗인 금원이나 운초처럼 기녀의 길을 거치지 않고 곧바로 소실이 되었다. 맑은 눈동자와 붉은 뺨을 지닌 총명했던 소녀는 서녀라는 신분의 굴레에 갇혀 소실의 삶을 살다가 스물다섯 살 전후에 병으로 일찍 죽은 것이다. 육체의 병 이전에 마음의 병이 더 깊었을지도 모르겠다.

그래서일까 그녀의 시 대부분은 우울하다. 병으로 인해 아프다는 내용도 많다. 이 시도 아프고 난 뒤에 쓴 것이다. 앓고 나니 살구꽃 피는 시절이 다 지나갔다고 했다. 봄 내내 아팠던 것이다. 꽃 피는 봄날을 모두 병으로 누워 보내고 나니 허한 마음이 마치 물가에 줄로 묶여 있지 않는 배와 같았다. 바람이라도 불면 흔들거리며 어디론가 떠내려가 버릴 것 같았던 것이다.

그녀는 할 일 없이 누워만 지낸 자신이 마치 풀처럼 나무처럼 느껴진다고도 했다. 한 곳에 뿌리를 두고 아무 곳에도 가지 못하고 세상의 이야기를 바람에게 듣는 저 겨울나무처럼 외로웠다. 아무도 만나지 못하고 아무런 세상 소식도 듣지 못한 채, 그윽하고 고요하고 외롭게 살았다. 이는 사람들이 신선이 되기 위해 행하는 수도와 겉모양은 비슷하지만 속은 너무도 다른 것이었다. 그녀는 자신이 원해서 수도자처럼 지낸 것이 아니었기 때문이다.

그나마 겨울나무처럼 지낸 기간 동안 한 일이라고는 시를 쓰는 일이었다. 마치 메마른 겨울나무에서 조금씩 새순이 돋는 것처럼, 그녀도 하루하루 조금씩 마음을 시로 표현하며 봄 나무가 되기 위해 노력했다. 그러나 지금 누워있던 자리에서 일어나 보니, 내 시에 화답해 줄 지음知音이 없다. 벗들은 너무도 멀리 떨어져있기 때문이다.

　오랜만에 병상에서 일어나 몸을 추스르는 여인의 모습이 상상된다. 창밖에서 연둣빛이 스며오는 어두운 방 안에, 이부자리를 한쪽에 밀어두고 비쩍 마른 여인이 일어나 앉아 거울에 얼굴을 비추며 머리를 두 손으로 매만진다. 맑은 눈동자와 붉은 뺨 대신 퀭한 두 눈과 창백한 얼굴빛이 눈에 들어온다. 이런 자신의 모습이 스스로 가여워서 거울 속 주인은 또 한숨을 내쉰다.

　이 시에서 죽서는 스물세 살, 살구꽃처럼 복숭아꽃처럼 화사할 나이다. 하지만 그녀는 마치 50년, 60년을 산 사람 같다. 마지막 구절을 보면 23년이라는 삶을 바느질과 시를 일삼으며 보냈다고 했다. 여인들이 당연히 해야 한다는 여공女工과 보통 여인들이 접하기 힘들었던 시문詩文으로 세월을 버텨 왔던 것이다. 이를 긍지로 읽어야 하는가, 허망함으로 읽어야 하는가? 이런 삶은 행운이었을까, 고통이었을까?

　죽서의 생몰연대는 정확하지 않다. 다만 서기보가 강서현령을 1847년에서 1850년까지 지냈다고 했고 위의 시도 죽서가 강서에 있을 때 지었다고 했다. 이 시에서 죽서는 자신이 23살이라고 했다. 만약 1847년에 23살이었다면 그녀는 1825년에 태어났고 1850년에는 26살이었다. 또한 위의 시를 쓴 것이 1848년 이후라면 죽서의 나이는 더욱 어리게 된다.

　또 하나, 그녀의 문집은 강서 시절의 시로 끝을 맺는다. 그

<담담장악도澹澹長樂圖>
김석신, 간송미술문화재단 소장 |
19세기 초 용산의 담담정에서 음
악을 펼친 모습. 왼쪽 절벽 위 큰
정자가 담담정이고 오른쪽 물가
위의 정자는 읍청루挹淸樓이다.

리고 『죽서시집』의 서문은 서돈보徐惇輔, 발문은 금원이 썼는데, 모두 1851년 가을에 썼다. 두 사람 모두 죽서가 죽은 것을 안타까워하고 있다. 그러므로 죽서는 1847년에서 1851년 사이에 사망했음을 추정할 수 있다. 다만 문집 순서에 따르면 강서 시절에 봄을 최소한 세 번은 보낸 것으로 미루어 1849년에서 1851년 사이에 사망한 것으로 보인다. 또한 금원은 죽서에 대해 '갑자기 지난날의 자취가 되었다遽成陳迹'고 했으니, 금원이 발문을 쓸 때는 죽서가 사망한 지 얼마 안 된 시기였음을 알 수 있다. 이러한 점으로 볼 때 그녀는 오래 살았어야 27살이었다.

발문을 쓴 서돈보는 서기보의 재종형이었다. 그는 죽서가 뛰어났음을 말하면서, 만약 옛날에 중국에서 태어나 노닐었다면 재주는 더욱 충만해지고 이름은 더욱 드러났을 것이며, 송나라 때 최고의 시인이었던 주숙진朱淑眞과 이청조李淸照(호는 이안거사易安居士) 이하는 논할 것도 없다고 했다. 그러나 우리나라는 풍속이 고루한 데다 부녀자에게는 더욱 악착같아, 그윽한 꽃과 기이한 화초가 억새나 섶 사이에 피었다가 떨어져 버리는 것 같으니, 남은 향기가 어느 정도나 지속할 수 있겠으며, 결국은 사라져 흔적도 없어져 버리니 슬프다고 했다. 그러므로 죽서의 시집을 간행하여, 후세 사람들로 하여금 이 사람이 있었음을 알게 하고자 하였다.

대구서씨 집안에서 소실의 시집을 그 소실이 사망한 직후에 간행한 이유를 정확히는 알 수 없다. 그러나 서돈보의 발문은 소실이 아닌 한 재능 있는 여성에 대한 이야기로 읽힌다. 그리고 그 덕분에 우리들은 죽서가 존재했음을 알게 되었다. 그러므로 그녀의 일생의 반은 성공했다고 할 수 있지 않을까. 그것이 허망함이든 고통이든.

10

그리운 언니의 편지를
읽고 또 읽어요

❄

큰언니를 그리며　　　　　　　　　　　박죽서

겨울 매화 지고 전항篆香 남아 있으니

세밑 이별 시름에 온갖 생각으로 괴로워요.

뜻이 간절하면 높은 산을 가도 멀지 않으며

정이 소원하면 가까운 곳을 꿈꾸기도 어렵지요.

무람없이 손님에게 애절하게 안부를 묻고는

예전에 받은 편지 펼쳐 자세히 읽고 또 읽어요.

저물녘 눈 내렸을 양원梁園 누가 다시 생각하는지

난간에 기대 머리 돌려 하늘 끝 바라봅니다.

懷伯兄
회 백 형

寒梅落盡篆香殘　歲暮離愁惱百端
한 매 낙 진 전 향 잔　세 모 리 수 뇌 백 단

意切高山行不遠　情疎尺地夢猶難
의 절 고 산 행 불 원　정 소 척 지 몽 유 난

謾因來客依依問　却把前書細細看
만 인 래 객 의 의 문　각 파 전 서 세 세 간

暮雪梁園誰更念　回頭天末倚闌干
모 설 양 원 수 갱 념　회 두 천 말 의 란 간

이 시의 원 제목은 '懷伯兄'이다. '회懷'는 품다, 생각하다, 그리
워하다란 뜻이고 '백伯'은 맏이란 뜻이며 '형兄'은 언니 혹은 오
빠를 뜻한다. 옛사람들의 시와 글을 살펴보면 여동생이 언니에
게, 남동생이 형에게 '형'이라 하였고, 남동생이 누나에게는 '자
姊'라고 하였다. 사실 '형'이란 우리말로 '언니'란 뜻이다. 여자
동생도 손위 여자 동기를 언니라 불렀을 뿐 아니라 남자 동생도
손위 남자 동기를 언니라고 불렀다. 소설 『임꺽정』에서도 의적
들이 언니라는 호칭을 쓰고 있지 않은가. 이 시에서 '백형伯兄'이
란 큰언니일수도 있고 큰오빠일수도 있다. 죽서의 형제 관계가
밝혀져 있지 않으니 무어라 단정할 수는 없다. 그러나 언니인들

어떠며 오빠인들 어떻겠는가? 자신의 동기를 그리워하는 시라는 점은 달라지는 않으니. 다만 언니라는 심상으로 더 다가온다는, 혹은 언니라고 읽고 싶다는 독자의 뜻이 있을 뿐이다. 그래서 시 제목을 '큰언니를 그리며'로 하였다.

한매寒梅는 겨울에 피는 매화이다. 겨울 매화라고도 하고 찬 매화라고도 한다. 세밑이 되자, 겨울 추위를 이겨내고 피었던 매화꽃들이 모두 떨어졌다. 엄동설한의 추위를 더 이상 견디기 어려웠던 것이다. 그런데 매화가 지고도 전향은 남아 있다고 했다.

전향篆香은 당송唐宋 때부터 사용되기 시작한 것으로, 향료를 전자篆字 모양으로 만들었기에 붙여진 이름이다. 전자 모양으로 만든 향 위에 눈금을 새기어 시간을 계산하였다. 송나라 때에는 백각향인百刻香印을 만들어 밤과 새벽[昏曉]을 계산하였고, 다시 한밤중[午夜]을 더했다. 나중에는 하루 낮과 밤을 계산하여 시계처럼 사용하게 되었다. 그 후 모기향처럼 사용되기도 하였다. 전향을 접시나 쟁반 등의 그릇에 담았기 때문에 유반향猶盤香이라고 하고 향 위에 새기어 시각을 나타냈기에 백각향百刻香이라고도 한다.

그렇다면 매화가 떨어졌는데 전향이 남아 있다는 것은, 향을 피워놓고 잠 못 이루고 있다는 의미이다. 저녁나절 피운 향의 크기가 점점 줄어들면서 향기가 희미하게 공중으로 피어오른다. 아마 이 향이 다 타들어갈 때까지 잠을 이루기는 어려우리라. 이는 세밑이기 때문이다.

떨어진 꽃잎처럼 한 해도 가고 있다. 쓸쓸하다. 그런데 한 가지에서 나서 오붓하게 피었다가 이리저리 땅바닥으로 떨어진 꽃잎처럼, 같은 부모에게서 태어난 형제들도 멀리 떨어져 있다. 희미한 향기처럼 소식도 아련하기만 하다. 그러니 헤어진 형제가 그리워 시름은 깊어가고 마음이 휑하니 모든 것이 다 번뇌로 다가온다. 정이 별로 없다면야 가까운 곳에 사는 형제자매라도 꿈에 나오지는 않을 것이다. 그러나 언니를 만나고 싶은 생각이 간절하니 높은 산을 넘어 가더라도 멀게 느껴지지 않는다.

우리는 그녀가 언니와 형제와 부모님과 헤어진 것이 언제인지는 알 수 없다. 이 시를 지을 때 혼인을 하고 몇 년이 흘렀는지도 알 수 없다. 다만 『죽서시집』을 통해 유추해 볼 수는 있다. 시집에는 제목에 언니를 그리는 시가 7제, 고향을 그리는 시가 4제 남아 있다. 「집의 언니께 드림奉呈舍兄」에서는 헤어진 지 3년이 되었다고 하였고, 「고향을 그리며思故鄕」와 「고향 생각思鄕」에서는 고향을 떠난 지 10년이라고 하였다. 「큰언니를 그리며」는 시집의 목차에서 이 시들의 사이에 있다. 그러므로 시들의 앞뒤 관계와 내용을 통해 볼 때, 고향을 떠난 지 3년에서 10년 사이에 지었던 것으로 보인다. 결국 죽서는 언니와 헤어진 지 오래 되었으며 만나지 못하고 있음을 미루어 짐작할 수 있다.

<이청조李淸照 전신상>
중국 제남시 이청조기념당, 김경숙 사진 | 이청조기념당의 수옥당漱玉堂에 서 있는
이청조 전신상. 수옥은 이청조의 호이다.

한 해가 또 가는 것은, 언니를 만나지 못한 또 한 해가 가는 것이다. 그러니 쓸쓸한 세밑이 더욱 서럽고 쓸쓸하게 다가왔다.

죽서가 할 수 있는 일이란, 언니가 있는 곳에서 온 나그네에게 소식을 묻는 것이다. 무람없이라고 하였다. 이는 한자로는 '만인譾圀'이라고 하였는데, 譾은 '예절이 없다, 업신여기다, 속이다, 함부로, 무람없이'라는 의미이고 圀은 '원인, 이유'를 나타낸다. 나그네는 죽서의 손님이 아니었다. 남편의 손님이었으리라. 그러나 고향 쪽에서 온 나그네였기에 체면을 생각하지 않고 쫓아가서 고향 소식을 물어보았다. 그만큼 간절했던 것이다.

죽서는 나그네에게서 언니의 안부를 들었을까? 별로 듣지 못했던 깃으로 보인다. 이제 보고 싶은 마음은 더욱 커졌다. 그래서 예전에 언니가 보내준 편지를 꺼내 펼쳐서 글자 하나하나 자세히 읽고 또 읽었다. 이보다 먼저 쓴 「집의 언니께 드림」을 보면, 헤어진 지 3년이 넘어 이제 모습도 변해서 만나도 알아보지 못할 것이라는 걱정을 했다. 그러면서 다만 목소리는 변하지 않았으니 목소리로나 알아볼 수 있으리라 했다. 그러니 언니가 보낸 편지가 소중한 것이다. 언니의 모습과 목소리, 언니와의 추억을 기억 속에 담아둘 수 있는 마지막 매개였다.

언니를 생각하다 보니 고향집도 저절로 떠오른다. 원주에 있는 고향집에는 지금쯤 눈이 내려 쌓여 있을 것이다. 죽서는 고향집을 양원梁園이라고 표현했다. 양원은 한漢나라 양효왕梁孝

王이 문인文人들과 시를 주고받으며 노닐던 곳이다. 죽서도 어린 시절, 언니와 형제들과 시문을 익혔다. 죽서는 다른 시들에서 시문을 익힌 자신에 대한 긍지를 나타내었다. 그러므로 고향집은 그저 고향이 아니라 형제들의 자부심이 생성된 곳이었다. 그곳이 그립다. 자신도 언니도 그곳을 그리워하는 것이다. 그러므로 난간에 기대어 먼 하늘 끝을 바라보고 서 있다. 이제까지 풀이한 이야기는 다 이 한 구절을 위한 것이었으리라. 한 해가 저물어가는 밤 난간에 기대어 하염없이 먼 하늘을 바라보는 여인의 모습이 눈앞에 선명하게 그려진다.

11

복숭아와 오얏이
서로 의지해 닮아가듯이

시아버님이 양자 구하는 일로
파주로 행차하시다   남정일헌

이 몸에겐 아들도 없고 남편도 없어
시부모님 의지했으나 어머님 돌아가셨네.
시동생 아기 낳기 바랐으나 아직 없으니
언제 업어와서 훌륭히 키우겠는가.

남들은 아들 두거늘 나는 양자를 구하니
병든 시아버님 길 떠나시는데 눈물 얼마나 흐르는지.
밤낮으로 빌었던 일 오직 이것이니
봉황의 새끼 어디서 향기 뿜고 있으려나.

尊舅以求螟事 行次坡州
존 구 이 구 명 사 행 차 파 주

此身無子又無夫 只恃舅姑竟失姑
차 신 무 자 우 무 부　지 시 구 고 경 실 고

望弟生兒兒未育 何時螟蠃負蒲蘆
망 제 생 아 아 미 육　하 시 과 라 부 포 로

他人有子我求螟 病舅登程淚幾零
타 인 유 자 아 구 명　병 구 등 정 루 기 령

日夜祈望惟在此 鳳雛何處生寧馨
일 야 기 망 유 재 차　봉 추 하 처 생 녕 형

조선시대 양자를 들이는 일은 일반적이었고 많은 문헌에서 나
타난다. 그러나 여성이 양자를 들이는 일에 대해 시문을 남긴
것은 오직 남정일헌에게서만 찾을 수 있다.

　남정일헌南貞一軒(1840~1922)은 19세기 말부터 20세기 초까
지 살았던 사대부 가문의 여성이었다. 의령남씨로 숙종 때 소론
의 영수였던 남구만南九萬(1629~1711)의 후손이다. 할아버지 남영
주南永周는 종4품 군수를 지냈고 아버지 남세원南世元은 정3품 돈
녕부敦寧府 도정都正을 지냈다. 또한 대문장가이며 교육자였던 이
건창李建昌(1852~1898) 이건승李建昇(1858~1924) 형제와 친척이었다.

정일헌은 어려서부터 집안에서 교육을 받았다. 세 살에 훈민정음을 통달하였다니 영민하였다. 그러자 할아버지가 정일헌의 재능을 아껴 날마다 한자漢字 수십 자를 벽에 걸어놓고 가르쳤는데 한 번 보면 다 외웠다. 경서經書와 역사서도 읽었는데 막힘이 없었다.

혼인 또한 명문가 후예와 하였다. 열여섯 살에 성대호成大鎬 (1839~1859)와 혼인을 하였다. 그는 임진왜란 때 영의정을 지냈으며 서인의 영수였던 성혼成渾(1535~1598)의 후손이었다. 시할아버지 성원묵成原黙은 예조판서를 지내고 시아버지 성재선成載璿은 돈녕부 도정을 지냈다.

그러나 혼인 생활은 행복으로 이어지지 못했다. 정일헌보다 한 살이 많았던 성대호는 혼인한 지 4년 만에 병에 걸려 사망했다. 정일헌의 나이 20살이었다. 어린 나이에 앞날이 막막해졌다. 그래서 남편을 따라가야겠다고 생각했다. 어느 날 밤에 사람이 없는 틈을 타서 집 뒤 섶을 쌓아 놓은 곳에 불을 지르고 죽으려고 했다. 이를 시집 식구들이 알아채 구하였고, 시어머니는 고부姑婦가 함께 살자고 울며 타일렀다. 그 뒤로 정일헌은 죽을 마음을 먹지 않았다고 한다. 집안을 잘 다스리고 남은 시간에는 경서와 역사서를 읽고 시를 지었다.

여기서 한 가지 흥미로운 점은 정일헌이 남편을 따라 죽으려는 시도를 했으나 성공하지 못했다는 점이다. 조선 후기 특히 18세기 이후, 정일헌처럼 남편이 일찍 죽은 여인들이 자의에서건 타의에서건 '사실'을 통해 열녀가 되는 경우가 적지 않았다. 그런데 이들은 대체로 지방의 몰락한 사대부 가문 출신들이거나, 신분적으로 낮은 계층이었다. 이들이 열녀가 됨으로 인해 열녀문이 세워지고 가문 혹은 나아가 동네까지 혜택을 입었다. 후손이 벼슬길에 오르거나 동네의 부역이 면제되기도 했다. 반면 정일헌의 시댁은 며느리의 죽음을 통해 가문이 이익을 받아야 할 필요가 없었다. 이미 명문가이며 사회·경제적으로 아쉬울 것이 없었다. 그러므로 시어머니를 비롯한 시집 식구들은 그녀가 혹시 자결할까 걱정하며 감시를 했고 적극적으로 말렸다.

정일헌이 남편을 따라 죽으려 했던 것은 아이가 없기 때문이기도 했다. 바꾸어 말하면 정일헌에게는 의지할 상대도, 마음을 둘 대상도 없었다. 아이라도 있었다면 그 아이를 키워야 했으니 죽을 생각을 하지 않았을 것이다. 또한 그 아이를 가문의 후계자로 삼아야 한다는 의무가 있었을 것이다. 그러나 굳이 그럴 필요가 없었다. 자신보다 8살이 어린 시동생이 있었기 때문이다. 시동생이 가문을 이으면 되었다. 흔히 말하는, 후사가 끊어질 걱정은 없었다.

그런데 정일헌의 시댁은 장자長子 상속을 생각했다. 그 방법이 정일헌에게 양자를 들이는 것이었다. 조선시대 가부장제 사회에서 '가부장家父長' 곧 집안의 어른은 아버지였다. 이는 아들 특히 장자를 통해 상속되고 이어졌다. 그러므로 가문은 정실의 몸을 통해 태어난 적장자嫡長子를 필요로 했다. 만약 정실이 아들을 낳지 못하거나, 아버지가 일찍 죽어 후사가 없을 때는, 차선책으로 친척 아이를 양자로 들였다. 형제의 아이를 최우선으로 했다. 그러므로 이 집안도 시동생이 자라서 혼인을 하고 아들을 낳으면 그 아이를 정일헌에게 양자 입적을 하여 가문을 이어가게 할 계획을 세웠다.

정일헌도 인생에서 후사가 끊어짐이 가장 슬픈 일이라고 하고, 시부모를 봉양하고 시동생을 돌보며, 시동생이 어른이 된 뒤 낳을 아이를 기다렸다. 조카를 아들 삼으면, 남의 자식이지만 효를 서버리지 않을 것이고 자신도 자애로 그를 대할 수 있으리라 생각했다. 그런데 시동생이 혼인을 한 뒤 생각처럼 금방 아들이 생기지 않았다. 그러기에 정일헌은 '시동생이 아들을 낳기를 바랐으나 아직 없으니 아들을 어느 때에 훌륭히 키울 수 있겠느냐'고 했다. 이는 정일헌뿐 아니라 시부모의 생각이기도 했다.

이 계획이 어긋나게 된 사건은 시어머니의 사망이었다. 1865년 시할아버지에 이어 시어머니도 사망하자 집안에서는 양자를 구하기로 결정했다. 양자를 들이는 일을 더 이상 미룰 수가 없다고 판단을 한 것이다. 정일헌은 당시 26세였다. 당시 시동생은 18세로 아직 아이가 없었다. 물론 시동생이 아들을 낳

341

기를 기다리면 되겠지만, 식구들은 마음이 급해졌으리라. 큰아들에 이어 할아버지, 어머니까지 사망하자, 식구들 특히 시아버지와 시동생에게 언제 무슨 일이 생길지 몰라 불안해졌을 것이다. 그래서 얼른 후사를 세우기로 했다. 시어머니 삼년상을 마친 뒤 양자를 알아보게 되었다.

이는 가문의 필요 때문이기도 했으나 한편으로는 정일헌을 위한 일이기도 했다. 시어머니가 돌아가자 시아버지만 남았다. 환갑이 다 된 늙은 시아버지도 언제 돌아갈지 모른다. 곧, 시부모님이 모두 돌아가신 뒤 혼자 남게 되는 것이다. 이에 의지할 상대가 필요했다. 그러기에 시어머니의 상을 당하자 양자를 구하는 일이 급해진 것이다. 정일헌은 남들에게는 아들이 있는데 자신은 양자를 구한다며, 병든 시아버지가 양자를 구하려고 떠날 때 눈물을 쏟았다.

시아버지는 양자를 알아보기 위해 경기도 파주로 떠났다. 파주는 성혼의 고향이었다. 성혼은 파주 우계牛溪에서 살았고 그곳에 후손들이 대대로 살고 있었다. 그러므로 그곳에 가서 친척들을 만나 양자를 구하려 한 것이다. 미리 정해놓고 가는 것이 아니었다. 가서 수소문을 해서 마땅한 아이가 있으면 구하려 했다. 그래서 정일헌은 '봉황의 새끼 어디서 향기 뿜고 있으려나'라고 하였다.

마침내 파주에서 성대호의 족형族兄인 성진호成縉鎬의 둘째 아들 성태영成台永을 양자로 삼았다. 1870년 정일헌의 나이 31살이었다. 성태영의 정확한 나이는 분명하지 않으나 정일헌과는 20살 정도가 차이가 난다. 정일헌이 83세로 사망할 때 성태영은 60여 살이었기 때문이다. 이로 볼 때 10살 남짓한 아이를 양자로 들였던 것이다. 또한 그 뒤로도 시동생에게는 아들이 없었다. 시동생이 아들을 낳은 것은 정일헌의 나이 36세가 지난 뒤였다. 그러므로 성태영을 양자로 삼은 것은 잘된 일이라고 여겼다.

정일헌은 「아들을 바라는 노래望子曲」, 「양자를 노래함螟蛉曲」, 「도리곡桃李曲」 등을 통해 양자에 대한 심정을 나타냈다. 후사가 끊어지면 안 될 일이기에 양자를 들여야 한다. 그런데 남남이 만나 화목하기는 쉽지 않았다. 그러므로 자신이 어머니로서 자애를 다한다면 남의 자식이지만 효성을 다할 것이라고 생각했다. 또한 이를 벌을 통해 비유했다. 자신은 나나니벌이고 양자는 나방(뽕나무 벌레 새끼)이라고 했다. 이는 『시경詩經』 「소아小雅」 「소민지습小旻之什」 「소완小宛」 '뽕나무 벌레 새끼들이 있거늘 나나니벌이 업는구나螟蛉有子 蜾蠃負之'라는 구절에서 온 것으로, 수컷만 있고 암컷은 없는 나나니벌이 뽕나무 벌레나 메뚜기 새끼를 데려다가 기른 것에서 유래한다. 나나니벌이 뽕나무 벌레를 정성으로 기르니 뽕나무 벌레가 나나니벌을 보고 배우며 몸을 변화시켜 날개도 생기고 발도 생긴다. 곧 서로 노력하여 좋은 관계를 형성하여 화목하게 살 수 있게 되었다. 또한 복숭

<돌잔치>, 《모당 홍이상공 평생도慕堂 洪履祥公 平生圖》
김홍도, 국립중앙박물관 소장

아와 오얏이 서로 의지하여, 복숭아는 오얏이 되어 꽃가지 무성해지고 오얏은 복숭아가 되어 열매를 맺는다. 뿌리가 단단해지고 가지가 번성하게 된다. 이렇듯이 남의 아들 데려다가 내 아들 삼았으나 오래오래 지나면 낳은 아들이 되리라고 했다. 곧, 정일헌은 남의 아들을 내 아들로 삼기 위해 부단히 노력하는 어머니의 심정을 나타냈다.

이후 정일헌과 성태영은 50여 년을 자애로운 어머니와 효성스런 아들로 살았고, 손자도 넷을 보았다. 또한 시동생도 정일헌이 양자를 들인 몇 해 뒤에 아들을 낳았고, 정일헌은 이를 축하하는 시를 남기었다. 정일헌이 바랐던 대로 두루두루 잘되었던 것이다.

정일헌을 통해 우리는 20살에 과부가 되어 60년 넘게 혼자 살아간 여성의 삶을 마주하게 된다. 친정으로 돌아간다거나 재가를 한다거나 하는 것은 생각도 하지 못했다. 죽음도 마음대로 하지 못하였다. 혼자 독립해서 살아갈 길도 없었다. 그러한 삶의 방식이 있다는 것도 상상하지 못하던 시대였다. 살아서 시부모를 봉양하고 시동생을 돌보고 양자를 키웠다. 마치 삶의 모든 의미가 '후사를 잇는 것'에만 있는 것 같다. 아들을 대신할 양자를 들이고 키우는 일에 온 신경이 집중된 그녀의 삶은 현대의 눈으로 보자면 이해하기 어려우나 당시 그녀의 생존방식이었다. 그리고 그녀는 그 생존방식을 통해 살아남았다.

12

규방에서
군자의 삶을 꿈꾸다

———————————❊———————————

도운각에서 한가로이 읊다   남정일헌

만 권 책 읽으니 호방하기 끝이 없고

비단과 옥 같은 문장 날마다 집에 가득하네.

집을 에워싼 푸른 산은 영원한 빛이고

창에 드리운 밝은 달빛은 언제나 좋네.

순수하기 옥 같아 내면의 아름다움 간직하고

남모르게 문장 이루어 겉으로 화려함 드러나네.

힘을 들여 마땅히 먼저 성경誠敬을 배워야 하니

어찌 시를 읊으며 남들에게 자랑하리.

道雲閣閒吟
도 운 각 한 음

讀書萬卷浩無涯　錦繡瓊琚日滿家
독 서 만 권 호 무 애　금 수 경 거 일 만 가

繞屋靑山千古色　入窓明月四時嘉
요 옥 청 산 천 고 색　입 창 명 월 사 시 가

溫其如玉藏中美　闇以成章發外華
온 기 여 옥 장 중 미　암 이 성 장 발 외 화

着力宜先誠敬學　豈有吟詠向人誇
착 력 의 선 성 경 학　기 유 음 영 향 인 과

정일헌은 혼인한 뒤 한양의 낙산駱山 근처에 살았다. 이곳에 시댁의 서울집[京邸]이 있었다. 여기서 신혼 시절을 보내며 아들 낳기를 빌었고, 그 뒤로도 시부모와 시동생과 함께 지냈다. 그러다가 어느 시점에 낙향을 했다. 1875년 36살 즈음에는 이미 낙향을 하여 시댁의 고향집[鄕居]에 살고 있었다. 이는 「시동생 부부를 서울집으로 떠나보내며送別夫弟夫婦 撤移京第」를 통해 확인된다. 정일헌이 혼인을 한 지 20년이 지나, 처음 만났을 때 8살이었던 시동생이 이제 28살이 되어 부인과 함께 한양으로 떠나게 되었다. 시동생이 한양으로 다시 가게 된 것은 과거 혹은 벼슬과 관련 있다. 그런데 이건승은 자신이 약관弱冠 무렵에 정일헌을 서울집으로 찾아갔다고 했다. 이건승이 1858년 태어났으니 20살이면 18//년 무렵이다. 이때 정일헌의 시동생도 서울집에 함께 있었다. 이건승은 시동생을 '부제 진사군夫弟進士君'이라고 호칭했다. '남편의 아우인 진사 군'이라는 뜻이다. 정일헌의 시동생이 진사가 되어 있었던 것이다. 이러한 점들로 볼 때 정일헌은 서울집과 고향집을 오고간 것으로 보인다. 그러다가 만년에는 시골에 은거했다.

정일헌 시댁의 고향집은 호서 지역 곧, 충청도에 있었다. 도고산道高山 아래에 살았는데 이 산은 아산시와 예산시의 경계에 있다. 도고란 지명은 지금도 도고온천으로 유명하다. 도고산 아래 아산과 예산은 창녕성씨 상곡桑谷파 후손들의 세거지였다. 시댁의 고향집은 예산 간양리 구두물에 있었다. 현재 정일헌의 묘소는 아산시 도고면 농은리에 있다.

정일헌의 이곳 생활은 위의 시를 통해 잘 드러난다. 그는 도고산 아래 집에 '도운각道雲閣'이란 편액을 걸고 지냈다. 도와 구름이 있는 집이란 뜻이다. 그곳에서 주로 하는 일은 독서였다. 만 권을 읽었다 했으니 많이 읽었다는 뜻이다. 읽은 책은 주로 유교 경전이었다. 책을 많이 읽으니 호연지기를 느껴 생각이 호방하게 된다. 막힘이 없이 넓은 사고를 하게 된다. 그러자 비단 같고 구슬 같은 아름답고 보배 같은 글귀들이 날마다 솟아나온다.

집을 둘러싸고 있는 도고산의 봉우리들은 천 년 전부터 지금에 이르기까지 변함없이 푸른빛이고, 집의 창문으로 비추는 달빛은 사시사철 언제나 밝고 아름답다. 푸르고 밝은 빛은 변함없는 마음, 진리, 도道를 의미한다. 시동생과 이건승에 의하면 정일헌은 평소 말을 할 때도 경전의 말을 많이 사용했다.

그러므로 정일헌은 순수하기가 옥 같다고 했다. 이는 『시경』「국풍國風」「진풍秦風」「소융小戎」에 나오는 구절이다. 곧, '言念君子언념군자 溫其如玉온기여옥'이라 하였다. 이는 '군자를 생각하면 순수하기 옥 같다'로 번역된다. 여기서 '溫'은 '순수하다. 따뜻하다. 온아溫雅하다'로 번역할 수 있다. 이는 군자의 아름다운 덕을 나타내는 말이다. 곧, 정일헌은 이렇듯 독서를 하고 글을 쓰며 사는 삶이 군자의 삶이기에 내면에 아름다움을 지닌다고 했다. 다시 말하면 자신이 군자적 면모를 지녔다는 뜻이다. 그러므로 사람들 모르게 문장을 이루고 감추어 두려고 해도 그 화려함이 저절로 밖으로 드러난다고 했다. 이로 볼 때 정일헌은 자신의 독서와 시문에 대한 긍지를 지녔으며, 유가儒家적 삶을 추구했다.

그러므로 위 시의 7구를 보면, 무엇보다도 먼저 성경誠敬을 힘써 배워야 한다고 했다. '성실할 성誠'은 성실함을 보존하는 것[存誠]이고, '공경할 경敬'은 몸가짐을 조심하여 삼가는 것[居敬]을 의미한다. 도道는 하늘에서 나왔으나 도를 닦아야 하는 책임은 사람에게 있다. 군자의 학문은 마음의 근본이지만 그 마음을 보존하는 방법은 성경이다. 그러므로 정일헌이 성경을 애써서 먼저 닦아야 한다고 한 것은 군자적 삶을 추구함을 뜻한다.

그러면서 8구에서 어찌 시를 읊으며 남들에게 자랑하겠냐고 했다. 시를 읊지만 남들에게 보이지는 않겠다는 의미이다. 그런데 영특했던 정일헌은 어려서부터 시를 많이 지었다. 이는 이건창·이건승 형제와, 이건방李建芳(1861~1939)의 증언에 의해 알 수 있다.

정일헌과 이건창·이건승 형제 그리고 이건방은 친인척이었다. 이건창 형제와 이건방은 사촌이었다. 그런데 이들은 정일헌을 중표자中表姊라고 했다. 사촌 혹은 육촌누나란 뜻이다. 이건창의 어머니 파평윤씨가 정일헌의 진외가眞外家(현재 표준어는 陳外家)의 진외척숙모眞外戚叔母였다. 진외가는 아버지 쪽 외가를 말한다. 정일헌과 윤 씨는 인친姻親이었으나 서로를 딸과 어머니처럼 여기었다. 또한 정일헌은 윤 씨를 스승처럼 섬겼다. 그래서 정일헌은 자신에게는 어머니가 두 분이라고 했다. 이건승도 자매가 없기 때문에 정일헌을 친누나처럼 여겼다.

이건승에 의하면 정일헌은 이미 15세 이전부터 시를 지었다. 이건창은 정일헌이 평생 지은 시를 비록 성 씨와 남 씨 두 집안의 사람들이라도 쉽게 볼 수 없었으나, 자신만은 볼 수 있었다고 했다. 그래서 시를 보면 외우고 물러나와서 기록하여 보관해 두었다. 정일헌이 자신의 시를 사람들에게 보이지 않은 이유는 이건승에 의해 설명된다. 그가 1877년 무렵 찾아가 시를 보여달라고 하니, 정일헌이 자신은 시를 잘 짓지 못하고, 설사 시를 지을 수 있다 해도 부모를 섬기고 자식을 기르는 여가에 몸소 길쌈하고 음식 장만하며 종들을 데리고 집안일 다스리니 어느 겨를에 시를 짓겠느냐고 하였다. 사대부 가문의 여인으로 주어진 임무를 다할 뿐임을 강조한 것이다.

또한 시동생에게 보낸 시들에서는 시동생의 시를 높이면서 상대적으로 자신의 시는 질 장구[土缶]라느니 모과[木瓜]라느니 졸작[拙句]이라느니 하며 겸양의 태도를 보였다. 그러면서 자신이 시를 써서 보낸 것은 시를 자랑하기 위함이 아니라 소식을 전하기 위해서라고 변명을 하였다.

그렇기 때문에 시동생에게 보낸 시에서 자신이 규방에 살아 재주와 지식이 얕음을 한하니 문단에서 갈고 닦아 빛나길 기대하지 않는다고 했다. 그러면서 사람들이 자신이 지은 시를 보고 자신이 지은 것이 아니라고 의심한다고 했다. 이를 반대로 보면 자신이 지은 시가 뛰어나기에 사람들이 규방 여인의 것이 아니라고 의심한다는 뜻이다. 이는 자신의 시에 대한 긍지를 드러낸 것이다. 사실 위의 시 내면에 흐르는 정서는 정일헌이 자신의 시문에 대해 자긍심을 가지고 있음을 알게 한다. 비단과 옥 같고, 겉으로 화려함이 저절로 드러난다. 그러나 자신은 시

<책 읽는 여인>
윤덕희, 서울대박물관 소장 | 18세기 작품으로, 여인의 표정에서 독서의 즐거움이 느껴지며,
파초를 통해 여유로운 집임을 알 수 있다.

를 남들에게 보여 자랑하지는 않겠다고 거듭 말한다. 자신은 이미 도고산 아래에서 군자적 삶을 영위하고 있기 때문이다.

이러한 의식이 한 단면을 보여주는 사례가 있다. 이건창과 이건방에 의하면, 1894년 갑오년에 동학농민운동이 일어났을 때 아산에 머물고 있던 정일헌은 피난을 가게 되었다. 이때 정일헌은 자신의 손으로 쓴 자취들이 길바닥에 떨어지게 할 수 없다며 불에 던져 버렸다고 한다. 이는 피난길에 시들이 이리저리 굴러 다른 사람들에게 읽히는 것이 싫었기 때문이었다. 그러나 뒤집어 생각하면 자신의 작품들이 함부로 취급당하는 것을 방지하고자 한 것이기도 하다.

이를 안타깝게 여긴 아들 성태영이 남은 시들을 수습하였다. 그 뒤 1896년 이건창이 예산에 들렀을 때 정일헌 시집의 서문序文을 부탁했다. 또한 이건창이 예전에 외우거나 적어 보관했던 시들을 받아서 간직하였다. 성태영은 이때 이미 정일헌의 시집을 발간하려는 계획을 세웠던 것이다. 그런데 이는 성태영 혼자의 계획이라고 할 수는 없다. 정일헌이 묵과하지 않았다면 불가능했다.

세월이 흘러 1922년 정일헌이 사망하자 성태영은 이건승에게 발문을 받고 이건방에게는 묘표墓表를 받고 자신은 묘지墓誌를 썼다. 그리고 이듬해에 『정일헌시집貞一軒詩集』을 발간하였다. 이 시집에는 정일헌의 한시 57제 65수, 제문 1편이 전한다.

또한 부록에는 이건창·이건승·이건방 그리고 성태영의 시문이 담겨 있다.

정일헌은 16살에 혼인을 하여 20살에 홀로 되었고 그 뒤 60년 넘게 살았다. 시부모를 봉양하고 시동생을 돌보았고 양자를 키웠으며, 집안을 이끌었다. 고달픈 삶에서 그가 안식을 얻을 수 있었으며 자신의 존재에 대한 자부심을 가질 수 있었던 것은, 독서와 시문이 있었기 때문이었다.

앞서 우리는 정일헌의 양자를 들이려는 노력과 괴로움에 대해 살폈다. 남의 자식을 자기 자식으로 삼기 위해 부단히 노력하는 모습을 보았다. 정일헌과 양자는 50년 넘게 어머니와 아들로 살았다. 그리고 그 양자는 정일헌 생전에 정일헌의 시집을 내기 위해 노력했고 사망한 이듬해에 바로 시집을 발간했다. 그 덕분에 우리는 정일헌이라는 사람이 존재했음을 알 수 있게 되었다. 이로 볼 때 정일헌의 양자들이기는 성공했다.

13

연꽃 같이 따자던 사람
소식이 없고

✤

연꽃을 따네 　　　　　　　　　　　강담운

해 저무는 연못에서

아이들 연꽃을 따는구나.

꽃은 두고 잎을 남기지 마라.

떨어지는 빗소리 참기 어려우니.

剪荙荷
전 기 하

落日橫塘水　兒童剪荙荷
낙 일 횡 당 수　아 동 전 기 하

留花莫留葉　不耐雨聲多
유 화 막 류 엽　불 내 우 성 다

언제부터인가 해마다 여름이면 양수리 두물머리에 있는 세미원에 가서 연꽃 밭을 보는 것이 내 즐거운 여름 행사가 되었다. 연못을 가득 채운 크고 둥근 잎사귀들 사이로 줄기를 내밀며 하얀빛, 분홍빛, 붉은빛 꽃이 피어난다. 연꽃은 언제 보아도 아름답다. 날이 좋으면 날이 좋아서, 비가 오면 비가 와서 아름답다. 한번은 발목을 적시도록 세차게 내리는 빗속에서 바라본 적이 있는데, 평소와는 또 다른 청신한 아름다움을 보여주었다. 커다란 연잎에 물방울이 구슬처럼 모였다가 무게를 못 이기고 잇따라 굴러 떨어지는 모습도 새로웠다.

연꽃은 꽃잎이 매끄러워 물에 젖지 않는다. 진흙탕 속에서 피어도 더럽지 않고 깨끗하니, 어떤 이는 연꽃을 보살의 품성에 비유하고 또 누구는 군자를 닮았다고 평한다. 하지만 예로부터 연꽃은 연애의 상징이기도 했다. 마음에 담고 있는 상대에게 연꽃이나 연밥을 따주는 풍속이 있었다. 중국에서는 그 땅덩어리처럼 넓고 넓은 연못에서 배를 저어가며 연꽃이나 연밥을 따다가 마음에 드는 사람의 배에 연밥을 던져주었다고 한다. 연인을 만들고자 하는 구애 행위라고 할 수 있다. 연꽃 노래 혹은 횡당橫塘(중국 삼국시대 때 강소성 남경시 남쪽 회수에 쌓은 둑. 이곳을 배경으로 사랑과 이별 노래, 연꽃 따는 노래가 많이 지어짐. 연못이란 뜻으로도 쓰이게 됨)의 노래들은 대부분 이러한 정서를 담고 있다. 우리가 연꽃이, 진흙 속에서 피어오르지만 줄기는 비고 향기는 아름다우니 군자라고 배운 것과 얼마나 다른 이미지인가. 이 시를 쓴 이도 연잎에 떨어지는 빗소리를 참을 수 없다고 했으니, 연꽃이 그리운 연인을 떠올리게 했던 모양이다.

호를 지재당只在堂이라고 했던 강담운姜澹雲은 김해의 기녀妓女였다. 생몰 시기는 정확치 않으나 19세기 중반에 태어나 19세기 후반 혹은 20세기 초반까지 생존했던 것으로 보인다. 군대의 진영陣營에서 자랐다고 하니 어머니의 신분이 기녀이거나 비녀婢女였을 것이다. 조선은 노비종모법奴婢從母法에 따라 모계 신분이 대물림되었다. 8살 때에 어머니와 함께 남쪽인 김해로 가 기녀가 되었다고 했으니, 낙동강 이북 어딘가에서 살다가 관의 명령 등으로 옮겨졌을 것이다.

어린 나이에 기녀가 된 강담운은 15살에 차산此山 배전裵婰(1843?~1899?)을 만나 인연을 맺었다. 하지만 1년도 안 되어 배전은 과거를 본다고 한양으로 갔고, 17살에는 어머니가 세상을 떠났다. 사랑하는 사람을 연이어 잃은 것이다. 한양으로 간 배전은 10여 년 동안 김해를 돌아보지 않았다. 그곳에서의 삶이 바빴던 것이다. 시사詩社 활동을 하고 일본과 중국을 다녀왔으며, 문인화·서화가로 활동했다. 흥선대원군, 강위姜瑋 그리고 박제

경朴齊絅 등의 개화당과도 교류했다. 1882년 11월에는 강진현康津
縣 고금도古今島에 유배를 갔다가 1년여 만에 풀려났고, 1884년경
에 낙향했다.

그런데, 중요한 것은 배전이 강담운의 시들을 이재긍李載兢
(?~1881)에게 보여주었고, 이재긍이 『지재당집只在堂集』을 간행하
였다는 점이다. 이재긍은 흥선대원군의 셋째 형인 흥인군興仁君
이최응李最應의 아들로 고종과는 사촌이었다. 종실이자 고종의
신임을 받았던 인물이다.

배전이 이재긍에게 강담운의의 시들을 보인 정확한 시기
는 알 수 없으나, 추정은 가능하다. 이재긍은 담운의 시들을 읽
고 김해의 강담운에게 시전詩箋, 곧 시 쓰는 종이를 보냈고 강담
운은 이에 대한 감사함을 시로 남기었다. 그 시에서 담운은 이
재긍을 이대교李待敎라고 하였는데, 대교란 규장각 대교를 말하
는 것으로 이재긍은 1874년부터 1876년까지 이 벼슬을 살았다.
그러므로 배전이 한양으로 갔던 초기에 이재긍에게 담운의 시
를 보였음을 알 수 있다. 그가 한양으로 갈 때 담운의 시들을 가
져갔던 것이다.

또한 문집에는 배전이 한양으로 가져갔던 시들 외에 새로
운 시들이 추가되었다. 일본 수신사修信使에 관한 시가 있는데,
처음 수신사를 파견한 것이 1876년이니 새로 지은 시들을 김해
에서 한양으로 보냈음을 알 수 있다. 이재긍이 시를 더 보내라

고 요구했을 가능성이 크다.

시집은 1877년 무렵 간행되었다. 이재긍은 『지재당집』 서문을 쓰고 편찬하였다. 서문에서 처음 배전이 보여준 담운의 시들을 읽으니 '정을 뿌리로 하고 말을 싹으로 하여, 깨끗하고 때가 없이, 그림처럼 눈부시게 빛났다根情苗言 瞯然不滓 燦然如畵'고 했다. 그래서 문집을 간행했다는 것이다.

또한 당시 흥선대원군(집권 1863~1873)은 기녀들을 뽑아 운현궁에 두어 대령기생待令妓生이라 부르고, 예전의 관기제도를 복원하여 예기藝妓를 기르려고 하였다. 그러므로 이재긍이 지방관기의 시집을 간행한 것은 대원군의 정책과도 연결이 되었다. 배전도 이러한 사실을 알고 있었기 때문에 1874년경 한양으로 갈 때 담운의 시들을 가져갔던 것이다.

종실인 이재긍이 지방 기녀의 시집을 발행했다는 사실은 당시 큰 화제가 되었다. 현직 기녀의 시집이 간행된 것은 우리 역사에서 유래가 없는 일이다. 대부분 사후에, 혹은 기녀를 그만둔 뒤에 간행되었기 때문이다. 담운의 명성도 덩달아 높아졌다. 그러나 그뿐이었다. 담운은 여전히 김해에서 관기로 살아갔고, 배전을 그리워하였다.

시로 돌아가 보자. 강담운과 배전도 연꽃을 같이 따자고 약속했었다. 그런데 한양으로 간 배전에게서는 소식이 없다. 그녀는 배전과 인연을 맺은 뒤에도 기녀 생활을 계속했다. 많은

<연당蓮塘의 여인>
신윤복, 국립중앙박물관 소장 | 연못 누정樓亭 툇마루에 홀로 앉아 있는 기녀.
오른손에는 생황, 왼손에는 긴 담뱃대를 들고 먼 곳을 바라보고 있다.

연구자들이 그녀를 배전의 소실이라고 하지만 배전이 인연을 맺자마자 그녀를 속량해 소실로 삼은 것은 아니었다. 「회포를 읊음述懷」이라는 시를 보면 '꿈같은 기녀 생활 20년'이라는 구절이 있다. 당시 나이 20살이었거나, 기녀 생활이 20년 되었다는 뜻이다. 또한 사또의 잔치 자리에 불려가서 지은 시도 있다. 그러므로 만약 배전이 담운을 속량해 소실로 삼았다면 그 시기는 배전이 한양 생활을 접고 김해로 돌아온 1884년 무렵 이후였을 것이다. 운초나 죽향 그리고 금원 등의 예에서 살폈듯이 기녀가 소실이 되는 것은 쉬운 일이 아니었고, 20대 후반은 되어야 가능했기 때문이다.

어쨌거나 그 생활 속에서도 그녀의 배전에 대한 감정은 낭군에 대한 것이자 애인에 대한 것이었다. 그 마음은, 기녀 생활을 지탱하게 해주는 위안이자 버팀목이었는지도 모른다. 그러나 강변에서 이별한 배전은 돌아오지 않고 있다. 봄에는 복숭아꽃이 날리는 것을 보며 가슴이 아팠고 그 꽃이 뜰에 떨어지는 것을 보며 눈물지었다. 나비는 꽃을 따라 나는데, 자신은 홀로 있다. 그러다 여름이 되었다. 같이 연꽃을 따자던 약속만이 남아 있다. 그리운 배전이 그 약속을 언제 지킬지 알 수 없다. 연꽃이 아무리 아름다워도, 같이 볼 사람이 없다면 무슨 소용이란 말인가. 배전이 떠난 뒤 강담운은 몇 번이나 연꽃 피는 계절을 홀로 맞이했는지 알 수 없다.

그녀가 연잎에 떨어지는 빗소리를 참지 못하는 이유가 이제 선명해진다. 지난밤에도 비가 왔던 것이다. 연잎에 쏟아지는 빗줄기는 자신의 눈물이 되어버렸고, 연잎 위로 떨어지는 빗소리는 자신의 울음소리와 같았다. 그녀는 이제 빗소리를 더 이상 견뎌낼 수 없게 되었다. 그래서 연잎을 남기지 말라고 했다. 그러나 꽃은 그대로 두라고 했다. 꽃은 언젠가 돌아올 배전을 위해 남겨두어야 하는 것이다. 배전이 돌아오면 함께 따야 하기 때문이다. 이는 한 가닥 희망이자 미련이었다. 연꽃이 꺾이는 것은 희망이 사라지는 것이다. 꽃이 저절로 시들고 떨어져 더 이상 피어나지 않을 때까지 이 미련의 끈을 놓지 못했으리라. 아니 다음해 그 다음해도 계속해서 연꽃 줄기가 자라고 꽃이 피리라는 희망을 버리지 못했을지도.

14

다음 생에선
남자로 태어나거라

✤

취향을 대신하여 딸을 곡하다　　　　　　　　　　강담운

늘 어미 떠나 할머니 따르니
상머리에 밤, 대추, 사탕, 배를 놓아두었지.
짧은 처마에 가을 해 여름처럼 길어
자주 여리게 울며 젖을 보채었지.
눈에 가득한 슬픔을 억지로 참으며
창 앞으로 한 걸음 가기가 하늘 끝 가는 듯.
어미 마음 상케 할까 감추던 눈물
떨어진 꽃가지 바라보며 빈 섬돌에 쏟았네.
동쪽 집에 점을 치고 북쪽 의원 찾았으나
의술도 못 고치고 점도 해결 못 했네.

길 어둡고 동풍이 비 몰아오는 밤에

네 아비 박정한 것을 네 어찌 알리.

황천길 멀고멀어 가기 더딜 것인데

아마도 머리 돌려 어미 사랑 그리워하리.

반은 안개 반은 비 내리는 배꽃 피는 달밤에

아득히 갔으니 불러도 불러도 끝내 알지 못하네.

비단치마에 깊숙이 싸서 문을 나서서

청산에 삽질하여 거친 언덕에 묻었네.

전날 놀며 뒤지던 색상자 속

자질구레한 깁, 조각 비단에 더욱 속상하구나.

네 어미 영락해 떠돌다 강남에 이르러

서상西廂을 섬기던 일 생각하니 견딜 수 없네.

다음 생에선 절대로 기녀 딸 되지 말고

좋은 가문에서 좋은 남자로 태어나거라.

代翠香哭女
대 취 향 곡 녀

阿母常離祖母隨　床頭棗栗與糖梨
아 모 상 리 조 모 수　상 두 조 율 여 당 리

短簷秋日長如夏　往往嬌啼索乳時
단 첨 추 일 장 여 하　왕 왕 교 제 색 유 시

滿眼悲來强抑悲　窓前一步若天涯
만 안 비 래 강 억 비　창 전 일 보 약 천 애

潛淚恐傷慈母意　空階灑向落花枝
잠루공상자모의　공계쇄향낙화지

東隣問卜北隣醫　醫道難醫卜不疑
동린문복북린의　의도난의복불의

路黑東風吹雨夜　爾爺恩薄汝安知
노흑동풍취우야　이야은박여안지

重泉路遠去應遲　倘是回頭戀母慈
중천로원거응지　당시회두련모자

半烟半雨梨花月　杳杳招招竟不知
반연반우이화월　묘묘초초경부지

深裏羅裳抱出門　靑山一揷付荒原
심리라상포출문　청산일삽부황원

昨日嬉探斑綵裏　零紈片錦倍傷魂
작일희탐반채리　영환편금배상혼

爾孃流落到江南　憶事西廂思不堪
이양유라도강남　억사서상사불감

他生莫作娼家女　好向候門做好男
타생막작창가녀　호향후문주호남

❋

취향翠香은 강담운의 기녀 동무였다. 공노비公奴婢였던 기녀는, 관습도감慣習都鑑 또는 장악원掌樂院이 관장하는 경기京妓와 지방 관아에서 관장하는 관기官妓로 나뉜다. 관기는 외방기外方妓라고 도 한다. 노비라는 신분과 여성이라는 성별, 이중적 굴레 속에 서 사회적으로 최하위 신분이었다. 관에 소속된 노비였기에 관 에서 부르면 달려가 시키는 대로 해야 했다. 춤추고 노래하며 시를 지으라면 시를 지었고 수청을 들어야 할 자리가 있으면 몸을 내어줄 수밖에 없었다. 그러다 임신을 하면 아이를 낳았다.

취향도 임신을 하고 아이를 낳았다. 딸이었다. 이제 또 한 명의 취향이 세상에 태어난 것이다. 당시 취향의 나이는 20세 전후였다. 아이를 낳아도 제대로 돌볼 수가 없었다. 출산한 뒤에도 여기저기 불려 다녀야 했기 때문이다. 김해 관아에서는 사또의 잔치, 뱃길이 안전하기를 비는 용왕제, 기우제 등에 기녀를 동원했다. 그곳에서 기녀들은 술을 권하고 노래를 하고 춤을 추었다.

또한 담운의 「일본 수신사의 행차가 있다는 소식을 듣고 절구를 지어, 역참으로 가는 기녀 취향의 둥글부채에 적음聞有日本修信之行 謾吟一絶 題趁站妓翠香團扇」이라는 시 제목을 찬찬히 읽어보자. 이는 1876년에 쓴 시이다. 일본 수신사는 1876년 4월에 서울을 출발하여 29일에 부산에서 배를 타고 일본으로 떠나갔다. 사행은 수신사 김기수金綺秀를 위시해 76명이었다. 조선 후기에는 일본으로 보내는 사신을 통신사通信使라고 했는데 마지막 통신사는 1811년에 있었다. 그 뒤 1876년 강화도조약 이후 수신사로 명칭을 바꾸었다. 그런데 통신사가 부산에 도착해서 혹은 부산으로 가는 길에, 통신를 위한 연회宴會가 있었다. 보통 이를 사연賜宴, 곧 나라에서 베푸는 잔치라고 하는데 이때 기악妓樂을 펼쳤다. 수신사의 경우도 마찬가지였다. 이 잔치에 취향이 차출되어 역참으로 갔던 것이다. 역참은 한자 '站참'을 번역한 단어인데 여기서는 사신들이 머무르는 숙소를 의미한다. 이로 볼 때, 취향은 4월 중순에서 말경에 수신사들을 위한 잔치에 차출되어 김해를 떠났다. 이는 하루면 될 일이 아니었다. 여러 날이 걸렸다.

그런데 이때 취향에게는 어린 딸이 있었다. 이런저런 행사에 불려다녔으니 어느 겨를에 아이를 제대로 볼 수 있었겠는가. 결국 아이는 취향의 어머니가 돌보았다. 아이를 어머니에게 맡길 수밖에 없었던 것이다. 취향의 어머니도 미천한 신분이었다. 기녀였다면 이제는 나이가 많아 물러난 퇴기였으리라. 모녀 3대의 대물림이었다.

늘 엄마가 없으니 할머니가 키웠고 아이를 달래느라 상에 밤, 대추, 사탕, 배를 올려놓고 먹으라고 했다. 가을이지만 집의 처마가 짧으니 해가 방으로 오래 비추어 마치 여름처럼 낮이 길다. 긴긴 낮을 어린 아이는 힘없이 울면서 젖을 찾았다. 그러나 젖을 먹일 엄마는 올 수가 없었다. 아이는 이미 병이 들어있었다. 창 앞으로 한 걸음 가기가 하늘 끝을 가는 듯했다고 했으니, 방 안에서 창문으로 걸어가기도 힘들었다. 병든 아이는 할머니 손에서 자라면서 늘 어미를 그리워했다. 눈물조차 마음 놓고 흘리지 못했다. 엄마 마음이 상할까봐 눈물을 참다가 섬돌 위에 떨어진 꽃가지를 향해 눈물을 쏟았다.

아이는 가을뿐 아니라 겨우내 앓았던 것으로 보인다. 병든 아이를 고치기 위해 무당을 찾고 의원도 찾았지만 아무 소용이

<주유청강舟遊淸江>
신윤복, 간송미술문화재단 I 맑은
강에서 뱃놀이 하는 모습. 사대부
의 풍류놀이에 기녀가 동원되었음
을 알 수 있다.

없었다. 아이는 낫지 못했다. 봄이 되자 병세가 몹시 위중해졌다. 그래서 봄바람이 비를 몰고 오는 밤 어두운 길을 헤치며 아이 아버지를 찾아갔다. 지푸라기라도 잡는 심정으로 도움을 청하기 위해서였으리라. 그러나 아버지는 도움을 주지 않았다. 은혜가 박하다고 했으니 그냥 내쳤던 것으로 보인다. 원문을 보면 아버지의 은혜가 박정하여 아이가 일찍 죽은 것이라 하였지만, 문맥을 따라 읽다 보면 아버지 자체도 박정한 사람으로 느껴진다. 관기가 낳은 아이에 대해 아무런 책임감도 없었다. 오히려 귀찮게 생각했을지도.

아이는 결국 죽었다. 그러나 어미가 그리워 뒤돌아보고 또 뒤돌아보느라 황천길을 더디 가고 있으리라. 안개 피고 비 내리는 밤 하얀 배꽃만 처연한데, 아이의 혼도 희뿌연 마당을 헤매고 있을 것이다. 다시 돌아오게 하고 싶어 아이의 이름을 부르고 또 불렀지만 아이는 대답이 없었다.

죽은 아이의 가는 길도 처량했다. 아이를 비단치마에 깊숙이 싸서 집을 나서서 거친 야산에 묻었다. 아이를 묻고 돌아왔더니 어제까지도 아이가 가지고 놀았던 색상자 속의 자질구레한 비단 조각들이 눈에 들어왔다. 그 상자를 껴안고 어미는 가슴을 쥐어뜯었으리라. 이에 눈물은 아이의 것이고 어미의 것이며 할미와 동무들의 것이니, 한 마디로 말하면 신분을 잘못 타고난 가여운 여인들의 눈물이었다.

취향도 담운처럼 김해 출신이 아니었다. 관에 의해 이리저리 옮겨 다니다 김해에 오게 되었다. 그런데 김해에 와서 서상西廂을 섬기던 일을 떠올리니 참기 어렵다고 했다. 서상이란 원나라 때의 잡극 〈서상기西廂記〉에서 온 말로, 집의 본채 건물 서쪽에 딸린 방을 말한다. 이곳에 남주인공이 살았다. 그러므로 남자가 지내는 방이라는 뜻이 된다. 이로 볼 때 취향은 김해로 와서 아이의 아버지를 만나 인연을 맺었던 일을 떠올리며 참을 수 없어 하였던 것이다. 후회가 되고 분노가 일었으리라.

기녀 어머니에게서 태어나 슬프고 아픈 삶을 살던 아이는 죽어서야 이 굴레에서 벗어났다. 그러니 다음 생에서는 기녀의 딸로 태어나지 말고 좋은 가문에서 여자가 아닌 남자로 태어나라고 기원하였다. 이는 취향과 그 어머니와 담운이, 나아가 모든 기녀들이 바라는 단 하나의 소망이었다.